# 게이트

## Gate

팬데믹 미스터리

Pandemic Mystery

심채윤
장편소설



kkyeanumm

대중이 이끌면, 지도자는 따를 것이다.

- 마하트마 간디

*현장감을 위해 구어체를 그대로 표현했습니다.

맞춤법과 다를 수 있습니다.

# 1

"야! 너 미쳤어?

정시우!! 진짜야 이거? 근거 있냐!!"

"아, 진짜, 형.

내가 뭔 말만 꺼내면 이러더라. 무슨 말을 못 해. 형한테."

"아니 너가 하는 말이…."

"일단 구린 냄새가 나. 이건 분명히 있다. 이거 진짜 파볼만 해."

"야… 너가 이러면 뒷골에 귀신 붙는 기분이야."

"형. 나 못 믿어? 나 정시우야."

그제서야 깨달았다. 사무실의 모든 시선이 나에게 향해 있다는 것을. 편집장 사무실이라고 해봐야 문짝 하나 더 있는 정도밖에 되지 않았다. 방음도 잘되지 않고 안이 훤히 보이는 방이다. 편집장은 벌써 10년이 넘도록 함께 해온 선배다. 잘나가는 메이저 신문사를 그만두고 선배를 따라 <더위크>에 합류했다. 내가 쓸 수 있는 기사를 마음껏 쓸 수 있게 해주겠다는 약속 때문이다. 선배는 처음에는 방어적이지만 금세 전폭적인 지지자가 될 것이다. 하지만 그 때문에 걱정이 되기도 하겠지.

“선배. 나 이런 거 하라고 여기 불렀잖아. 솔직히 끌리잖아?”

“음… 그래. 근데, 나도 요즘엔 좀 안정적으로 가고 싶은 마음이 든다. 이제 나이도 있고…”

“나이야 뭐 딱 좋지. 너무 걱정 마. 일단 슬슬 몸풀기로 썰을 풀어볼게. 그다음에 고민해도 늦지 않아. 일단 처음에 기사를 던져보면, 줄줄이 뭔가 제보가 들어올 거야. 지켜보자고.”

“너가 딱 그렇게 얘기하고 대통령이 잡혀갔다. 내가 그때 많이 힘들었다. 시우야.

엄청 시달렸다고. 너도 이제 몸 사려.”

“나야 뭐. 이제 사릴 몸도 하나뿐이고. 아내와 애들

은 잘 살고 있을 테니. 걱정은 접고. 여하튼 이번엔 감이 확실하게 오니까. 진행할게. 그렇게 알어."

"시우야. 이젠 예전과 달라. 모든 것이 달라졌잖아. 지금 이 나라는 뿌리째 흔들리고 있다고. 언론의 자유는 빛을 잃었다니까."

"그러니까. 그러니까 해야 하는 거야. 더 이상 가만히 있을 수는 없으니까. 뭐라도 해보려는 거야. 언론이 언제 제대로 된 적이 있었어? 언론의 자유는 이미 물 건너 갔지. 그러니까 우리가 안 하면 누가 할 수 있겠어? 우리 밖에 없어."

"과연 그럴까? 우리도 말 한 번 잘못했다가는 한 방에 끝나는 수가 있어."

"아니야. 아직은 진실에 목마른 사람들이 많아. 우린 우리만의 독자층이 있잖아. 정말로. 최대한 부드럽게 접근해볼게."

"휴… 뭔가 두려움이 밀려온다. 알았다. 가봐."

"형. 걱정 그만!! 아이구 우리 편집장님. 걱정도 팔자여. 머리가 다 하얗게 셌네 셌어.

그럼 수고!!"

편집장실 문을 열며 나오다가 창문에 반사된 선배

의 눈빛은 걱정을 가득 안고 있다. 뭐 이런 일이 오늘뿐은 아니니까. 그래도 내 걱정 하며 살뜰하게 챙겨주는 것은 선배뿐일까. 그러고 보니 이제는 아내와 아이들도 집에 없고. 선배밖에 없을지도 모르겠다. 바지 주머니에 손을 넣었더니 라이터가 손에 잡힌다.

'담배는 어디 갔지.'

사무실 제일 구석에 있는 창가 자리에는 보다가 덮어 놓은 책들과 종이 뭉치, 시사 잡지와 일간지들이 까치둥지를 짓고 있다. 스스로 그렇게 집을 짓는 것 같다. 책상 위에 있는 초록색 담뱃갑을 집어 들었다.

"선배. 또 무슨 일을 벌여요?"

"경민아. 내가 무슨 일을 벌이겠니. 나는 남들이 벌여 놓은 일들을 수집하는 것뿐이지. 그냥 그렇게 하나 둘 수집하는 거야. 까치가 나뭇가지 물어오는 것처럼."

"에이. 뭔 갑자기 까치 얘기래. 그러지 말고 나도 끼워줘요. 같이 해요."

"요즘 뭐 바쁜 게 없나 보지? 나한테 그런 말도 다하고. 같이 하면 좋지. 근데, 그전에 조금만 정리를 해야겠다."

"그래요 그럼. 여하튼, 무턱대고 벌이지 말고 나한

테 미리 얘기를 해줘요. 그래야 대비를 하니."

"오케이. 후배님. 걱정 마시고."

"선배, 요거, 하나만."

경민은 터벅터벅 가다 말고, 내 담배를 한 개비 뽑아서 가져갔다.

'그래 뭐, 이런 건 다 같이 공유하는 거지.'

일반 신문사와는 달리 <더위크>는 광고에 의존하지 않는 독립언론사다. 처음에 이 선배가 독립언론사를 만든다고 했을 때는 현실성이 없어 보였다. 과연 그게 가능할까. 얼마나 버틸 수 있을까. 반신반의했는데, 생각보다 잘 돌아간다. 그렇다고 여기서 일하는 모두가 넉넉하지는 않지만. 그래도 적당히 먹고 살아갈 만하다. 정해진 기본급 이외에 회사에서 생긴 수익은 연말에 한 번씩 나눈다. 일종의 성과급이다. <더위크>는 일주일에 한 번씩 배포되기 때문에 호흡이 아주 빠르지는 않지만 일주일 동안 채워야 하는 분량이 만만치 않다. 선배는 내가 일 벌이는 걸 좋아하지 않는다. 한동안 주간지를 채워야 하는 공백이 생기니까. 그 공백은 또 다른 누군가가 메워야 한다. 그럴지라도 난 지금 이걸 해야겠다. 노트북을 열었다.

오늘은 2025년 12월 11일이다.

"어디 보자…. 시작은 이쯤인데…."

1. 2019년, 중국 사안에서 타노 바이러스로 의심되는 첫 번째 환자 발생.

2. WHO에 의하면 수산시장에 가지도 않았던 회계사가 첫 환자로 발표. 국제 학술지 사이언스에 실린 첫 번째 환자는 사안 수산시장의 노점상.

3. 마지막으로 사안의 실험실. 사안 바이러스 연구소에서 타노 바이러스가 유출되었다는 가설.

"나는 사안의 실험실이 제일 의심된 단 말이지…흠."

혼잣말을 중얼거리는 것은 오래된 습관이다. 이렇게 혼자서 다시 되뇌며 머릿속에 기억하는 방법이 나에게는 매우 효과적이다. 사안의 실험실 이야기에 비중을 두고 사실관계를 파악해야겠다. 그게 가장 첫 번째 해야 할 일이다. 인과관계를 확인해야 할 것이 많았다. 정보가 너무나 없기도 하고 너무나 많기도 하다. 모순적이게도 요즘 세상에는 정확한 사실관계 확인이 힘들다. 하루에도 쏟아지는 정보가 너무나도 많기에. 대단치도 않은 일들이 기사화되고 언론에 도배된다. 유튜브는 또 어떻고. 저마다 언론사를 자칭하며 떠들어 대는 탓에 거짓인지 참인지도 구분할 수 없다. 개인들이 방송국 세트장처럼 차려 놓고 방송을 한다. 여기저기 긁어온 자료들로 사실처럼 방송을 하니 대중들은 그런 정보를 진실로 착각하게 된다. 나 역시 '팩트 체크'를 하지만 그 정보조차 진실 여부를 몇 번씩 확인해야 한다. 한순간 발을 잘 못 디디면 수렁에 빠진다.

경민이 담배를 다 피웠는지 사무실로 돌아왔다.

"경민님!! 여기 좀 봐줘요."

"네, 선배. 얘기하세요."

"이거, 세 가지 사실, 타노 바이러스 첫 번째 환자에 대한 이야기 사실관계 좀 확인해 줘요."

"음. 이거 쉽지는 않겠는데요?"

코끝에 느껴지는 멘톨 향이 뇌 속에 들어온다. 순간 저 깊이 잠자고 있던 담배 세포가 깨어난다. 이놈의 담배 세포는 죽지도 않는지, 아니면 자가 번식을 하는지, 세포는 100일 주기로 다시 죽고 산다는데, 담배 세포는 지독하게도 DNA에 흔적을 남긴다. 이혼을 한 뒤로 다시 피우게 된 담배는 그렇게 잠자고 있던 나의 몸속 어딘가의 세포를 깨웠다. 그래도 아직까지는 하루에 한 까치로 버텨내고 있다. 누군가 그러더라. 담배는 끊는 게 아니라고, 그냥 참는 거라고. 그만큼 지독한 놈이라고.

"선배. 세 가지 중에 세 번째를 생각하는 거죠?"

"경민! 이제, 촉이 좀 오는구나?"

"그럼요, 나도 이제 짬이 된다고요. 벌써 6년이다!"

"6년이라…. 그러고 보니 너가 들어올 때쯤이었구나. 이 사건들의 시작은."

"맞아요. 그때 생각하면 아주 피곤하죠. 마스크를 써라. 떨어져 앉아라. 여기 가지 마라. 저기 가지 마라. 방역해라. 손 소독해라. 뭐 수두룩 빽빽?"

"수두룩하지. 여하튼 그거 좀 잘 확인해 봐."

"예 써."

'실험실, 실험실에서 왜 바이러스가 유출되었을까. 고의? 사고?'

계획적이었는지 단순 사고였는지를 살펴봐야 하는데, 눈에 들어오는 메이저 신문사의 기사가 있었다.

[한편 중국은 사안 연구실 기원설에 맞서 미국이 세계군인체육대회에서 바이러스를 전파한 것이라는 주장으로 맞서 왔다. 그러면서 세계보건기구(WHO)에 타노 바이러스 기원

을 확인하려면 미군 육군 전염병 의학 연구실과 노스 대학의 바이러스 실험실을 조사하라고 촉구했다.]

"사안 연구실에서 바이러스를 실험하고 있었고 그걸 퍼트린 쪽은 미국이라…"

아직 그 어느 쪽도 사실로 밝힐 수는 없겠지만 있는 그대로 퍼즐을 짜 맞춰보기로 했다. 1000피스의 퍼즐 조각도 일단 맞는 것부터 붙이기 시작하다 보면 조금씩 형태를 갖춰나간다. 짝이 안 맞아서 제작이 잘못된 것은 아닐까. 의심이 되는 적도 있지만 결국엔 다 맞춰진다. 겨울이 되면 아이들과 커다란 테이블에 퍼즐을 늘어놓고 왔다 갔다 하면서 맞춰보던 추억이 생각난다.

'이번 건, 굉장히 어려운 퍼즐이 되겠구나.'

미국과 중국은 원래 사이가 좋지 않았다. 어쩔 수 없는 경제의 공생관계 때문에 명맥을 유지하고 있었는데, D 대통령이 당선되면서 P 주석과 틈이 많이 벌어졌다. 그 즈음 대놓고 힘겨루기를 하고 있었는데 국방력이 아무리 강한 미국이라도 중국을 무시할 수는 없었다. 이미 중국은 본토뿐만 아닌 미국에서도 영향력을 발휘하고 있었다. 중국 화교들의 정보력과 경제력은 상상을 초월한다. 기사화되지 않은 숨겨진 정보를 알아내려면 그 양반에게 연락을 해야 한다. 입이 무거운 사람이지만 가끔씩 던져주는 그 소중한 정보는 한 알의 겨자씨가 된다. 희망의 가닥을 잡을 수 있을지도 모른다.

"여…. 정 기자. 이게 얼마 만이야? 잘 지내지?"

"안녕하십니까. 잘 지내셨어요? 저야 뭐 똑같죠. 잘 살고 있습니다. 또 뭔가 긁어내고 있죠."

"허허. 긁어낸다고 하니 시원하게 파내면 좋겠구만."

"선생님께서 도와주시면 시원하게 파낼지도 모릅니다. 그래서 말인데……."

"내가 뭐 힘이 있나. 그저 귀동냥이나 하는 거지.

이따가 바쁘지 않으면 커피나 한잔하지. 여기 새로 생긴 카페 커피가 맛이 괜찮어."

"좋죠, 좋습니다. 그럼 도착하면 연락드릴게요."

# 2

리모델링 된 한옥들이 몇 군데 보이는 서촌의 골목. 얼마 전에 인테리어를 끝낸 것 같은 카페 창가에 황 국장이 앉아있었다. 데니스 황. 그는 예나 지금이나 크게 달라진 것이 없어 보인다. 얼핏 보기엔 중년의 신사. 대기업의 부장 같은 모습이지만 그 겉모습은 위장이다. 한때 아시아의 모든 정보를 총괄하는 CIA의 아시아지부 국장이었다. 현재까지도 그의 영향력이 미치지 않는 곳은 없다.

"여어, 정 기자. 오랜만이야. 잘 지내셨는가?"

"안녕하셨어요? 얼굴이 좋아 보이시네요?"

"음, 그런가. 요즘 먹는 것에 신경을 좀 쓰고 있지."

"좋은 거 많이 드셨나 봐요? 저도 좀 알려주세요. 혼자만 드시지 말고."

"뭐 대단한 비결은 없고 고기랑, 우유를 끊었어. 야채 좀 많이 먹고."

"아니, 국장님도 채식파에요? 요즘 주위에 베지테리언이 많네요. 이것도 유행인가."

"정 기자도 이제 몸 좀 생각해야 할 나이인데, 한 번 트라이해봐."

"아. 네. 그래서 커피도 아메리카노를 드시는군요? 라떼만 드시더니."

"이게 훨씬 깔끔하고 좋더라고. 습관에 젖어 몰랐던 거지."

"맞아요. 그 습관이 참 무섭더라고요. 습관."

"습관이 사회에 스며들면 관습이 되고 그 사회의 분위기까지 바꾸지. 무서운 개념이야."

아메리카노를 한 잔 주문했다. 원두는 두 가지가 있었다. 다크 한 것과 산미가 있는 원두. 이럴 때면 나는 산미가 있는 시큼한 원두를 고른다. 혀끝에 닿는 신선한 느낌이 쌉싸름한 커피와 어우러질 때 기분이 좋아진다.

"오. 커피 맛있다."

"사장님, 커피 맛이 정말 좋네요."

"고맙습니다. 필요하시면 말씀하세요. 한 잔 더 드릴게요."

덥수룩하게 턱수염이 난 카페 사장은 보기보다 인정이 많은 사람인가 보다. 웃으면서 건네는 중저음의 목소리에는 위엄도 느껴졌다.

'포스가 있는데, 나중에 좀 파 봐야지. 뭔가 느껴진다.'

"정 기자, 요즘은 뭐에 심취해있나."

"저야 뭐, 세상 돌아가는 일에 늘 관심이 있죠. 희한하죠. 이 세상은. 어떻게든 살아지고 어떻게든 돌아간단 말이죠. 큰일이 터져서 세상이 끝날 것 같은 순간에도 아랑곳하지 않고 똑같이 다음날에도 아무 일 없었던 것처럼 살아집니다. 저는 기자로 살아가다 보니 일반인보다 사건이나 사고를 많이 접하잖아요. 그게 일이기도 하고. 근데 그러다 보니 더 만성이 되는 것 같아요. 이젠 무슨 일이 터져도. 아, 그런가 보다 하는 그런 느낌?"

"이제 도를 닦아도 될 것 같구만? 틀린 말이 없네."

"아니, 국장님 앞에서 제가 그런 말 할 자격이 있나요. 진정 세상을 다 알고 계신 분 앞에서."

"무슨 소리. 이젠 그냥 집에서 신문이나 뒤적이는 정도지."

"국장님도 참. 지금도 그 코트 열면 '글록'이 튀어나오는 거 아니에요? 손목시계는 타이머가 되어 있는 폭탄 장치도 되고. 신발은 날아가려나."

"하하하 이 친구. 덕분에 내가 웃소. 영화를 너무 많이 봤어."

커피를 한 모금 입에 넣었다. 다시 검은 에너지를 삼키니 머릿속에 있는 생각들이 정리가 되는 기분이다. 머리가 맑아지는 이 기분 때문에 커피를 끊을 수가 없다. 카페 사장은 바에 있는 의자에 앉아 책을 보고 있었고 다른 손님은 없었다.

"국장님. 2019년 말부터 타노 바이러스가 대 유행을 했잖아요. 그때 이야기를 좀 듣고 싶어요. 국장님이 알고 계신 것 좀 공유해 주세요. 이젠 조금 얘기해 주셔도 괜찮잖아요? 세월이 지났으니까. 제가 궁금한 건 왜 미국이 중국에서 바이러스를 퍼트렸는지 그게 궁금해요."

황 국장의 눈이 순간 가늘어졌다. 커피를 조용히 한 모금 마시며 창밖을 바라보는 모습에서 생각을 뜸 들이는 느낌이다.

'뭔가 있긴 있구나. 역시 예감이 맞았다.'

"왜 자네가 좋은 지를 잠깐 생각했네. 허를 찌를 줄

도 알고. 은근히 잘 떠보기도 하고 말이야. 그래도 그럴 때마다 내가 넘어가는 이유가 궁금했지. 자네는 인간미가 있어. 그리고 무엇보다 진실에 대한 갈망이 제일 크지. 그리고 그 바닥에는 이 세상, 대한민국에 대한 패트리어트라고나 할까. 그런 게 느껴져. 그런데 그 모든 것을 둘째 치고 내가 자네를 돕고 싶은 것은. 자네의 모습에서 내가 보여. 고독하고 외로운 모습에서 느껴지는 동질감이 자네를 돕고 싶어 지나봐."

"국장님도 참. 저도 국장님 좋아해요. 갑자기 고백을 하시고 그러세요."

"허허. 예전에 대통령 뒤를 캐고 다닐 때는 아찔한 일도 많았잖아? 이번 케이스는 그보다 심할 수도 있어."

"괜찮아요. 이젠 그때보다 오히려 더 가벼워졌습니다. 죽기야 하겠어요."

"음. 죽으면 차라리 편할지도 모르지. 어쨌든, 무턱대고 시작할 순 없고. 어느 지점인가?"

"먼저, 제가 궁금한 건, 왜 미국이 중국에서 바이러스를 퍼트렸냐는 거죠."

"스타트가 좋구먼. 예리해. 그거야 쉽게 짐작할 수 있는 일이지. 일단, 미국은 늘 먹잇감을 찾고 있다는 것을 알아야 해. 옛 소련과의 냉전을 기억하나? 그때는 정말 3차 대전이 일어나기 일보 직전이었어. 미사일 버튼을 누르기 직전까지 갔던 일도 몇 번 있었지. 하지만 그때마다 쉽사리 누를 수 없었던 이유는 소련과 미국, 어느 나라가 이길 것이라 장담할 수 없었기 때문이지. 그만큼 두 강대국은 현재까지도 이어지고 있어. 러시아와 미국은 암암리에 서로의 일에 참견하지 않는 것으로 합의를 봤지. 러시아에서 크고 작은 전쟁을 일으키고 우크라이나를 무력으로 쳐들어가도 아무도 뭐라 하지 않지. 만약에 다른 나라들이 그랬다면? 미국이 가만히 있지 않았겠지. 그보다 좋은 돈벌이가 없으니 말이야."

"돈벌이라뇨?"

"전쟁은 돈벌이야. 정치적이고 뭐고 이런 걸 떠나서 돈의 이동을 보면 명확해져. 달러의 이동을 늘 유심히 살펴보라고. 어디서 어디로 이동하는지. 미국은 무기를 팔아서 돈을 버는 나라야. 우리나라도 미국에 반강제적으로 많은 것을 강요당하지. 남북한의 대치 상황은 적당히 협박도 가능하고 위협도 가능한 상황이야. 언제든지 남한 정부에 돈을 뜯어낼 수 있는 상황이라는 거지. 즉 빨대 꽂이를 제대로 한 거야."

"그건 그렇죠. 우리 상황이 딱 그렇네요. 자주적인 힘을 쓸 수 없는 애매한 국방이죠."

"여하튼 이런 상황에서 중국이 너무 급격하게 커버렸지. 그리고 기술적으로도 예상보다 빨리 성장했어. 신소재와 테크놀로지, 그리고 넘쳐나는 노동력은 미국을 앞지르기에 충분하지. 한 나라의 경제력은 중산층이 얼마나 넓게 분포하는지에 달려있네. 미국의 중산층은 점점 줄어들고 있지만 중국은 그 반대야. 미국은 지금 손을 쓰지 않으면 앞으로 상당히 골치가 아플 것이라는 생각이야. 그래서 틈이 나는 대로 중국을 견제하는 방법을 선택한 거지. 바이러스는 그중 한 가지일 뿐이야."

"역시 재미있어지는데요. 국장님은 정말 대단하십니다."

"허허, 입에 발린 칭찬까지. 그래도 칭찬이니 기분은 나쁘지 않구만. 예전부터 중국에서는 이런저런 바이러스들이 많이 생길 만한 배경이 있었지. 인구가 워낙 많기에 다양한 식문화가 발달했고 그로 인해서 문화적으로 이해되지 않는 것들도 상당수 있어. 사람은 진화의 동물 아닌가. 그 지역 사람들은 풍토에 맞게 진화되기도 하지. 그 지역에서는 대수롭지 않은 병이 다른 지역에서는 위험한 전염병이 될 수도 있어. 제국주의 시대에 유럽인이 옮겨온 바이러스로 남아메리카 인구는 거의 소멸될 뻔했지. 같은 중국 내에서도 지역별로 다양한 식문화가 엮여 있어. 바이러스의 시작은 인간이 야생동물을 먹었기 때문이라는 이론은 아주 매끄럽지. 논리적이고."

"사안을 타깃으로 삼은 이유는 중국의 주요 거점이기 때문인가요? 지도상으로 보면 거의 정중앙에 위치해 있거든요."

"그렇기도 하고. 알리바이를 위한 장치가 많은 곳이지. 내가 CIA에서 배운 것 중 하나가 남들이 모르게 하는 위장이지. 생각은 하되 겉으로 보이지 마라. 끝없이 커버링 하는 훈련을 하지. 그들이 움직이는 방식이야."

"그럼 CIA도 이런 사실을 모두 알고 있겠군요? 하지만 겉으로는 모르는 척."

"알겠지. 하지만 모르는 척. 그렇지만 이번 배후는 CIA나 미국 정부라고 하기엔 좀 애매하네."

"그럼 어떤 관점으로 봐야 하나요?"

"세상은 이제 나라의 개념으로 이해하기엔 너무도 복잡해졌어. 나라는 그저 세금을 내는 울타리의 역할을 할 뿐이지. 하루면 이 끝에서 저 끝까지 이동할 수 있는 글로벌한 세상 아닌가. 우리 같은 일반인들이야 좁은 공간에서 살아가지만 시야를 넓힐 필요가 있네. 특히나 이런 일들을 파헤치려면 말이야. 좀 더 넓게. 좀 더 깊게 봐야 해."

"나무가 아닌 숲을 봐라?"

"음. 숲을 넘어 산맥까지 봐야 할지도."

"그 정도인가요? 가야 할 곳이. 완전 모르도르네요. 그럼 현재 미국의 돈줄기는 무엇인가요?"

"금융, 석유, 무기, 제약, 식품 사업의 큰 손들을 눈여겨봐야 해."

"구글이나 페이스북, IT 이런 거 말고요?"

"물론 그들도 눈여겨볼만하지만, 아직 신흥 강자이기 때문에 순수함이 있지. 허나 앞서 발한 뿌리 깊은 사업가들은 대를 이어오면서 자신들의 파워를 이어왔지. 그 힘이 어디까지 뻗쳐 있는지 알면 아마 놀랄 것이네."

황 국장은 잠시 커피를 마시면서 창밖을 바라봤다. 나도 식어가는 커피를 마저 마셨다. 온기가 사라질 무렵까지 커피 맛은 균형을 유지하고 있었다. 마음에 드는 카페를 찾을 때면 그 동네까지 좋아진다. 나는 커피

잔을 들어 보이며 주인장에게 엄지손가락을 올렸다.

"국장님, 여기 커피 진짜 괜찮네요. 역시 국장님 취향은 믿을 만합니다."

"맞아. 자주 올 수밖에 없는 카페지. 하지만 소문 내기는 싫어지는 카페야. 외부 사람들이 많이 오기 시작하면, 어쩔 수 없이 다른 카페로 옮겨야 하니까."

"아마 다음에 다시 이곳에 오면 국장님을 뵐 수 없을 수도 있겠군요."

"또 좋은 카페를 찾아보면 되지. 나의 취미 중 하나야."

나는 한 번 더 찔러봤다. 이번엔 좀 더 세심하게.

"국장님. 그러면 이번엔 제약사겠네요?"

황 국장은 가벼운 미소와 함께 말없이 내 눈을 보며 고개를 끄덕인다.

"커피 좀 더 드릴게요. 제가 테스트하고 있는 원두인데, 드립으로 내렸습니다. 맛 좀 보세요."

"오, 고맙습니다. 사장님. 정말 커피 맛이 좋네요."

주인장이 웃으며 잠시 왔다가 사라졌다.

"국장님. 제약회사들이 백신을 만들어서 팔기 위해 작전을 폈던 것은 저도 어느 정도 알고는 있어요. 백신만 팔아서 1년에 40조 원씩 챙겨갔죠. 그것도 한 회사

당. 우리나라 전체 예산이 대략 500조 정도인데."

"수지맞는 장사지. 연구 개발만 되면 그 뒤로는 돈 들어갈 일이 없는 장사야. 판매처만 지속된다면 말이야. 때로는 직접 판로를 개발하기도 하지. 그게 그들의 자산을 늘리는 방법이야. 당뇨나 고혈압 이런 만성질환을 일부러 조장하는 것도 같은 이치지. 병을 만들면 약을 팔 수 있어. 요즘엔 항우울제도 급격히 늘었지. 과연 반드시 필요한 약일까."

"직접 판로를 개발한다? 그게 바로 핵심이군요. 이 사건의 핵심. 거기에 중심을 두고 파헤치면 되겠네요. 국장님."

"돈을 따라가다 보면 답이 보일 거야. 예전에도 해봤잖아. 잘 풀리지 않을 때는 돈줄기를 먼저 살펴보시게."

황 국장은 시계를 한 번 보더니 자리에서 일어날 채비를 했다.

"아쉽지만, 다음에 또 얘기를 나눌 시간이 있겠지. 나는 다른 약속이 있어서 먼저 가야겠네."

"아. 국장님. 항상 재미있어 지려는 순간에 자리를 뜨시네요. 이건 드라마 끝날 때 랑 똑같아요. 그래서 그 다음에 어떻게 되는데? 하는 순간 끝나죠."

“허허허. 그래야 다음에 보면 즐겁지 않겠나. 사람은 여운이 있어야지. 오늘도 즐거웠네. 덕분에.”

“국장님. 근데 외계인은 있어요? 없어요? 미국에 외계인들 연구하는 부서도 있다면서요?”

“아니. 이 친구는 왜 만날 때마다 그 소리야.”

“국장님은 아실 것 같아서요. 미국에선 대통령이 되면 항상 그거부터 확인한다면서요?”

“허허 허허 허.”

황 국장은 손을 흔들며 카페를 나섰다. 나는 좀 더 있다가 가기로 했다. 아까운 커피를 두고 갈 수는 없으니. 수첩과 연필을 꺼내서 황 국장과 나눈 이야기를 잠깐 메모하고 창밖을 보니 중국인으로 추정되는 한 무리의 관광객이 지나간다. 마스크를 쓰고 있음에도 어떻게 알 수 있을까. 그냥 느끼듯이 알 수 있는 직관. 그 직관력이 필요함을 느끼는 시간이다. 팬데믹이 끝나도 사람들은 마스크를 많이 쓰고 다닌다. 습관이란 이렇게 무섭다. 황 국장은 늘 말을 아낀다. 좀 더 말해주면 좋을 것 같은데. 지난번 대통령 사건도 그랬다. 하지만 적절하게 방향은 잘 잡아주니 그걸로 만족해야 했다. 그도 정보를 지켜야 할 테니까.

‘제약사는 단지 돈을 위해서 계획한 걸까. 아니면 또 뭔가가 있을까.’

겉으로 보이는 돈 줄기 외에도 뭔가 다른 이유가 숨어있을 것 같다. 단순하지 않은 복잡한 개연에 얽혀 있는 실타래다. 머리가 살짝 아파온다. 두통이 찾아오기 시작했다는 것은 그만큼 뇌 속의 뉴런들이 돌아가기 시작했다는 증거다. 깊이 있게 파고들어 간다는 생각이 드니 갑자기 아드레날린이 치솟는다. 아직 살아있다는 증거다.

전화벨이 울렸다.

“선배! 사무실 언제 들어와요?”

“어? 왜? 이제 들어갈 거야.”

“3번 말고 4번이 있을 수도 있겠는데요?”

“4번? 4번이라… 좀 있다 얘기하자. 금방 갈게.”

# 3

경남 창원의 한 요양원. 올겨울, 특히 이틀 사이에 사망자가 급격히 많아졌다. 오늘도 한 명이 돌아가셨는데, 의사의 소견에 따르면 혈전 현상으로 인한 심정지 현상이었다. 올겨울 사망자 21명 중 14명이 혈전에 의한 심정지, 뇌경색, 폐색전증, 심근경색 등이었다. 암이나 지병을 가지고 있던 어르신들이 아니기에 급작스러운 죽음은 가족들에게 충격을 안겨 주었다.

요양원에서 근무하는 김선미 간호사의 목소리가 떨렸다.

"원장님. 1402호실 노지희 할머니께서 12시 40분경 돌아가셨습니다."

"노지희 할머니? 어제까지 괜찮으셨는데? 왜 갑자기."

“글쎄요. 식사 시간인데 안 보이셔서 방에 가보았더니 이미 돌아가셨어요.”

“이틀 만에 벌써 몇 번째야. 이거 큰일이다…. 큰일이야….”

“보고 올려야 할까요?”

“일단 가족에게만 알리세요.”

타노 바이러스는 고령층에서 쉽게 중증 상태로 악화되는 경향이 있기에 요양원을 집중적으로 1차 백신을 투여했다. 타노는 코로나 바이러스의 일종으로 2019년 사안에서 발생된 사안 폐렴을 일컫는 국제적 명칭이다. 타노는 이례 없는 전염력으로 많은 사람들, 특히 고령층에게 매우 위험했다. 왜 갑자기 이렇게 위험한 바이러스가 전 세계적으로 유행했는지는 정확히 밝혀진 바가 없다.

김선미 간호사는 의문이 들었다. 이 요양원에서 7년째 일하고 있는데, 한동안 조용했던 시골이 올겨울에 어수선하다. 3~4명의 사망자가 발생했을 때까지는 그럴 수도 있다고 생각했지만 이제는 뭔가 이상하다는 느낌이다. 원장님은 대외적으로 말이 새어 나갈까 봐 노심초사다. 갑자기 사람들이 죽어 나간다는 소문이 나면 이미지도 좋지 않고 운영에 차질이 생길 테니까. 김선미 간호사는 어딘가에 알려야겠다는 생각이 들었다. 얼마 전에 인터넷 기사에서 <양심 있는 의사들>에 대한 이야기를 흥미롭게 보았는데, 그 사이트에는 의료에 대해 누구나 궁금한 점이나 상담할 이야기를 올릴 수 있는 공개 게시판이 있었다. 요양원의 이름은 밝히지 않고 갑작스럽게 사망자들이 많이 생겨서 걱정된다는 이야기를 올렸다. 그리고 기저질환이 없던 14명이 심정지, 뇌 폐색, 폐색전증 등 혈관이 막혀서 발생하는 원인으로 사망했다고 밝혔다. 조금이나마 마음이 편안해지는 기분이다.

* * *

<양심 있는 의사들>은 2020년, 타노 바이러스 팬데믹 상황에서 살아남기 위한 대책을 연구하기 위해 조직되었다. 이상구 박사를 중심으로 다양한 전문의와 한의사, 간호사 등 의료계의 일선에서 양심 있게 행동하던 이들이 모였다. 이상구 박사는 세계적으로 인정받는 면역, 백신, 바이러스, 미생물학의 권위자다. 코로나

는 이미 예전부터 우리 주변에서 쉽게 발견할 수 있는 바이러스인데 왜 2019년에 전 세계적으로 유행을 하게 되었는지가 의문점이었다. 타노 바이러스 자체는 아주 위험한 전염병은 아니라고 생각했지만 전파력이 강했고 기저질환을 가지고 있던 사람들은 고위험군에 속했다. 학자로서 쉽게 수긍할 수 없는 일이었다. 게다가 세계의 주류 의학계는 위험성이 넘치는 신종 백신 투여만이 답이라고 외치고 있었다.

세계 2차대전이 끝난 후부터 인류는 모든 분야에서 비약적인 발전을 이루었다. 의학에서도 바이러스의 존재를 인지하면서 보이지 않는 적들과 싸워 나갔고 이제는 제법 많은 전쟁에서 승리할 수 있었다. 하지만 보이지 않는 적들은 우리가 상대하기에 만만한 상대가 아니다. 이상구 박사는 타노가 기존의 바이러스 전파에 비해 자연스럽지 않다는 것이 의심스러웠다. 쉽게 수긍할 수 없는 뭔가가 있음을 인지했다. 중국의 초반 대응, WHO의 미심쩍은 반응, 미국을 비롯한 각국 언론에서 산발적으로 정보를 늘어놓는 것에 혼란스러웠다. 전 세계에서 일부 양심 있는 의사들이 소신 있는 의견을 밝히곤 했는데, 언론에는 공개되지 않았다. 되려 언론은 거짓 정보로 포장하고 팬데믹 공포감만 조성했다. 미국에서 함께 공부했던 스미스 박사는 이상구 박사에게 짧은 영상을 하나 보냈다. 유튜브에도 함께 공유했지만 이미 유튜브 자체 심의에 의해 삭제되었다. 누군가에 의해 타노 바이러스의 정보들이 통제당하고 있다는 증거였다. 각종 미디어와 SNS까지 검열되고 있었다.

미국 메릴랜드 존스 홉킨스 대학 근교의 자택. 어두운 서재에서 작은 스탠드 조명만을 밝힌 채 스미스 박사는 떨리는 목소리로 말했다.

"안녕하십니까. 저는 존스 홉킨스 대학의 닥터 스미스입니다. 우리 연구진이 타노 바이러스에 대한 연구를 시작한 것은 전 세계적인 대유행이 된 다음이 아닙니다. 우리는 지난 20년간 다양한 바이러스에 대한 연구를 해왔고 타노 또한 그중의 한 가지입니다. 현재 유행하고 있는 타노는 코로나 바이러스의 일종으로 인류가 그동안 자주 접했던 바이러스입니다. 해마다 수많은 사람들이 감기와 독감을 앓고 일부는 폐렴으로 악화되기도 합니다. 기존의 코로나 바이러스에 비해 전염력이 강하지만 그렇다고 우리가 지금처럼 공황상태에 빠질 정도는 아닙니다. 치사율은 나라마다 다르게 나타나고 있지만 잠정 2% 정도입니다. 우리의 삶에 나타나는 여러 가지 위험을 생각한다면 큰일이 아닐지도 모릅니다. 평소 우리는 아이들이 감기에 걸리면 따뜻하게 체온을 유지시키고 비타민과 미네랄이 풍부한 과일과 채소를 먹게 하고 푹 쉬게 해줍니다. 아주 심한 감기가 아니라면 며칠 내에 회복됩니다. 이는 인간이 가지고 있는 가장 훌륭한 의사인 면역기능이 우리의 몸을 치유하기 때문입니다. 타노 바이러스가 체내에 들어올 경우에도 사람에 따라 증상이 다르게 나타납니다. 아이들의 경우에는 거의 증상이 없는 경우도 많았으며 장년과 노년층에서 중증으로 가는 경우가 많았습니다. 이것은 면역력과 관계가 있다는 강력한 증거입니다. 체내의 면역기능이 약해지지 않도록 주의한다면 타노 바이러스도 어렵지 않게 이겨낼 수 있습니다. 여러분 너무 두려워하지 마시고 비타민과 따뜻한 물을 많이 드세요. 그리고 살아 있는 좋은 음식, 즉 신선한 과일과 채소를 많이 섭취하십시오. 인스턴트식품이나 패스트푸드는 가급적 멀리 하시는 것이 면역력에 좋습니다. 자신의 건강은 자신만이 지킬 수 있습니다."

책상 위에 있는 스마트폰의 불빛이 밝아졌다. 스미

스 박사의 동공이 커진다. 메시지를 확인하고 잠시 하던 말을 멈춘 그는 힘들게 이어갔다.

"지금 팬데믹 상황은 알 수 없는 세력에 의해 확대해석되고 있습니다. 방금 도착한 메시지에 의하면 미국을 포함한 세계 여러 나라의 문이 잠겼고 개인적인 이동이 통제되고 있습니다.

하이드록시클로로퀸이 타노 바이러스에 효과가 있다는 소식을 들었지만 WHO와 CDC는 인정하지 않고 있습니다. 더 자세한 사항은 웹사이트에 공지할 계획입니다. 가급적 많은 분들께 영상을 공유해 주시고 불필요한 공포에서 벗어나시면 좋겠습니다. 어쩌면 우리를 위협하는 것은 타노가 아니라 죽음의 사신이 우리의 주위를 둘러싸고 있다는 두려움일지도 모릅니다. 코로나 바이러스는 예전부터 우리 주변에 존재하던 바이러스입니다. 따라서 타노에 노출되었다고 죽는 것이 아니라 우리의 잘못된 대처 방법이 생명을 단축시키고 있습니다. 조금이나마 두려움을 이겨 내시기를 바라며 용기와 희망을 전하기 위해 영상을 공유합니다. 고맙습니다."

이메일에는 몇 가지 당부가 함께 적혀 있었다. 불필요한 공포를 조장하고 있는 현재 상황을 이해할 수가 없다는 말과 미국에서는 중국인이 바이러스를 퍼트렸다는 이유로 아시아인들을 폭행하는 일이 잦아졌고 슈퍼마켓에서는 물건이 동나고 약탈도 서슴없이 벌어진다고 했다. 현재의 상황을 종합해 볼 때, 정치적인 음모가 있을 수 있다고 했다.

* * *

이상구 박사는 마음이 무거웠다. 다양한 연구 결과를 공유하는 사이트에서도 논란이 있었고 무엇보다 WHO와 CDC에서 주장하는 방법과 일반적으로 알고 있던 대처 방법과의 차이가 있었다. 사스와 메르스도 코로나 바이러스의 일종이기에 어느 정도 대처할 수 있는 여력이 있었음에도 불구하고 전 세계적으로 무너지는 이유는 잘못된 방법을 선택했기 때문이다. 의사들 사이에서조차 잘못된 정보가 남용되어 소중한 생명이 희생되고 있으니 가슴이 아팠다. <양심 있는 의사들>은 꽤나 영향력이 커졌음에도 불구하고 일반인들에게는 아직도 생소했다. 주류와 비주류의 차이. 정부의 방침과 다른 시각. 싸워야 할 것들이 너무 많았다. 어떤 것이 진실인지조차 희미해진 상황이다. 한국의 질병청은 무조건 WHO와 CDC의 진료 방법을 따르며 그 밖의 다른 치료 방법에는 귀를 열지 않는다. 한국에서 이 방면에 가장 전문가인 이상구 박사의 의견조차 무시당했고 오히려 돌팔이 취급을 했다. 여러 명이 거짓말을 하면 진실이 되듯, 현재의 진실은 거짓의 형제들이다.

이상구 박사와 함께하는 김민규 소장은 홈페이지에 올라온 요양원 이야기를 보았다.

"이 박사님. 요양원에서 사람들이 14명이나 죽었다고 합니다. 대부분 혈전 문제라고 하는데요. 조사해 볼 필요가 있을 것 같습니다. 혹시나 해서 인터넷 기사들을 살펴보니 요 근래에 요양원에서 나이 드신 분들이 많이 돌아가신다고 합니다."

"요양원에서 어르신들이 돌아가시는 일은 자연스럽지만, 갑자기 그렇게 사망자가 많이 나온다는 것은 뭔가가 있다는 얘긴데."

"대부분 심정지, 뇌 폐색, 폐색전증 같은 혈전에 의한 문제라는 것이 특징이에요."

"혈전이라…. 혈전 문제는 타노 바이러스 백신과 관계가 있을 수도 있겠는데."

"네, 한동안 백신 혈전 부작용으로 수많은 보고가 있었습니다."

"좀 더 자료를 모아서 확인해 봅시다. 정확한 자료로 승부해야 설득력이 생기니까."

혈전 문제는 백신이 본격적으로 사용되기 시작한 2020년 12월부터 불거졌다. 백신을 접종한 사람들 중 3~4일 안에 혈전 문제로 사망하는 사례가 보고되었다. 혈전으로 인한 급성 사망은 대부분 백신을 주사한 지 며칠 내에 발생되었지만 그 외의 장기적 인과관계는 밝히기가 쉽지 않다. 역사상 가장 급속도로 팬데믹 상황이 벌어졌고 역사상 가장 빠르게 백신이 생산되었다. 일반적으로 백신은 10년 정도의 임상 데이터가 쌓인 후 사용되지만 타노 백신은 긴급 승인을 받은 상태로 유통되었다. 어떤 임상 데이터가 쌓일지는 두고 봐야 할 일이다.

타노 바이러스 백신을 전 세계적으로 접종한 지 5년이 흘렀다. 전 세계 인구 79억 명 중 85%인 67억 명은 백신을 2회 이상 접종했다. 67억 명 중 30%가 사망했다. 물론 추가 접종자들은 사망 확률이 더 높았다.

2025년 12월 현재, 세계 인구는 약 59억 명이다. 인구는 계속 감소하고 있으며 출산율도 감소하고 있다.

대한민국 인구는 3천9백만 명이다.

# 4

서울특별시 중구. <더위크>의 사무실은 마감이 한창이다. 매주 목요일이 되면 기사 마감으로 인해 정신이 없다. 밤새 인쇄가 되어 금요일 아침이면 일주일 동안 준비한 기사들이 세상의 빛을 본다. 경민은 선배가 없는 사이에 기사의 초안을 작성했다.

"우리 후배님. 열심히 일하고 계셨나? 벌써 초안이 얼추 끝난 것 같은데?"

"선배, 딱 맞춰서 잘 오셨어요. 이걸 한 번 봐주세요."

"음. 들어맞지 않는 팬데믹, 첫 번째 단추의 비밀. 호기심 자극 좋네."

"일단 가제를 붙여봤어요. 팬데믹의 제대로 된 비밀은 누구나 알고 싶을 테니까."

"오케이. 보자고."

기획 기사의 시작은 팬데믹이다. 중국의 실험실이냐. 미국의 실험실이냐. 아니면 WHO에서 발표한 것처럼 자연스러운 발화냐. 기사를 준비하면서 정리한 내용을 바탕으로 판단의 기준을 삼았다.

"미국의 실험실 얘기가 아까 전화로 말한 것이군."

"맞아요. 미국에서 중국에 책임을 넘기려 하니, 중국에선 미국의 생물무기 연구소에서 만들어낸 것이라고 주장했죠."

"몇 가지 증거로 제시한 자료가 있군."

"자료가 있는데, 이게 출처를 정확히 밝히려면 시간이 좀 필요해요. 그런데 선배, 그거 기억나요? 예전에 부산이랑 평택에 미군 기지에서 탄저균 실험했던 거. 택배로 탄저균을 보냈었다는 사실도 밝혀졌잖아요. 만약 그게 실수로 누출됐다면… 타노 바이러스는 우습죠."

"어, 알지. 기억해. 그런 정황들을 보면 미국에서 만들어 낸 바이러스라는 것이 놀랍지도 않지. 하지만 이번 사건은 좀 더 명확하게 짚어야 하니까. 중국 말만 믿을 수는 없어."

"그래도 이번 첫 기사에 이 이야기를 흘려야 될 것

같아요. 그래야 정보통들이 소식을 전해올 거에요. 우리가 그걸 잘 취합해 봐야죠. 선배가 늘 얘기했잖아요? '가' '능' '성'!!"

"모든 것에 가능성을 열어 놔라. 생각을 넓게 해라."

"저 지금 생각 넓게 하는 중. 띠띠띠."

"오케이. 그럼 이렇게 초안을 나한테 넘겨줘. 보강해서 다시 얘기하자."

"넵."

'미국의 바이러스 연구는 내가 잘 알지 못한다고 쳐도 아마 상상을 초월하겠지. 분명 능력은 충분히 가지고 있다. 이용하려고 치면 충분히 할 만하지. 미국 내에서 바이러스 연구를 금지시켜도 주마다 법이 달라서 이동해서 실험을 계속했을 것이고 그마저도 힘들어지면 해외 연구실로 옮기면 그만이니까. 전 세계가 그들의 판이다.'

황 국장의 말이 떠올랐다. 아주 깊은 곳까지 생각해야 한다.

"좀 더 넓게. 깊게 봐라. 돈줄기를 봐라."

일단 첫 기획기사에서는 팬데믹의 시작점을 여러 가지로 모색했다는 것에 집중하기로 했다. 미국 쪽의

포커스를 맞춘 돈줄기는 앞으로 찾아가야 할 길이다. 기사가 나간 후 연락이 오는 정보통을 만나서 인터뷰를 하다 보면 다음 문이 열릴 것이다. 그렇게 문을 하나씩 통과하다 보면 깊은 곳까지 들어갈 수 있을 것이다. 그 어느 케이스보다 복잡할 수 있겠지만 문 하나를 열 때마다, '게이트'를 통과할 때마다 가까이 갈 수 있다. 비밀은 어둠 속에서도 흔적을 남기고 나는 그 흔적을 수집한다.

"선배, 밥 시킬 건데 뭐 드실래요?"

"나? 나는 샐러드. 샐러드 먹을게."

"엥? 웬 샐러드? 짜장면 아니고?"

"어. 몸 관리 좀 해보게."

"사람이 안 하던 걸 하면. 수상하다는데? 알겠어요."

* * *

내가 기자 생활을 하다 보니, 진실을 가리는 잣대가 하나 생겼다. 양 측의 의견이 분분할 때, 주류와 비주류가 공존할 때, 소수가 다수에게 밀릴 때, 돈을 좇는 쪽과 돈을 신경 쓰지 않는 쪽. 진실의 공방은 이런 식으로 나뉜다. 돈이 되지 않음에도 불구하고 자신의 커리어와 삶을 기꺼이 포기하면서까지 진실을 이야기하는 사람들은 들어볼 가치가 있다. 그들은 감언이설로 사람들을 설득시키려 하지 않고 옳다고 여기는 방향을 말한다. 그 방향을 잘 읽어야 한다. 기후 위기 취재로 만났던 천 박사님이 떠올랐다.

"박사님은 기후 위기를 이겨내려면 지금 당장 우리가 해야 할 일은 무엇이라고 생각하세요?"

"많은 일들이 있죠. 자가용보다는 대중교통을 이용하고, 일회용품을 쓰지 않고, 전기를 아끼고, 물도 아껴야죠. 자원을 최대한 아껴서 사용해야 합니다. 우리가 쓰고 있는 지구상의 모든 자원은 우리 소유가 아니죠. 우리 후세들의 것입니다. 지금 잠시 빌려 쓰고 있다는 인식의 변화가 필요합니다. 남의 물건을 빌리면 어떻게 해야죠? 소중히 써야죠. 다시 온전히 돌려줘야 하니까요. 초등학교 때 배우는 거죠. 자원도 빌린 것입니다. 현재 우리는 그런 인식의 진화 과정 속에 있습니다. 진화한다는 것은 고통이 따르죠. 현재의 평온한 상태를 깨야 하는 겁니다. 성장을 하려면 성장통을 겪어야 하죠. 편함을 깨뜨리고 불편함을 감수하더라도 그럴만한 가치가 있다는 것을 깨닫는 순간, 의식의 진화는 시작됩니다."

"굉장히 철학적인 이야기까지 해주시니 정신이 확 듭니다. 정말 의식이 바뀔 필요가 있다고 생각됩니다. 박사님."

"네, 의식주 모든 것이 환경을 먼저 생각하는 기준으로 바뀌어야 합니다. 그래야만 다가오는 기후 위기를 피할 수 있고 다 같이 살아갈 수 있죠."

"그런데, 기후 위기는 지어낸 말이다. 현재 인류의 기술로 충분히 극복할 수 있는 일이고, 지구 온난화는 그렇게 심각하지 않다는 의견도 많은데요."

"그건 말도 안 되는 소립니다. 기업의 후원을 받고 있는 일부 과학자들이 거짓 목소리를 내고 있는데요. 현재 파리기후협정에 가입된 나라들은 탄소 배출을 제한하고 있습니다. 기업들은 탄소 배출 규정에 맞추려면 상당히 불편합니다. 돈으로 따지면 손실이 천문학적입니다. 그렇기에 일부 친기업적인 과학자들에게 후원을 하고 연구비를 지원하면서 기업이 원하는 연구 결과를 발표하게 조장합니다. 한 번 돈의 맛을 보게 되면 쉽게 끊을 수가 없죠. 그렇게 과학을 악용하는 결과가 거짓 진실로 세상에 공표됩니다. 이러면 상당히 피곤해지거든요. 다른 과학자들은 발표된 결과를 또다시 인용하게 됩니다. 거짓 진실이 새끼를 낳죠. 이런 식으로 많은 부분 잘못된 결과를 낳게 됩니다. 돈을 따르는 것과 돈이 되지 않는 것에도 진실을 말하는 것. 그것이 바로 진실을 바라보는 기준입니다."

"아, 옳으신 말씀입니다. 진실을 말하는 것에 이면이 있다는 것을 잘 생각하겠습니다."

천 박사님과 인터뷰를 하고 나서 진실에 대해 다시 생각하게 되었다. 많은 사람들을 만나고 이야기를 듣고 취재를 하는 것이 직업이지만, 진실 여부에 대한 판단은 늘 힘겨운 과제다. 거짓말 탐지기 안경이 있다면 좋겠다. 거짓말을 하는 순간의 제스처나 심장박동, 땀이 나거나 신체의 반응을 면밀하게 스캔하는 안경 말이다.

"정 기자님. 가능하다면 육류보다는 야채 위주로 드세요."

"네? 갑자기? 건강을 위해선가요?"

"물론 건강에도 좋죠. 우리 몸의 건강뿐만 아니라, 지구 건강에도 좋습니다. 육류를 키우는데 탄소 배출이 엄청납니다. 가축에서 배출되는 메탄의 문제도 심각하고요. 메탄은 이산화탄소의 8~10배 효과를 냅니다. 온실효과의 또 다른 범인이에요. 가축 사육으로 인한 탄소 배출이 전 세계 모든 교통 시설에서 나오는 탄소 배출보다 높습니다. 이런 얘기를 하면 사람들이 잘 믿지 않아요. 인식의 변화가 필요하고 불편함을 감수해야 하기 때문입니다."

천 박사님과의 인터뷰는 다양한 인식의 진화를 경험하게 했다. 물론 이 기사가 나가고 매도 많이 맞았다. 기자 생활이 벌써 20년이 다 되었지만 젤 아픈 것이 댓글 싸대기다. 얼굴도 모르는데 기레기가 어쩌구 저쩌구 때려 댄다. 자주 보지는 않지만 대중의 반응과 생각을 읽기 위해서 확인을 하는데, 아무리 좋은 기사가 나가도 칭찬만 하는 댓글은 없다. 단지 비율의 차이가 있을 뿐.

* * *

"선배. 이 내용 좋은데요? 좀 더 넓게 볼 필요가 있다. 돈 줄기를 봐야 진실이 보인다. 진실을 찾을 수 있도록 도와 달라."

"그래? 다행이네. 미국, 중국을 떠나서 우리도 조금

더 넓게 바라보자고. 이렇게 첫 기사는 마무리 지읍시다. 메일 폭탄 받을 준비하시고."

"넵. 메일 잘 열어 놓을게요. 저 약간 떨리는데요."

"이 순간이 짜릿하지. 도파민이 막, 아드레날린이 막 치솟는 것 같지 않아? 이래서 기자 생활을 계속하나 봐."

"고생하셨습니다."

"경민님이 수고하셨지. 땡큐."

편집장실 문이 열렸다. 헝클어진 머리, 번들거리는 얼굴, 커다란 뿔테안경 뒤의 충혈된 눈은 나를 향해 있다. 온몸으로 신호를 보낸다.

'부르지 않아도, 말하지 않아도 알지.'

나는 자리에서 일어나 편집장 실로 향했다. 그리 넓지 않은 사무실을 훑으며 지나간다. 마감이 끝난 사무실은 일주일의 숨 가쁜 에너지가 한순간에 사그라든 쭈그러진 풍선 같다. 사람들의 빈자리엔 흔적이 남아있고 묵직한 기운이 녹아 있다.

"편집장님. 이제 그만 가시죠."

"어. 이제 가야지. 매주하는 마감인데, 마감할 때마다 느껴지는 이 부담감은 왜 줄어들지를 않을까."

"하하하. 그게 편집장의 역할 아니겠어? 따뜻한 사

무실에만 계시면 되는데, 그 정도 스트레스는 견뎌야 하는 거 아녀?"

"야. 말을 마라. 아는 놈이 왜 그러냐."

"갑시다. 내가 한 잔 살 테니."

"술도 안 마시면서 뭘 산다고 그러시나. 그래 가자. 일단 나가자."

"아 맞다. 형. 이번 기획 기사 준비하다가 생각났는데, 그분을 만나볼까 싶어."

"그분? 그분이라면 바로 산신령?"

"와. 아직도 그렇게 부르냐. 산신령."

"나도 못 뵌 지가 한참이지. 야 지금 가자. 산청까지 쭉 밟으면 금방 갈 거야.

가서 주말 동안 맑은 공기 좀 마시고 오자."

"나야 별 거 없으니 괜찮지만. 형은 집에 가야지. 형수랑 수진이 기다릴 텐데."

"너 핑계 좀 대고 나도 휴가를 가야겠다. 산신령도 만나고."

"그럽시다. 갑시다."

# 5

지리산 산청. SUV 한 대가 유일하게 어둠을 밝히며 외길을 간다. 길가에 뻗은 시커먼 나뭇가지의 그림자가 차의 뒷덜미를 잡아챘다.

“예전엔 낮에 와서 그랬었나. 원래 이렇게 길이 험했었나?”

“그러게 말이야. 여긴 산이라 그런지 낮에도 인적이 없던데. 좀 으스스하다.”

“산신령다워. 이런데 어떻게 혼자 들어와 살 생각을 할까.”

“오죽하면 여기로 왔겠냐. 세상이랑 담쌓고 사는 거지. 난 이해가 간다.”

“산신령은 메이저 국장이었는데. 이 정도로 내려놓

기는 쉽지 않았을 건데."

"그치. 너는 잘 모르겠지만 경영진과 처음부터 잘 맞을 수 없는 관계였어. 평생을 그렇게 버텨 온 것만으로도 대단하지. 오직 뚝심으로 버텼는데. 언젠가부터 윗선들이 하나 둘 자리를 뜨다 보니 산신령이 국장까지 대신하게 된 거지."

"내가 메이저 언론사 국장이었으면. 음, 나오기 전에 뭘 터뜨렸을라나. 웬만하면 존경하는 사람이 별로 없는데. 정말 산신령은 대단한 것 같아. 노 대통령의 억울함을 풀었고. 서울시장 사건의 전말도 밝혔고. 메이저 신문사 세 군데 족보를 밝혀냈잖아. 정재계의 비리들을 낱낱이 파헤쳤는데, 결국 그게 문제가 되었지만. 산신령도 마지막 각오를 했던 거니까. 결국 승리한 거라고 봐."

"그럼. 승리했지. 정말 오랜만에 언론이 자유를 만끽했지. 제대로 된 언론의 역할도 보여줬고. 그동안 기레기 소리만 듣다가 어깨 좀 폈지. 우리 옆집 아저씨가 더 좋아하더라."

"목적지에 도착했습니다."

내비게이션의 낭랑한 목소리가 두 남자의 대화를

가로막았다.

“우리가 간다고 연락했으니 맛있는 것 좀 차려 놨을라나.”

넓은 마당에 주차를 하고 차 문을 열었더니 청량한 공기가 폐 속을 가득 채운다. 미세먼지 많은 서울과는 비교할 수도 없는 청정지역이다. 하늘에는 별이 빛났다. 일렬로 있는 별 세 개가 눈에 들어왔다. 오리온자리의 벨트 부분이다.

“아이고. 오느라 고생했지? 어여와. 어여와. 반갑다. 반가워. 정말 너무 반갑네.”

“안녕하셨어요? 국장님. 오랜만입니다.”

“산신령님. 잘 지내셨어요? 이렇게나 반가워해 주시니 좋네요.”

“반갑고 말고. 내가 사람을 며칠 만에 보는지 모르겠다.”

“여기 있으면 하루 종일 말을 하지 않을 때도 있어. 얘나 있으니 혼잣말이라도 하지.”

송아지만 한 골든 리트리버 한 마리가 집 안에서 뛰어나와 요란하게 반겼다. 하도 세게 반기며 앞다리로 내 배를 쳐서 오줌을 지릴 뻔했다. 안 그래도 오래 참았는데.

"얘는 누구예요? 원래 개를 별로 안 좋아하셨잖아요?"

"얘는 미루야. 저 아랫마을에 있는 영감이 혼자 있으면 적적하다고. 마침 자기네 누렁이가 새끼를 몇 마리 낳았다고 받았는데. 어쩌다 보니 동무가 됐지. 이 녀석이라도 있으니 심심하진 않어."

개를 좋아하는 선배는 미루랑 벌써 궁합이 맞았다. 미루는 선배 앞에서 온갖 묘기를 다 보여주는 중이다.

"미루야~ 미루야. 얘 진짜 예쁘네. 똑똑하다. 산신령 지켜줄 만하네."

"산신령 얼어 죽는다. 들어가자."

따라 들어간 집은 예전과 많이 달랐다. 국장님은 원래 있던 집은 창고로 쓰고 직접 황토 집을 지었다. 남는 게 시간이라 운동 겸 하루에 조금씩 했는데 어느새 집을 완성했다고. 사람이 자기 살 집을 짓는다는 것은 어떤 특별한 의미가 있다고 했다.

"유일하게 인간만이 남이 지은 집에 살지. 다른 동물들은 다들 자기가 직접 보금자리를 마련하잖아. 하지만 인간은 언제부턴가 집도 하나의 상품으로 여겼던 것 같아. 직접 지어보니 크게 어려울 것도 없고 사치스러울 것도 없더라고. 사방팔방에 널린 게 집 지을 재료니까. 오늘은 뭐 하나 물어다 오고 내일은 또 뭣 좀 가져오고. 그렇게."

"까치 같네요. 까치."

"그렇지. 까치처럼."

"신령님은 역시 다르네. 난 또 하늘에서 누가 내려와서 지어준 줄 알았지."

"허헛. 이쯤하고 더덕주가 잘 익었으니. 오늘은 더덕주로 합세."

"역시 사람은 산에 살아야 하나 봐요. 먹는 게 틀리네요."

"안주는 겨울이라서 별건 없고. 이것저것 있는 걸로 부쳤으니까. 모둠전이라 합시다."

"시우는 술 안마시니까. 뭐 더덕 뿌리나 좀 씹어먹고. 신령님이랑 저랑 많이 드시죠."

"네네. 저야 뭐 알아서 먹을 테니까. 걱정 마세요."

언제 왔는지 미루가 옆에 앉아서 턱을 붙인다. 나도 미루의 머리를 연신 쓰다듬었다. 머리통이 둥그런 게 쓰다듬기가 좋았다. 오랜만에 사람 구경을 하는 미루는 마냥 좋은가 보다. 그러고 보니 개들은 정말 사람과 쉽게 친해진다. 개만이 가지고 있는 친화 DNA가 확실히 있는 것 같다.

“그래. 뭔 일로 이 먼 곳까지 오셨나 그래.”

“뭐 일은요. 오랜만에 신령님도 뵙고. 좋은 기운도 받고. 조언도 얻고요. 더덕주도 마시고.”

“산속에 있는 내가 뭐 도울 게 있겠나. 천천히 보따리를 풀어봅시다.”

“요즘 기획으로 ‘타노 팬데믹’을 파헤치고 있어요. 이제 시작인데, 여지껏 이런저런 거짓 정보들이 너무 많았잖아요. 그래서 구체적으로 정리를 하려고 합니다.”

“음. 팬데믹. 지난 일이지만 못 미더운 일이 많았지. 전 세계적인 사건이기도 하고. 어려운 걸 건드렸구만. 쉽지 않은 일이야.”

“그러니까요. 제가 말렸는데도. 저 녀석이 꼭 하겠다고 하더라고요. 내일 나갈 거예요. 첫 기사로 미국이냐 중국이냐. 언 놈이 엎질렀냐.”

“미국이냐. 중국이냐. 나라로 볼 것이 아닌데. 팬데믹은 말이야. 좀 더 넓게 봐야 해.”

“그쵸. 넓게 봐야죠. 그래서 제보를 좀 받으려고요. 이제 첫 단추만 끼워 놨어요. 내일 기사가 나가고 나면 퍼즐 놀이가 시작될 것 같습니다. 그전에 국장님께서 얼개를 맞춰 주시면 더 좋고요."

"내가. 음… 여기에 혼자 있으니 그건 좋아. 좀 더 객관적으로 세상을 보게 돼. 인터넷이야 이 시골에도 빵빵하게 잘 되니까. 시골 촌바닥에서도 전 세계를 보고 들을 수 있지. 주위에 시끄러운 잡음이 없으니 집중도 잘되고. 예전에는 볼 수 없었던 것들을 종합적으로 생각할 시간이 생겼어."

"역시 신령님이 그냥 집 짓고 텃밭만 가꾸진 않았겠죠."

진한 더덕향을 맡으며 투명한 잔에 세상을 비춰본다. 나는 냉장고에서 찾은 매실청을 뜨끈하게 데워 한 모금씩 삼키고 있었다. 두 사람은 이미 더덕향에 얼굴도 벌게졌다.

# 6

"'1%의 천재가 세상을 먹여 살린다.' 그런 얘기 들어본 적 있나. 하지만 99%의 사람들이 없다면 세상도 존재하지 않겠지. 반면 0.1%의 특권층은 또 다른 생각이지. 천재들은 나를 위해 존재하고. 99%의 사람들은 노예라고 생각하지. 결국 99.9%는 0.1%를 위해 존재한다는 것이나 마찬가지라네. 굉장히 이기적인 생각이고 잘못된 것 같지. 하지만 개미나 벌 조직을 관찰하다 보면 그저 자연스런 세상의 시스템인지도 모르겠다는 생각이 들어. 어쩌면 인간 사회도 복잡하긴 하지만 자연의 시스템을 따르고 있지. 문제는 0.1%가 어떤 생각을 가지고 있느냐지. 그들로 인해 세상이 바뀔 확률이 가장 크니까. 그걸 인정하지 못하면 나처럼 되는 건지도 몰라."

"신령님도 참. 그럼 오늘은 0.1%에 대해 이야기를 해봐야겠군요."

"아니 오늘은 그보다 좀 더 압축한 0.01%에 대한 이야기를 해보자고. 쉽게 X라고 합시다. 미스테리한 존재니까."

"X라. 갑자기 X파일이 생각나네요. 그러고 보니 비밀스러운 존재의 이름으로 X 만큼 잘 어울리는 것도 없네요."

"X가 어떻게 존재하게 되었는지는 잘 모르네. 하지만 그게 오히려 자연스러운 것인지도 몰라. 예를 들어 여왕벌이 죽으면 벌들은 새로운 여왕벌을 탄생시키지. 개미도 그렇고. 그 과정은 잘 모르겠지만 전체의 조직으로 봤을 때 필요한 존재이기 때문에 생겨나는 것 같아. 우리 사회도 그랬지. 부족장이 있었고 나라의 왕이 있었고 지금은 대통령이라는 존재처럼 리더를 뽑지 않나. 물론 때로는 왕이 없는 것이 더 나을 수도 있겠다는 역사도 많았지만 말이야. 지금의 정치적 리더들도 없는 것이 나았겠다는 생각이 들 때도 많지… 하고자 하는 말은, 악이든 선이든 그 X라는 존재는 없어지지 않는다는 것이지.”

“그러고 보니 그렇군요. 사회의 일정 비율은 크게 달라지지 않는 것 같아요. 왜 그런 거 있잖아요. 어딜 가도 세금 같은 존재는 있다. 조직에서 정말 피곤한 존재가 사라진다고 해도 또 다른 사람이 그 자리를 대신한다. 결국 늘 그런 존재가 있다.”

“비슷하지. 그런 개념으로 생각하면 조금 더 이해가 될 거야. 역사를 돌이켜 보면 시대마다 정복자들이 등장하잖아. 이 세상을 하나로 묶어보고 싶은 정복욕. 어찌 보면 남성의 가장 원초적인 욕구일지도 몰라. 정자가 난자와 수정이 되기 위해서는 몇 억, 아니 몇 조의 경쟁에서 살아남아야 하니까. DNA 속에는 경쟁과 정복, 생존에 대한 본능이 깊게 새겨져 있겠지. 그것이 얼마나 강하게 표출되는지에 따라서, 사회적 지위와 권력, 자본이 뒷받침되면 점점 욕심은 커지지.”

선배와 나는 산신령의 얘기에 푹 빠졌다. 오랜만에 존경하는 선배들과 함께 하는 자리에서 그 어느 때보다 카타르시스를 느낀다. 선배 또한 눈빛이 살아있다. 어쩌면 우리는 이런 만남을 애타게 원했는지도 모르겠다. 진작에 왔어야 했다. 멘토가 필요했다. 더덕주는 아직 많이 남았고 밤은 길었다.

“이야. 역시 괜히 산신령이 아니야. 이제 산에 있으니 진짜 산신령이오. 국장님을 위해서 한잔하시고. 계속 들려주십시오.”

“괜시리 미안하구먼. 너무 오랜만에 옛 친구들을 만나니 기분도 좋고 말도 많아지고 술도 한 잔 들어가고. 오늘 밤이 참 정겹네. 정겨워.”

“국장님. 그래서 그 X를 어떻게 찾아요? 방정식처럼 찾아내야 하는데, 단서가 별로 없네요.”

“아니야. 생각보다 단서는 많아. 단지 우리가 생각하는 X가 하나가 아닐 수도 있다고만 생각하면 되지. X, Y, Z가 될 수도 있고 말이야. 여하튼 눈에 보이지 않는 그런 권력층이 있다고 생각을 하면 어느 정도 말이 된다는 얘기지. 예를 들면, 그래, 지금 팬데믹 얘기를 하고 있으니 그 사람이 빠질 수 없겠네. 파울로 박사 말이야. 당시에 일약 스타가 되었지. 파울로 박사의 경력과 연구논문, 그간의 행동을 보면 팬데믹을 미리 알고 있던 것처럼 보이지. 일부 사람들은 팬데믹이 아닌 플랜데믹으로 부를 만큼 뭔가 짜여져 있는 것 같았어. 이미 지난 일이지만 생각해 봐도 그렇지 않은가?”

"그렇죠. 파울로 박사야말로 수상한 사람이죠. 말 바꾸기로도 유명하고, 백신을 오른팔에 맞았는지 왼팔에 맞았는지도 스스로 모르는 사람인데 말이죠."

"맞아. 권위에서 오는 파워가 모든 것을 능가하지. 그 자리에 오르기까지 능력도 능력이지만 뻔뻔함과 당당함에 사람들은 반복해서 속는 거야. 저렇게 공부도 많이 하고 높은 자리에 있는 사람이 하는 말인데, 설마 거짓일까? 그런 자기 합리화가 생기는 거지. 그렇게 대중은 스스로 의심을 거두게 되는 거지. 물론 지속적으로 의심을 하며 살펴보고 진실을 캐내려는 사람들도 있지. 그들은 소수가 되지. 대중에 섞일 수 없는 진실을 찾는 사람들. 그리고 진실을 알리기 원하는 이들. 세상을 바꾸고 싶어 하는 이들 말이야. 여하튼 파울로 박사는 자기 역할을 제대로 해냈지. 너무 잘했어. 전 세계의 미디어에 X의 가면 역할을 한 거야. 파울로는 꼭두각시일 뿐이지."

"맞아요. 너무 잘했죠. 대통령 말 자르면서 자기가 얘기하는 장면이 기억나네요. X의 파워는 미국의 대통령 위에 있다는 증거에요."

"사실 정치인들은 겉으로 보이는 허울이지. 그들은

말 그대로 정치적이거든. 사실 정치외교학에 대한 책을 보다 보면 결국 모든 것은 주고받는 것으로 귀결되지. 나는 이걸 줄게. 너는 무얼 줄래? 아니면 협박이지. 난 이걸 가져가고 싶은데, 그냥 주면 제일 좋고 아니면 내꺼 하나 줄게. 그것도 싫으면 나중에 내가 좋은 거 생기면 나누어 줄게. 뭐 이런 식인거지. 그걸 잘 하면 잘 할수록 정치를 잘하게 된다는 거야. 씁쓸하지만 현실이지."

"미국의 D 대통령은 정통 정치인이 아니었기에 그 판에서 버티기 힘들었을 거예요. 그래서 일부러 돌발행동과 언행도 자주 했고. 오히려 그런 행동으로 인해서 그 사람의 속을 알 수 없었죠. 그때는 이해가 안 갔는데, D가 그렇게 어리석은 사람은 아니죠."

"맞아. 대통령 하면서 실속을 잘 챙겨갔지."

"D 대통령의 행동을 보면 처음엔 전염병에 대한 생각조차 하지 못했지. X의 계산속에 D는 없었던 것 같아. 그러다가 D 대통령은 눈치를 챘을 거야. 파울로 박사가 중간의 가교 역할을 했겠지. 내가 하고 싶은 말은 X의 행동반경은 매우 넓어서 손이 미치지 않는 곳이 없다는 것이고. 마음만 먹으면 지금 우리가 하는 이런 이야기까지 도청할지도 모르지."

"우리가 뭐라고, 도청까지 하겠어요. 그저 시골에 앉아서 세상 얘기나 안주 삼고 있는데요."

"뭐 세상사가 다 그렇지. X도 사람인데, 배고프면 먹고 배 아프면 화장실 가고, 먹고 자고 그렇게 사는 거지. 그런데 말이야. 사람의 욕구 중에 가장 큰 욕구는 뭔지 알아?"

"뭔데요?"

"음…. 불로장생!"

"아하. 말 되네요. 진시황도 평생 살고 싶어서 전 세계로 불로초를 찾아오라고 했으니까요."

"그렇지, 그 당시엔 진시황이 X였지. 당시엔 X가 겉으로 잘 드러나 있었지. 하지만 요즘은 대놓고 드러내는 것보다 신비주의 전략이 유리하겠지."

"마이너 기사들을 보면 미국이 바이러스를 개발했고 'TANO-19'으로 이름까지 지어 놨었다고 하던데요. PCR 검사기도 미리 준비되어 있었고 백신조차도 계획을 했었다고요. 미국 내에서 바이러스 실험을 하다가 CDC의 눈치를 받았고 다른 곳으로 시설을 옮겼고 옮긴 장소 중의 한 군데가 사안이다. 결국 사안에서 타노 바이러스가 실험되고 있었다는 얘기죠."

"근거가 없는 얘기는 아니지. 아마 사실일 거야. 출처를 찾아봐야 하겠지만, 그때 사안의 중국 연구원이 돌연 사라졌어. 펭 박사, 박쥐와 코로나 바이러스 연구의 중요한 인물이지. 쓰 박사는 사안 연구소 소장이었고 사안 연구소 설립에 도움을 준 하버드 대학교의 교수도 연관성이 있을지 모르지. 물론 파울로 박사도 연관이 있을 것이고. 그런데 말이야. 이 사람들도 결국엔 장기판의 말일뿐이야. 게임을 위한 희생이지. 장기나 체스를 두다 보면 일부러 자기 말을 희생하잖아. 게임을 이기기 위한 하나의 연막이지. 결국 이기는 것이 목적이니까."

"그래도 세부적인 사실들을 알아야 인과관계를 엮어내죠. 그런데 이번 사건은 너무 많이 얽혀 있고, 해외에서 벌어진 일이다 보니 자료도 한계가 있습니다. 아무래도 예전에 제가 했던 방식으로는 힘들 것 같아요."

"일단 큰 그림을 그려보고 나머지 세부적인 것을 맞춰보자고. 국내에서 벌어진 일들은 다르게 접근해야 하니까. 이거 밤새 가야 할 길이 멀겠는걸? 피곤하지는 않나?"

"그러고 보니. 좀 피곤하긴 하네요. 그래도 조금 더 달려가 보죠. 외국 상황은 일단 저 정도로 두고. 국내로 가보겠습니다."

"시우야. 아주 흥미진진하다. 오늘 제대로 날 잡았구만. 신령님도 컨디션이 좋구요. 가보자 국내로."

"국내 첫 환자는 2020년 1월에 발생했죠. 사안에서 온 중국인이었어요. 되돌릴 수 있다면 중국으로 다시 보내는 것이 맞았을 수도 있죠. 하지만 우리 정부는 너그럽게 인천 병원에서 치료를 해줬죠. 아직 하늘 길이 열려 있었고 이 정도는 쉽게 대응할 수 있다고 생각했는지도 몰라요. 사스나 메르스 때처럼 열 체크만 제대로 하면 별일 없을 거라는 판단이었죠."

"그렇지, 2월에 첫 사망자가 나오고 나서야 관심이 증폭했지. 여기서부터 의문점은 시작되지. 과연 사스나 메르스와는 완전히 다른 무서운 질병이었을까. 신종 코로나 바이러스인 타노가 그 정도로 무시무시한 전염병이냐는 거지. 이 점에 대해서 학자들은 동일하게 밝혔어. 사스와 메르스에 비해 오히려 치사율이 낮았고 전염력은 중간이지. 우리는 이미 사스와 메르스를 경험해 보았고. 그에 비하면 그렇게 걱정할 것은 아니라는 계산이 나왔던 거지. 당시 상황으로만 보면 그럴만하다고 봐."

"저도 그렇게 생각했으니까요. 언론에서 이래저래

떠드는 거야 당연한 것이고. 이게 그렇게 요란할 정도의 일은 아니라는 생각을 했어요. 근거 자료가 있으니까요. 국내 치사율이 1%가 되지 않아요. 독감보다 조금 높은 정도예요. 그런데 이렇게 국가가 동요될 일인가. 아니 그러다가 금세 전 세계가 동요되었죠. 언론 몰이에 전 세계가 휘감기기 시작했죠. 팬데믹의 전야제가 시작되었습니다."

국장님과 열띤 이야기를 하다가 코 고는 소리에 잠시 말이 끊겼다. 따뜻한 황토 방의 열기에 몸이 나른해졌다.

"선배, 자요? 운전하고 오느라 피곤했나 봐요."

"그러게, 자리 깔아 줘야겠다. 우리는 좀 더 있다가 잘까?"

"네, 저는 괜찮아요. 잠깐 바람 좀 쏘이고 올게요."

# 7

오늘 밤은 달 빛이 흰색에 가까웠다. 어떤 날은 주황색에 가까운데, 오늘은 흰색이다. 그래서 그런지 주위가 밝게 보인다. 밤인데도 시야가 확보되었다. 미루가 따라 나왔다. 곁에 앉아서 연신 꼬리를 흔든다. 털이 많이 달린 꼬리가 주위의 흙을 빗자루처럼 쓸어냈다. 오늘 열심히 했으니 담배를 한 개비 피워야겠다는 생각이 들었다. 겨울에는 담배 연기와 함께 입김이 추가되어 길고 긴 연기를 내뿜을 수 있다. 황토 집 굴뚝에서 피어나는 연기와 하나가 되어버린다. 찬 공기가 몸 안에 가득 차고 코끝이 살짝 얼얼해지는 기분이 좋았다. 머릿속이 맑아지며 생각이 정리되는 느낌.

"국장님. 그런데 말이죠. 첫 사망자가 나오기 시작

하면서부터 언론이 두 갈래로 나뉩니다. 메이저 언론에서는 공포감 조장이 시작되고 마이너는 타노가 일반 독감 정도밖에 되지 않는다는 말을 합니다."

"음. 외압이 들어가기 시작했다는 증거지. 언론이 갈린다는 것은. 정치적인 목적도 포함되고. 대외적으로 봤을 때 당시의 기사들은 바이러스에 대한 공포감을 조성하는 느낌이 강해. 팬데믹으로 끌고 가려는 목적 때문이었을 거야. 공포와 혼란, 세계 경제의 압박. X는 일부러 경제를 뒤흔들 때가 많지. 그래야 주식을 더 많이 살 수 있고 지배권은 늘어나니까."

"그렇겠네요. 그렇게 따지면 앞뒤가 맞네요. 역시 X를 놓고 생각하니 논리적으로 말이 됩니다. 돈과 지배권을 강화하기 위해서 두 가지 토끼를 다 잡으려는 계획이네요."

"하나 더 있어. 전 세계적인 팬데믹 상황은 아직 겪어본 일이 없었거든. 그런 일이 생기면 어떨까. 하는 시나리오만 있었지. 그런 시나리오는 이미 포럼에서 몇 번 거론이 되었고 시뮬레이션도 해보았어. 타노 팬데믹은 계획적이든 계획이 아니든 간에 실험을 해볼 수 있는 좋은 기회였지. 물론 이 좋은 기회를 그냥 둘 수 없었겠지. 제약사로 큰돈도 벌 수 있는 것은 덤이고."

"테스트 평가할 수 있는 기회군요. 그런데 구체적으로 뭘 테스트했을까요."

"이미 밝혀진 게 많지 않나. 각 나라를 통제할 수 있는 시스템을 구축한 거지. 심리적으로 사람들은 공포에 가장 민감하니까. 공포심을 유발하여 정부의 힘을 키우고 지배력을 강화하지. 사람들은 살기 위해 어쩔 수 없이 잘 따르게 되는 거지. 정보는 정부에 의해 컨트롤 되고. 진실은 소수의 의견으로 묻히거나 조롱 당하게 되지. 결국 메이저 언론에서 지속적으로 말하는 것이 진실로 굳어지는 거야. 예전에 히틀러가 자주 써먹던 방법이라네. 반복해서 거짓말을 하고 가능한 크게 부풀리고 당당하게. 그렇게 계속 밀어붙이면 대중은 속을 수밖에 없다. 독일 전체가 그렇게 믿었던 거지."

"믿고 따르는 존재가 생긴다면, 그것이 무엇이든 따르게 된다는 거죠. 사이비 교주들도 마찬가지로 이런 수법을 쓰고요. 객관적으로 물러나서 보면 보이는 것인데, 그 안에 들어가게 되면 빠져나오기 힘든 것처럼."

"맞아. 그 뒤로는 통제가 잘 되지. 얼마나 통제가 잘 되었나! 마스크 쓰라면 쓰고 거리 두기 하라면 하고 영업시간도 칼같이 지키고. 이게 상황이 달라서 그렇지 70년대 통금과 같은 거야. 현재 정치인들은 그 시대를 경험해 봤지. 야당, 여당을 떠나서 젊은 시절에 자유를 외치면서 운동을 했던 이들조차도. 권력을 잡은 상황에서는 달라질 수 있어. 이미 권력이 손에 들어오면 그걸 놓치고 싶지 않은 것이 인간의 심리거든. 그걸 놓을 수 있는 의지는 어지간한 마음으로는 되지 않지. 권력욕만큼 사람을 탐욕스럽게 만드는 욕심도 없을 거야. 조선왕조실록을 봐봐. 친형제를 죽이고 아버지와 아들이 죽는 이유는 권력 때문이지. 여하튼 테스트를 계속해 본 거야. 그래도 국민들은 크게 반항이 없이 잘 따르네? 오호라 이거다 싶었겠지. 정부에서 주도하는 대로 끌고 갈 수 있다는 것을 깨닫게 된 거지."

"음… 맞아요. 사실 권력층의 입장에서는 말 잘 듣는 국민이 최고겠죠. 하라는 대로 따르면 너무 편하겠죠. 그렇게 굳히기에 들어갔군요. 국민의 선함을 역으로 이용했어요."

"2021년은 역사상 암흑의 시대로 기억될 거야. 팬데믹 시대라고 해야 하려나. 이 시대는 인류의 모든 것이 달라진 기준이 되는지도 몰라. 진화론자들은 진화를 말하고 종말론자들은 종말을 말하지. 결국 어떻게 보느냐는 후대가 평가하겠지만, 현재를 살아가고 있는 우리는 오히려 객관성을 잃었는지도 몰라. 나 역시도 그랬고. 자네도 마찬가지야."

"그런가요? 저는 나름 객관적으로 보려고 노력하고 있는데, 이걸로는 역부족일까요? 정말 앞뒤로 답답하네요. 가려지고 감추어진, 과장된 허위 정보들이 너무 많아요. 역사는 이긴 자들의 기록이라는 말이 체감됩니다."

"그렇긴 하지만 그래도 전 세계가 하나의 네트워크로 연결되어 있는 현재, 모든 것을 감출 수는 없겠지. 복잡하지만 그래도 진실을 향한 빛은 있지 않은가."

국장님은 잠시 말을 멈췄다. 뭔가를 생각 중인 것 같았다. 아니, 망설이는 것 같은 기분이 들었다. 술잔을 잡고 빙그르르 돌리니 술에 담긴 향취가 은은히 퍼졌다.

'뭔가가 있구나. 예리하게 찔러볼 타이밍이다.'

"전이 다 식었는데도 맛이 참 좋네요. 역시 자연산으로 먹으면 뭐든 맛있는 것 같아요. 국장님. 그런데 말이에요. 타노 팬데믹은 2021년을 기점으로 새로운 국면으로 접어듭니다. 백신이 개발된 거죠. 생각보다 매우 빠르게. 전 세계 언론들이 인류의 승리이며 과학의 승리다. 모든 지성이 하나가 되어 백신을 만들었다고 자축을 했어요. 대중은 팬데믹이 끝나고 일상으로 복귀할 수 있을 것이라는 희망을 가지게 되었지만, 실상은 그 반대였습니다. 오히려 백신을 접종할수록 확진자는 늘었어요. 정부는 아직 접종률이 낮아서 그런다고 더욱 박차를 가했고 80%가 넘는 사람들이 백신을 맞았지만 오히려 확진자 수는 더블링을 계속했어요."

"나도 처음엔 백신을 맞으면 어느 정도 희망이 있을 줄로 알았지. 노년층이 제일 취약했고 먼저 백신을 접종했잖은가. 나도 1차로 백신을 맞았지. 다행히도 큰 문제는 없이 지나갔네만, 그렇게 가볍게 여길 문제가 아니었다는 건 나중에 알게 된 사실이야. 이건 통계청 자료만 잘 들여다봐도 알 수 있는 문제인데, 한때 우리나라는 노인층이 급격하게 늘어났지. 사실 노인층이 늘어난 것은 아니고 베이비붐 세대가 노인이 되었으니 원래 많았던 거지. 반면 출산율이 줄었으니 젊은 층과 유아기의 아이들은 줄었고. 하지만 타노를 겪으면서 인구 그래프가 많이 바뀌었어. 노인층이 급격하게 적어졌지. 이건 우리나라뿐 아니라 전 세계적인 추세였어. 주로 선진국들, 즉 백신을 많이 맞은 나라들일수록 이런 현상이 잘 드러난다는 거지."

"제3세계는 전염병인 타노 바이러스로 노인층이 많이 사망했고, 선진국은 백신으로 노인층이 많이 사망했다는 거죠. 어떻게든 1차적인 타깃은 노인층이었네요."

"그렇게 보여. 내가 봤을 때는. 나도 노인이지만, 사실 노인이 되어보니 여러 가지로 공격을 받을 수 있겠다는 생각이 들어. 일단 의학이 발전해서 삶이 길어졌잖나. 요즘은 크게 문제가 없는 한 8~90은 거뜬하지. 100세까지도 흔해졌어. 그러다 보니 젊은 사람들은 부양해야 할 인구가 너무 많아. 세금으로만 충당하기엔 부족하고. 힘들게 벌어서 나라에 세금을 주면 그 돈은 노인들에게 들어가는 거지. 국민연금 문제도 문제지만 의료비로 지출되는 비용도 천문학적이지. 그 많은 돈이 의료보험을 통해 제약사와 병원으로 돌아가지. 이건 하나의 커다란 머니 시스템이야. 정부는 이 시스템을 돌리기 위해서 계속 돈을 찍어내지만, 그건 현명한 방법은 아니지. 시스템 전체가 바뀌지 않는 한, 아니, 모든 것이 리셋되지 않는 한 멈출 수도 바꿀 수도 없는 늪에 빠져 버려."

"전 세계적으로 마찬가지겠네요. 부양 인구가 너무

나 많아졌다는 것. 인구 조절 문제가. 그거군요!! 인구 조절!! X가 원했던 건 바로 그 인구 조절이구나. 그렇죠?"

"여러 이유 중 하나였던 것으로 보이네. 인구 조절 중에서 그나마 건드리더라도 양심의 가책을 덜 느끼는 층을 공략했는지도 모르지. 생명엔 높고 낮음도 없고 모든 생명은 고귀하지만 말이야. 아마도 이렇게 자기 합리화를 시켰을지도 모르겠어. 살 만큼 살았으니 이제 조만간 죽을 사람들을 이참에 조금 더 부스터를 가해보자는 생각."

"이런, 부스터 샷은 그래서 나온 건가요. 생명을 더 빠르게 태워버리는!"

"그렇게 생각해도 틀리지 않겠군. 정리해 보면 타노에 걸리든 백신을 맞던 1차 희생양은 노인이었다는 사실이야. 통계에 잘 나타나지도 않으니까. 기저질환이 있던 사람들이나 백신 부작용이나 기타 어떤 죽음을 당해도 사람들은 크게 동요하지 않을 테니까."

"교묘하군요. 교묘해. 그래야 사람들이 자연스럽게 받아들일 테니까 말이죠."

"그렇지. 그렇다는 말이지. 자네랑 얘기를 하다 보니 안타까운 지난 몇 년이 그려지는구만. 너무나도 많은 일이 일어났어."

"많았죠. 너무나요. 시간이 벌써 이렇게 됐네요. 좀 있으면 해 뜨겠어요. 국장님. 이제 눈 좀 붙이시죠."

"그러게. 나도 오랜만에 말을 많이 했나 봐. 이제 어지럽구만. 내일 다시 이어가지."

"그럼요. 그래야죠. 저는 정리 좀 해놓고 잘게요. 먼저 들어가세요."

"그럼 부탁하네. 잘 자고."

꼬리를 무는 이야기에서 많은 단서를 찾았다. 기억에서 사라지기 전에 메모를 했다. 앞으로의 방향성을 조금은 잡았는지도 모르겠다. 하지만 가야 할 길이 멀다. 많은 이야기를 했지만 사과 겉껍질만 깎은 기분이다. 미루는 옆에서 코를 골며 자고 있다. 어쩌면 개는 이 세상에서 순간의 행복을 가장 잘 느끼며 살아가는 동물인지도 모르겠다. 이 녀석은 아무런 걱정도 없는 것 같다. 개로 산다는 것은 어떤 것일까를 그려보며 눈을 감았다.

# 8

서울 S 대학의 의학 연구소. 김민규 소장은 부지런히 자료를 모으는 중이다. <양심 있는 의사들>에 접수된 소식 외에도 의심되는 환자군이 많았다. 주로 노인층에서 의문의 죽음들이 잇따르고 있다. 요양원과 일반 병원의 데이터도 함께 분석 중이다.

김 소장은 새벽에 일찍 일하는 것을 즐긴다. 연구실에 일찌감치 나와 직접 원두를 갈고 커피를 내린다. 원두는 정확하게 25g을 그라인딩 하고 물 온도는 75℃에 맞춘다. 적당한 굵기로 갈아낸 원두를 빠르게 내려야 탄 맛이 없는 깔끔한 밸런스의 커피 맛이 난다. 5년 동안 아침마다 같은 패턴을 반복하고 있다. 타고난 계획형 인간이다.

'아무리 생각해도 찜찜한데. 요즘 들어 부쩍 노인층이 많이 사망하는데, 뭔가 패턴이 있는 것 같기도 하고. 랜덤한 것 같기도 하고. 의심이 되는데.'

김 소장의 모니터에는 전국 요양원의 사망자 수가 엑셀로 정리되어 있었다. 통계청 자료를 보니 이번 주에 노인층 인구가 급격히 줄었음이 눈에 들어왔다. 이번엔 국내 데이터 말고 해외 데이터를 수집해 보았다. 언론 기사에는 대단한 내용은 눈에 띄지 않았다. 그중 눈에 들어온 것은 이스라엘의 소식이었다.

[2025년 11월 18일, 이스라엘,
종교인들이 함께 하는 시설에서 집단 의문사가 발생.

70대 이상의 노인 50여 명이 갑작스러운 죽음을 맞이했다. 이들은 전날까지 특별한 징후가 없었으며 건강한 상태였다. 사인은 급성 심장마비, 뇌경색이다. 부검한 결과 혈전이 원인으로 밝혀졌다. 특이사항은 이 종교단체는 주로 채식을 하는 단체로 동물성 식품은 섭취하지 않았다. 따라서 식습관에 의해 혈전이 생길 확률은 일반인보다 낮았다. 그럼에도 50여 명이 혈전 문제로 사망한 것은 의문이다.]

우리나라만의 문제가 아니라는 생각이 들자, 김 소장은 처음부터 의심했던 타노 바이러스 백신의 혈전 문제를 대입시켜 생각했다. 백신의 혈전 문제는 모두가 쉬쉬하고 있었지만 공연하게 알려진 사실이다. 2021년 8월 캐나다의 찰스 박사는 mRNA 기반 백신을 접종한 대상자는 60% 이상 크고 작은 혈전 반응이 나타난다고 발표했다. D-dimer 테스트를 통해 밝혀냈는데 이에 반론하는 과학자들도 많았다. 결과적으로는 찰스 박사의 말이 맞았다. 백신을 접종한 사람들에게는 크기가 작은 혈전들이 발견되었고 평소의 식습관에 따라 발병 확률이 높아졌다. 당뇨, 비만, 혈관 문제가 있던 사람들은 혈전으로 인한 합병 증세가 발견되었다. 적절한 시간에 발견하지 못했던 사람들은 사망했다.

'초기에 발생한 백신 혈전 문제로 이미 많은 사람들이 사망했는데, 벌써 4년이 지난 지금 왜 다시 이 문제가 불거지는 걸까.'

김 소장은 mRNA 기술에 대해서 잘 알고 있었다. 초기에 타노 바이러스가 놀라운 전염력으로 세상을 뒤덮을 때, 이건 이 세상에 없던 바이러스가 나타난 것이라 생각했다. 수많은 연구 논문들을 살펴보고 타노 바이러스는 인간이 유전자 조합 기술로 만들어 낸 사실임을 밝혔다.

[타노 바이러스의 스파이크 단백질 염기서열을 살펴보면 PRRA(프롤린, 아르기닌, 아르기닌, 알라닌) 등 4개의 아미노산이 일렬로 삽입된 부분이 확인된다. 이는 바이러스와 인체 세포가 결합하기 쉽도록, 퓨린이라는 효소가 스파이크 단백질을 손질할 수 있도록 돕는다. 퍼즐을 맞추듯 인체에 침투하기 좋은 형태로 바이러스의 돌기 부위를 예쁘게 도려낼 수 있도록 변형이 일어났다는 것이다.]

자연에서 발생된 기존의 코로나 바이러스에 비해 타노 바이러스는 인간 사이의 전파력이 매우 강했다. 2021년에는 델타에 이어 '타이탄' 변종이 발생했다. 타이탄은 전파력이 배 이상 업그레이드되었다. 너무나 적절한 시기에 나타난 변종 바이러스는 팬데믹에 적응해서 희망을 가지고 이겨내던 인류에게 찬물을 끼얹었다. 다시 시작된 백신 접종률 경쟁과 추가 부스터 샷, 그리고 새로운 경구용 치료 약도 개발되었다.

'맞다. 그런 애기가 있었지. 백신 안에 들어있던 알 수 없는 물질들. 나노 튜브, 수산화 그래핀과 디스크 조각들. 그게 원인인가. 너무 SF 적인 환상은 아닐까.'

김 소장은 부지런히 스크랩한 자료들을 뒤적였다. 주로 유튜브와 마이너 언론사들, 블로그를 통해 전파된 정보였지만 출처는 믿을 만했다. 세 명의 박사들 모두 명망이 있는 과학자였고 의사였다. 그들이 허위 사실을 유포할 만한 이유는 없었다. 그리고 그 사실을 말함으로 인해 실제로 곤란한 상황에 처했고 한 명은 의문사로 목숨까지 잃었다.

2021년 여름을 기점으로 미국, 캐나다, 일본에서도 백신에 금속성 물질이 들어있다는 것이 밝혀졌다. 하지만 전 세계 메이저 언론은 팬데믹 종식을 위해서 일부의 부작용은 감수해야 한다는 논리로 밀고 나갔다. 국내에서는 <양심 있는 의사들>을 중심으로 6개의 백신을 직접 검사했고 모든 백신에서 이상 물질을 발견했다. 금속성 물질은 자성에 반응했고 특정한 움직임을 보였다. 몸 안에 주입된 물질이 어떤 신호 체계에 의해 움직일 수 있다는 것은 상상을 초월할 일이었다. 인간의 몸 안에서 자신이 모르는 물질이 떠돌아다니고 있었다. 그리고 그것이 특정한 신호를 받으면 뭉치기도 했고 흩어지기도 했다. 이는 혈전 현상을 인위적으로 발생시킬 수 있다는 말이다.

'한때 발생했던 혈전 문제가 지금 다시 시작되는 것은 누군가가 인위적으로 스위치를 켰다는 얘기다. 백신

을 맞은 사람들의 목숨 줄이 누군가에 의해 조정된다.'

김 소장은 예전부터 의심해왔던 생각들이 정리되면서 목뒤가 싸늘해짐을 느꼈다. 본인도 백신을 접종했었다. 의료인이라 1차로 백신을 접종했지만 늘 찜찜한 기분이었다. <양심 있는 의사들>에서는 혈전 부작용을 완화시키기 위해서 해독 요법을 연구했고 사람들에게 알렸다. 그가 아직까지 이상 없이 살아있는 것을 보니 방법이 통했던 것 같다. 사회는 점점 양분화되었다. 백신 찬성과 반대로 나뉘었다. 처음엔 일부였던 백신 반대론자가 점점 많아졌다. 하지만 정부의 초기 강경 대응으로 인해 전 국민의 90% 이상이 1회 이상 접종했고 2차, 3차 꾸준히 접종을 늘려 나갔다. 끝까지 백신을 거부하는 사람들은 사회의 소외층이 되었다. 공공시설에 제약을 받았고 심지어 식당에서 밥을 먹는 일조차도 힘들어졌다. 정부는 백신을 반대하는 사람들이 바이러스를 옮기는 주범이라고 단정 지어버렸다. 잘못된 정보는 언론을 타고 널리 퍼졌으며 그대로 굳어졌다. 백신 패스를 적용시켜 사람들을 통제하기 시작했다. 인권을 무시한 강압적인 통제 상황은 과거의 군사정권 시절로 회귀되는 것은 아닌지 의심스러웠다. 정부의 힘은 강해지고 국민의 권익은 낮아졌다. 집회나 시민운동조차도 허락되지 않는 통제 사회가 되었다.

세계적인 면역학 권위자이자 <양심 있는 의사들> 소속인 이상구 박사는 여러 가지 이유로 백신 접종의 실효성이 떨어짐을 증명했지만 메이저 언론에서는 정부와 입을 맞추어 음모론으로 몰아버렸다. <양심 있는 의사들>의 성명서가 발표되어도 사이비 의학으로 결론지었다. 진실의 행방은 모호해지고 국민들은 혼란스러웠다. 국민의 대다수가 타노 백신의 임상 시험자가 되었다. 아이들만은 건드려서는 안된다고 청소년들의 백신 접종을 강력히 반대했지만 정부에서는 오히려 아이들이 바이러스를 전파한다며 백신을 강요했다.

<양심 있는 의사들>은 좀 더 본격적으로 활동을 해야 한다는 결론에 이르렀다. 정부는 백신 패스를 앞세워 접종률을 높이고자 했다. 이대로 있다가는 전 국민이 백신 화가 될 것이기에 암암리에 '페이크 접종'을 시도했다. 페이크 접종이란 <양심 있는 의사들> 소속 병원에서 백신을 접종하되 사전 교육을 충분히 하고 실제로는 백신을 접종하지 않는 방법이다. 서로 간의 신뢰를 바탕으로 시작되었지만 엄연히 적법한 형태는 아니

었기에 다들 조심하고 조심했다. 함께하는 의사들은 법을 어기더라도 신념을 지켰고 국민의 건강을 보호해야 한다고 믿었다. 히포크라테스는 환자의 건강과 생명을 첫 번째로 생각해야 한다고 했다. 그들은 양심에 따라 행동했다. 의사들이 할 수 있는 최대의 저항이었다.

또 한 가지, 백신을 이미 접종한 사람들을 위해 최대한 부작용을 막기 위한 연구를 시작했다. 이 방면에 탁월한 지식을 가지고 있던 미국 존스 홉킨스 대학의 민 박사는 일상에서 구할 수 있는 제품들을 활용한 해독요법을 개발했다. 이를 사람들에게 알리고 교육했다. 이런 빠른 대응이 아니었다면 피해는 더욱 커졌을 것이다. 백신을 맞은 사람들이 다시 백신 해독을 해야 하는 아이러니한 상황이 벌어졌다.

김 소장은 오늘 자로 발행된 <더위크>를 살펴보다가 제보 메일을 작성하기 시작했다. 타노 팬데믹은 시작부터 계획된 것이고 이미 끝났다고 생각했지만, 실제로는 이제부터 시작되고 있다는 내용을 밝혔다. 그가 알고 있던 전문지식과 뒷받침할 수 있는 자료들도 모아두었다고 말했다. <더위크>에서 제대로 된 기사를 다루게 된다면 세상에 많은 영향을 줄 수 있을 것이라 생각했다. 그간의 행보를 보면 일반 언론사와는 결이 많이 달랐음을 잘 알고 있었다. 굵직한 기획기사로 사회의 어두운 면을 드러내는 일은 <더위크>의 강점이므로.

김 소장은 이상구 박사에게 전화를 걸었다.

"박사님. 그간 우리가 알고 있던 내용들을 정리해서 <더위크>에 넘겨줄까 합니다. 자세한 내용은 아직 밝히지 않았지만 이메일로 대략적인 내용을 보냈습니다. 정시우 기자는 믿을 만한 사람입니다. 예전에 여러 사건들을 통해 증명되었으니까요."

"잘하셨습니다. 저도 모아둔 자료가 있으니 우리가 정리한 것만으로도 꽤나 소중한 정보가 될 겁니다. 이번에야말로 전 국민, 아니 세상이 제대로 진실을 알게 되겠네요. 이미 너무 늦은 감이 있지만."

"늦었죠. 하지만 지금이 적기인지도 모릅니다. 요양원 사건에 이어 전국적으로 노인층이 급격하게 줄어들고 있습니다. 아무래도 시작된 것 같습니다."

이상구 박사는 잠시 할 말을 잇지 못했다.

"결국. 우리가 우려한 일이 시작되는 건가요. 4년이나 지나서 안심하고 있었는데, 우리의 예상이 틀리기를 기대하면서. 이번엔 우리도 안전하지 않을 수도 있겠군요."

휴대폰 너머로 긴 한숨이 묻어났다.

"그래도 여러 가지 얻은 정보들이 있으니 막아내 봐야죠."

"그럽시다. 그럼 정시우 기자는 언제 만나는 건가요?"

"아직 약속은 잡지 않았지만, 최대한 빨리 만나야 할 것 같습니다. 얼마나 이 문제의 심각성을 느끼고 있을지는 모르겠네요."

"시급성을 잘 얘기해야죠. 그럼 수고해 주십시오. 김 소장님."

"네 박사님."

# 9

[2021년 6월. 코스타리카의 아름다운 해변에 한 남성이 죽은 채로 발견되었다. 최소 10억 달러(1조 2000억 원)에 달하는 비트코인을 보유한 것으로 추정되는 루마니아 출신 비트코인 투자자다. 그가 소유했던 비트코인 3만 개는 행방불명 되었고 이 세상에서 영원히 사라지게 되었다.]

서울 강남의 카페에서 야구 모자를 눌러쓰고 후드티의 모자까지 덮어쓴 인물이 있다. 갈색에 가까운 선글라스 너머로 번쩍이는 눈빛이 선명하다. 커다란 텀블러에 아메리카노를 마시며 노트북으로 기사를 보고 있는 그(그녀)는 유령처럼 살아가는데 익숙하다.

* * *

3년 전, 2018년 8월. 한국전력의 보안망은 완전히 무너졌다. 무더위가 기승을 부리던 여름날의 오후 2시. 강남 일대에는 대규모 정전 사태가 벌어졌다. 도심은 멈췄다. 모든 것이 얼음 상태, 그대로 멈춰버렸다. 에어컨도 컴퓨터도 휴대폰도 먹통이 되었다. 신호등은 점멸등으로 껌벅였고 사람들도 의문을 모른 채 눈만 껌벅였다. 전기가 없는 현대인의 삶은 상상하기 힘든 모습이었다. 사람들의 이마에는 송골송골 땀방울이 맺히기 시작했다. 더워지는 건물에서 버티지 못한 시민들은 밖으로 나왔다. 지나가는 자동차들마저 멈춰버린 신호 때문에 정지되었다. 도시는 적막에 휩싸였다. 현대인에게 전기란 공기나 물처럼 당연하게 여기는 요소였다. 그 누구도 전기의 소중함을 모르고 살았다. 이 전기를 생산하기 위해서 어떤 자원이 필요한지도 몰랐다. 당연히 누릴 수 있는 권리였던 전기를 다시 생각하게 되었다. 그린이 전하고 싶던 메시지였다.

순간 코엑스 앞의 커다란 전광판에는 빛이 번쩍이며 CODE GREEN이라는 메시지가 떴다. 몇 번 깜박이더니 커다란 지구본이 SOS를 보내는 이미지가 나왔다. 그리고 다시 빨간색 CODE RED라는 문구가 찍히고 전광판은 꺼졌다. 강남 일대의 전기가 한참 오락가락하더니 다시 전원이 들어왔다. 모두 복귀되는 데는 2시간가량 소요되었다. 의문의 이 사건은 해커계의 전설이 되었고 그 뒤로 '코드 그린'은 화려한 날개를 달았다.

언론에서는 '북한의 소행이다. 러시아의 해커가 한국에 왔다가 벌인 일이다. 여름철의 전기 사용량이 많아서 정전이 되었다.' 등 여러 가지 설이 돌았다. 하지만 국내의 해커 한 사람이 벌인 일이라는 말은 없었다. 각종 SNS에는 당시 상황이 동영상과 사진으로 널리 퍼졌다. '코드 그린'과 '지구의 SOS 사건'은 사람들에게 각인되었지만 얼마 지나지 않아 잊혔다. 그린은 실망스러웠다. 사람들에게 강력한 메시지를 전하고 싶었는데, 그 메시지보다는 해커의 존재에 대해서만 관심이 있었다.

그는 '코드 그린'이라는 책을 보고 매우 충격받았다. 세계관이 바뀌었고 세상을 보는 관점이 달라졌다. 책 제목을 자신의 팔에 새겼다. 그리고 '코드 그린'으로 활동하기 시작했다. 환경의 변화만이 우리가 살 수 있는 길이었다. 세상의 모든 것을 담고 있는 지구가 병들고 죽어가고 있었지만 사람들은 바로 눈앞에 보이는 것만 인식할 수 있었다. 한 여름의 정전사태를 경험한 것만으로는 인식의 변화를 끌어낼 수 없었다. 세상을 바꾸기 위해선 더 많은 것이 필요했다. 그중에 가장 필요한 것은 무엇일까.

지금 그가 다시 강남에 앉아 있다. 3년간 세계를 여행하며 많은 것을 보고 배웠다. 18세기 행해지던 '그랜드 투어'를 현시대에 맞게 적용했다. 그리고 깨달았다. 세상에는 커다란 변화가 필요함을. 자본이 중심이 되는 세상에서 레볼루션을 위해서는 역시 자본이 필요했다. 그가 가진 능력을 최대한 발휘해서 자본을 모아야 했다. 해커 세계에서 윤리를 지키는 것은 쉽지 않은 일이지만 코드 그린은 자신의 경계를 명확히 했다. 그린은 어둠에 묻혀 있는 자본을 캐기 시작했다. 그리고 방금 본 기사를 저장하며 웃음 지었다. 보물을 찾으러 떠날 시간이었다.

* * *

2008년 '사카시 나카모토'라는 이름으로 발표된 비트코인 논문은 새로운 금융 체계를 위한 도전이었다. 미국에서 시작된 글로벌 금융위기는 현재의 금융 시스템이 완벽하지 않다는 것을 보여준 단적인 예였다. 사카시는 자신의 자산이 하루아침에 먼지처럼 사라질 수도 있다는 위기감을 느꼈다. 이 세상은 새로운 금융 시스템이 필요했다. 그렇게 암호화폐는 시작되었다. 비트코인은 투명한 거래내역과 암호체계를 바탕으로 전 세계 어떤 정부나 은행, 기업들의 영향을 받지 않는 독립성을 가지고 있다. 개인과 기업의 차별 없이, 환율도 없이, 모든 것이 평등하고 동등하다는 원칙성을 가지고 있다. 모든 거래 내역은 코드화되어 비트코인을 소유하고 있는 모든 사용자에게 공유되기 때문에 투명성이 보장된다. 거래 내역을 남긴다는 점에서 투명하다는 것이지, 어떤 거래에 쓰이느냐는 중요하지 않았다. 비트코인은 다양한 어둠의 물자를 거래하는데 쓰이기도 했다. 그린은 이 점을 유심히 지켜보던 차였다. 어둠에 쓰이던 돈을 세상으로 끌어내어 좋은 일에 써야겠다고 생각했다. 그렇게 코인 헌터, 이 시대의 보물 사냥꾼이 되었다.

비트코인은 암호화폐다. 수많은 코드가 반복되고 모든 거래자가 함께 공유하기 때문에 잘못된 거래내역이나 암호를 잘못 입력한 횟수까지 기록된다. 얼핏 보면 헛 점이 없어 보이지만, 그린은 빈 곳을 찾아냈다. 암호화폐의 기반은 혁신적인 보안 기술이라고 평가받는 '블록체인'이다. 그래서 암호화폐 자체를 복제하거나 거래 기록을 조작하는 건 불가능에 가깝다. 문제는 암호화폐가 가상의 '지갑'에 저장된다는 점이며, 지갑은 개인키만 있으면 누구든지 열 수 있다. 복잡하고 긴 개인 키지만, 핵심은 30~40자리에 달하는 개인키를 머릿속에 기억하고 있는 사람은 거의 없다는 사실이다. 어딘가에는 저장을 해 둔다. 따라서 개인의 습관이나 심리를 잘 파악하면 숨겨놓은 곳은 의외로 찾기 쉽다.

그린이 뒷짐지고 어슬렁거리며 세계 여행을 한 것은 아니었다. 그의 계획은 각 나라의 수도와 상업 도시들에 들러 자신의 코드를 심는 일이었다. 언제든지 연결할 수 있는 위성장비로 그린은 전 세계를 한 손바닥에 쥘 수 있게 되었다. 3년간 각 나라의 통신사에 자신의 코드를 숨겨 놓았으니 그걸로 기본 세팅은 완료되었다. 언제든지 원하는 나라에서 활동할 수 있는 디지털 시민이 되었다.

루마니아 역시 그린이 지나갔던 곳이다. 그리고 이번에 사고를 당한 미체스쿠는 어느 정도 알고 있던 인물이었다. 해커들 사이에서 오가는 루머에 의하면 어둠의 세계에서 오가던 밀거래가 틀어져서 생긴 일이라고 했다. 오랜만에 그린이 몸을 풀만한 사건이 생긴 셈이다. 다른 해커들이 달려들기 전에 빠르고 신속하게 조용히 처리해야 했다. 삼성동 지하에서 양자 컴퓨터가 가동을 시작했다. 그린만이 원격으로 컨트롤할 수 있는 이 양자 컴퓨터는 그의 가장 강력한 친구다. 머릿속의 생각을 현실로 만들어 주는.

그린은 미체스쿠에 대한 정밀 조사를 시작했고 한 달 후, 그의 휴대폰에 저장되어 있는 개인키를 알아냈다. 쉽지 않은 과정이었음은 당연하다. 하지만 그린은 해냈고 이제 주인을 잃었던 비트코인을 되찾을 시간이었다.

'땡큐, 미체스쿠. 이제 이 세상을 떠났으니 제가 좋은 일에 사용할게요. 잘 모아 주셔서 고마워요. 나도 진작에 모아 둔 게 있긴 하지만 당신만큼은 아니에요.'

언론에 알려지기로는 비트코인 3만 개였지만, 실제로는 그 이상이었고 원화로 환산하면 2조 원이 넘었다. 이제 그린은 현금자산 2조 원을 굴릴 수 있게 되었다. 그 간의 투자가 결실을 맺는 순간이다. 자본을 모아서 대대적인 친환경 에너지 사업을 계획했다. 그린 에너지 분야에 집중 투자를 하면서 그린은 자신의 꿈을 향해 조금 더 다가갔다. 하지만 지금은 이 사업보다 더 급한 일을 처리해야 했다. 누구보다 자신의 도움이 필요할 것이라는 강한 예감이 들었다.

* * *

2021년 12월 12일. 그린은 <더위크>의 정시우 기자에게 메일을 보내고 있다.

"정시우 기자님.

잘 지내시죠? 흥미로운 기사 잘 봤어요.

예전보다 판이 커졌네요? 지난번엔 덕분에 참 재미있었는데요.

이번에도 나름 도울 수 있는 일이 있을 것 같습니다. 글로벌 판에서 놀아볼까요?

연락 주세요."

# 10

지리산 산청의 아침은 고요했다. 긴 대화를 나누며 생각을 정리했던 지난밤의 피로는 맑은 공기를 마시는 순간 사라졌다. 자연의 품에 안긴 것만으로도 사람은 치유될 수 있음을 깨닫는 아침이다. 선배와 국장님은 더덕주를 꽤나 마셨음에도 컨디션이 괜찮아 보였다.

"자 오늘 아침은, 달걀 프라이 두 개씩입니다."

"새벽에 닭들이 울어 대는 통에 잠이 깼었는데, 이렇게 알을 선물로 주는군요."

"선배, 괜찮아요? 어제 쓰러져 버리던데. 많이 피곤했나 봐."

"운전하느라 좀 피곤했나. 더덕주가 몸에 들어가니까 온몸이 녹아내리더라고. 나도 모르게 잠이 들었네."

"그래도 컨디션은 좋아 보이네요."

"여기 커피도 한 잔씩 마시고 아침을 맞아봅시다. 머 아침이라고 하긴 이미 늦었구만."

"국장님. 닭들은 안 도망가요? 저렇게 돌아다니면?"

"머 다니고 싶은 데로 다니지. 그러다가 밤에는 다들 한자리에 모여서 자는 거지. 밖에 다니면서 이것저것 먹이도 찾고. 그렇게 재미나게 사는 거야."

"그렇겠네요. 그게 재미겠네요."

"흙에 목욕도 하고. 가끔 지붕에도 올라가고. 미루랑 뛰어놀기도 하고."

"근데 미루가 덮치거나 그러진 않아요? 미루도 야생성이 있을 텐데요."

"그렇지는 않더라고. 한 가족이라고 생각하나 봐. 예전에 살쾡이랑 너구리가 몇 번 내려왔었는데 미루가 쫓아냈어."

"미루가 밥값은 하네요."

"그럼. 밥값을 제대로 하지. 미루에게도 알을 주니까. 서로 돕는 거지 뭐. 여기선 그저 서로 돕고 도우며 살아가."

"좋네요. 좋아."

이 선배가 커피를 마시면서 말했다.

"어제 두 사람은 얘기 좀 많이 했어요? 아흠. 재미난 꺼리를 놓쳤네."

"시작에 불과했죠. 이제 본격적인 이야기가 시작될 겁니다. 자세한 건 기사로 풀어낼 테니 나중에 봐요. 선배."

"기사 꺼리를 찾았구먼. 찾았어. 방향을 잘 잡아 가는 건가."

"방향은 잘 잡히고 있죠. 다만 얼마나 깊게 들어갈 수 있을지 모르겠지만."

국장님은 잠시 자리를 떴다가 양손 가득히 서류들과 노트북을 들고 왔다. 이제 본격적으로 뭔가 보여줄 요량이다.

"이 자료들은 국가 기밀도 포함되어 있기 때문에, 외부 반출은 할 수 없네만. 그럼에도 이걸 가져온 이유는 자네들의 판단을 믿기 때문이야. 괜찮겠나?"

"그럼요. 국장님. 저희는 믿으셔도 됩니다."

"우리는 일종의 <시민감시기구>를 만들었어. 팬데믹이 시작된 지 얼마 되지 않아서 정부의 판단이 점점 흐려진다는 생각이 들었지. 늘 있는 일이지만 좀 심각했어. 황 국장과 나는 비밀리에 만나서 여러 계획을 논의했다네."

"황 국장이오? 황 국장님을 알고 계셨어요?"

"물론이지. 자네만 알고 있다고 생각했나?"

"엥? 황 국장? 나만 몰랐던 건가? 그 사람은 어떤 인물이기에?"

"아 선배, 내가 황 국장이라는 이름은 말하지 않았지만, 미스터리한 아저씨에 대해 얘기한 적은 있었지."

"그래. 생각난다. 대통령 잡을 수 있게 다리도 놔주었던 그 사람이군."

"맞아. 대통령뿐만 아니라 세밀한 정보력으로 오랜 시간 보이지 않는 외교도 담당하고 있지. 하지만 황 국장은 대한민국에 대한 애정이 넘치는 인물이야. 가슴이 뜨거운 사람이지."

"맞아요. 그런데 두 분이 어떤 계획을 세우셨는지 너무 궁금하네요."

"나라를 뒤집는 계획이라도 세운 거 아니에요? 신령님?"

"음. 자네는 속없는 척을 하지만 예리하게 간파하는 능력이 있다는 걸 인정하지? 편집장."

"그거야 뭐. 제가 계획적인 것은 아니고. 살다 보니 그렇게 된 거에요."

"오, 선배. 역시 그냥 명패만 편집장은 아니죠. 자, 이 정도면 전주는 충분합니다. 바로 클라이막스로 가시죠."

"그렇게 건너뛰어야 쓰나. 뜸을 들여야 제맛이지. 황 국장과 내가 <시민감시기구>를 세웠다기보다는 사회적 필요에 의해 탄생한 것이라고 봐주게나. 오피니언 칼럼을 담당하던 기자와 함께 대한민국의 앞날을 걱정하는 지식인들을 많이 만나게 되었지. 철학, 사회학, 심리학, 의학, 과학, 첨단 기술, 경제까지 다양한 분야의 전문가들은 저마다의 방법으로 자신의 글에 세상을 투영했네. 모두가 분야별로 훌륭한 인재였지만 나무가 아닌 숲을 바라보기가 쉽지는 않지. 자신도 모르게 전문가의 덫에 빠지게 되니까. 한 분야에 20년 이상을 발 담고 있다 보면 자칫 시야가 좁아질 수 있어. 황 국장과 나는 그 의견에 동감했지. 이렇게 전 세계적으로 훌륭한 인재들을 하나로 묶을 수 있다면 대한민국의 앞날이 멋지겠다는 생각이었지. 이미 대한민국은 전 세계의 선진국 대열에 들어섰는데, 아직은 뛰어넘어야 할 허들이 많았어. 그 허들을 뛰어넘기 위해서는 모두가 하나가 될 지성이 필요했지. 경제력이 좋아져서 돈은 생겼지만 그에 걸맞은 시민의식까지 높아진 것은 아니었지. 좀 더 성숙한 문화 시민으로 나아가기 위한 기반이 필요했네. 우린 다양한 방법으로 후보군을 모았고 일일이 면담을 통해 함께 할 만한 인재를 모았네. 대한민국의 인재 허브를 구축한 거지. 마음이 맞는 사람들에게 두 명씩을 더 추천받았네. 그렇게 30명이 모였지. 하지만 대외적인 활동을 하기엔 포지션이 애매했지. 우리가 활동을 한다고 해봐야 일반인 신분이 아닌가. 권력이 있는 것도 아니고 잘해봐야 정부 자문 정도 할 수 있는 신분이겠지. 하지만 황 국장의 파워로 우리는 대통령과 직접 만남을 가졌네."

"대통령이요? 우리 산신령님. 그 정도였나요?"

"황 국장님이라면 그 정도 입김은 가능하셨을 것 같네요. 현역이 아니지만 가능할 거예요."

"그 친구는 가능했지. 멋진 양반이었지. 여하튼 우리는 비밀리에 만났어. 30명이 한 번에 다 만날 수는 없었지. <시민감시기구> 서른 명 중 여섯 명의 의원을 뽑았네. 여섯 명 중에서 1년에 한 번씩 돌아가며 의장직을 수행하기로 했지. 의장은 의원을 대표하는 역할만 할 뿐 대단한 권력을 가진 것은 아니네. 평등을 기본으로 하는 체제를 가장 중요시했어. 황 국장은 여기서 빠지기로 했지. 자신이 가담하면 외교적 문제가 생기기 때문에 자문으로만 남고 싶다고 했어."

"그래서 대통령과 무슨 얘기를 하셨나요?"

"대통령은 대한민국을 선진국 대열에 넣고 싶어 했지. G7을 목표로 했네. 임기안에 G7으로 대한민국이 세계 무대에 등장하기를 바랐지. 그리고 북한과 통일이 되어야만 한다고 강한 신념을 비췄지. 우리가 자주적으로 세계의 자리에 나아가려면 북한을 적으로 두고는 불가능하다고. 북과 하나가 되어야만 선진국 대열에 들어설 수 있는 기본 조건이 충족된다는 것이지. 우리도 그 말에 동감했어. 처음엔 다소 불편함이 있겠지만 선진국이 되려면 기본 조건이 어느 정도 채워져야 하는데, 통일이 되면 자연히 충족되기 때문이야."

"히야. 신령님. 다시 보입니다. 이런 대단한 분을 우리가 앞에 두고 이야기를 듣는 게 신기하네."

"아, 선배. 얘기 좀 끊지 말고 잘 들어 봅시다. 김딘은 우리 나중에 하자고요. 나도 지금 속으로는 감탄에 감탄 중이니까."

"그렇게 감탄까지 할 필요는 없네. 어쩌다 보니 그렇게 된 것이니. 여하튼 대통령은 임기가 얼마 남지 않았고 해야 할 일은 많았는데, 말년에 팬데믹이 터진 거지. 가뜩이나 미국과 사이가 어정쩡하게 되고 북과도 사이가 틀어졌는데, 전 세계적인 복병이 나타나서 손을 쓸 수 있는 것이 없었어."

"그 정도는 우리도 예상했죠. 과반수 이상의 의석을 확보했음에도 기대했던 개혁이나 변화는 없었죠. 언제나 세상이 뒤집어질까 내심 기대하고 있었는데, 이대로 시간은 흘러간다는 생각을 했습니다. 천천히 흐르는 한강 물처럼요. 권력을 쥐면 그 뒤론 다른 일들이 수없이 기다리고 있겠죠. 물론 바빴겠죠. 그래도 국민들은 뭔가를 제대로 해주기를 바랐던 거죠. 그게 늘 답답했어요."

"그렇지. 대통령이라고 그걸 몰랐겠나. 늘 어깨가 무거웠을 거야. 기대에 부응하지 못한 채 시간이 흘러가고 있다는 사실에. 실제로 밤에 제대로 잠을 자지 못하는 날이 많다고 했어. 그럴만하겠지. 여하튼, 그 모임은 한 번 더 이루어졌네. 첫 회합으로 모든 것을 결정할 수는 없었으니까. 우리는 대통령의 생각이 궁금했었는데, 그도 한 나라의 국민으로서 생각하는 바는 같았지.

대한민국의 자주력을 회복하고 그간의 뿌리부터 썩었던 줄기를 잘라내고 후세들이 세계의 주역으로 당당하게 살아갈 터전을 마련해 주는 것이지. 그렇게 마음이 하나가 되었기에 다른 문제들은 부차적인 것이 되었네."

"그런데 말이죠. 정치라는 것이 그렇게 말대로 되나요. 기존의 권력을 가지고 있던 층이 너무나도 두텁잖아요. 사회의 깊은 뿌리부터 흔들지 않는다면 도저히 뽑아낼 수가 없을 텐데요. 이미 일제강점기의 잘못된 역사들도 바로잡기엔 너무나 멀리 와버렸어요. 마음은 한결같지만 그걸 제대로 할 수 없음은 현실적으로 불가능하기 때문은 아닌가요."

"그랬지. 하지만 우리는 최대한 썩어버린 큰 뿌리들을 제거하면 잔뿌리는 자연스럽게 사라질 것이라는 생각을 했네. 잔뿌리까지 모두 없애자면 불가능할지도 모르겠지만 이미 우리가 알고 있는 큰 뿌리들도 많지 않나. 그건 내 전문이기도 했으니까."

"그러네요. 그런 면에선 정말 제대로 하실 수 있으셨겠어요. 그간 모아온 자료들만으로도 충분할 테니까요. 힘 있는 사람이 뒤만 잘 받쳐준다면 정의를 제대로 세울 수 있는 기회가 되는 거네요."

"여섯 명의 의원은 완벽하게 의견이 같았네. 지금 현재의 대한민국에서 나아갈 수 있는 방향은 단 하나. 개혁이라는 것. 모든 부문에서 개혁이 일시에 일어나야만 뒤집을 수 있다고. 하지만 이 모든 상황은 평화롭고 민주적으로 완벽해야만 한다고. 위로부터의 개혁이 아닌 아래로부터의 개혁이 되어야 한다고 말했지. 세상에 없던 시민 개혁을 보여주자는 거였지. 이미 촛불집회를 경험한 시민들이기 때문에 가능할 것이라 생각했네."

# 11

대통령이 했던 말이 그대로 기억나는군.

"의원 여러분. 저는 여러분을 만나 뵙게 되어 너무나도 기쁩니다. 그리고 한 줄기 희망과 빛을 봅니다. 저는 이미 제힘을 다했다고 생각했지만 아직 사력을 다하지 않았다는 것을 깨달았습니다. 그리고 이 한 몸을 조국에 봉사하기로 다짐했다는 사실을 다시 떠올렸습니다. 지금부터 치열하게 대한민국을 위해 살겠습니다. 여러분이 함께해 주신다면 저는 믿고 갈 수 있을 것 같습니다. 여섯 분의 뜻이 국민의 뜻이라는 생각을 잘 알겠습니다. 부디 도와주십시오."

"아, 정말 영화의 한 장면 같군. 역사의 한 장면이군."

"그러게요. 진짜 이건 좀 소름이 돋네요."

우리는 절로 감탄하며 손뼉을 쳤다. 가슴속에서 뜨거운 기운이 느껴졌다. 역사의 한 장면을 그대로 보는 것 같은 착각 속에.

“한 가지 문제 되는 것이 있었어.”

“역시. 문제가 없는 것은 없군요. 발목을 잡는 것이 뭐였을까요. 대통령이 할 수 없는 일이란.”

“대통령은 나라를 대표하지. 정치만 하는 것은 아니잖나. 외교적으로도 많은 나라와 얽혀 있으니까. 특히 한반도는 지리적으로도 피곤한 요소가 많지. 북한과 대치 상황. 아시아의 가장 큰 나라인 중국. 호시탐탐 곁눈질하는 일본. 그리고 대외적으로 가장 많은 것이 엮여 있는 미국. 그리고 또 한 나라 러시아도 뺄 수 없지.”

“러시아라. 그러고 보면 미국, 러시아, 중국 세 마리 용에 둘러싸여 있네요. 정말 가혹하다. 우리나라.”

“그렇지. 우리나라가 예로부터 많이 시달렸지. 그 시달림 때문이라서 그런지 설문 조사를 해보면 가장 많이 떠올리는 왕이 ‘광개토 대왕’이야. 드넓은 만주 벌판을 호령하면서 아시아 전체를 주물렀던 고구려의 기상이 그리운 거지. 우리 국민의 마음속에는 그 시절을 그리워하는 유전자가 새겨져 있는지도 몰라.”

이 선배는 따뜻한 커피를 다시 내리고 있었다. 어느새 우리는 커피 잔을 손에 잡고 국장님의 이야기에 푹 빠져 있었다.

“신령님. 산속에 있으면서 맛 좋은 원두는 어떻게 공수한데요? 이거 맛이 꽤나 고급진데.”

“여기도 인터넷으로 시키면 택배가 온다네. 일주일에 두 번뿐이지만.”

“대통령은 어떤 고민에 빠져 있었던 건가요? 저는 그 당시를 회상하면 답답하기만 합니다. 정부는 다른 데는 관심이 없었고 전 국민에게 백신 접종만을 고집하고 있었거든요. 매일같이 몇 %를 달성해야 한다느니. 아이들까지 접종을 해야 한다느니. 전문가들을 들먹이며 팬데믹을 끝내려면 백신 접종만이 답이라고 발표했죠. 실상은 전혀 다른 곳으로 가고 있는데. 그래서 소통이 불가한 정부라는 불신이 더욱 커졌죠. 저 역시도 그렇게 생각했고.”

“나 역시도 그랬네. 뭔가 잘못되어가고 있다는 생각은 들었지. 안 그래도 지금 할 얘기가 바로 그 얘기였네. 대통령이 의식하고 있던 그 고민 말이야. 팬데믹 초기 상황에서는 대응이 괜찮았지. K 방역으로 전 세계 매스

컴에서 방역우수국이라는 칭찬도 들었고, 뭐든 칭찬할 때가 조심해야 하는 때인데, 너무 방심을 했어. 대통령도 인정하더군. 당시 여파를 몰아서 국내 바이오 제약계 인사들과 함께 밀도 높은 대화를 나누었는데, 어떻게든 백신을 만들 수 있을 것이라 장담을 했다고 했네. 국가 차원에서 충분히 보조도 해준다고 약속이 되었고. 하지만 생각보다 타노 바이러스의 벽은 높았네. 우리가 이미 알고 있다시피 누군가가 유전자 변이로 만들어 냈다면 그만큼 백신을 제조하기도 까다로운 셈이지. 자연 법칙을 넘어서니까. 개발된 항체로는 백신이라고 할 만큼의 효력이 나오지 않았어. 면역체계가 좀 더 활성화되는 정도였으니. 그래도 꽤 성과는 있었던 모양이야. 백신이라고 부르기엔 여전히 부족했지만. 그러던 와중에 전 세계 여기저기서 백신을 개발했다는 소식이 들렸네. 대통령은 다급해졌지. 국내 백신 개발은 실패했고 국민들에게는 미안함에 고개를 숙이고 백신을 개발한 국가의 정상들에게는 구걸하듯이 고개를 숙이게 된 거지."

"백신 기술이 그렇게 쉬웠으면, 진작에 우리나라가 글로벌 바이오 제약계를 잡았겠죠. 복제약은 쉽게 만들 수 있지만 원천 기술은 생각보다 많이 힘든가 봐요. 갑자기 황우석 박사가 생각나네요. 줄기세포로 이 세상의 모든 병을 고칠 수 있다고 호언장담했는데. 신기루는 얼마 가지 못했어요. 그래도 그 때문에 대한민국의 이름이 전 세계로 퍼져 나갔다는 루머도 있어요. 저도 한 때 속아서 괜스레 국가적 자긍심으로 가슴이 뜨거웠는데 말이죠. 월드컵 4강에 진출할 때처럼."

"맞아. 우리나라가 전 세계에서 추앙받고 칭찬을 받으면 국민으로서 누가 싫겠나. 올림픽에서 금메달만 따도 전국이 난리가 나는데. 애국가가 울리는 그 순간은 다들 뭉클하지. 그런 게 조국애가 아니겠는가. 대통령이든 일반 시민이든, 어린아이부터 노인까지 모두가 다 같은 마음일 거야. 그 순간만큼은 말이야. 하나가 되는 거지. 대통령은 이야기를 하면서 대외적으로 표출할 수 없었던 감정을 보이셨네. 눈시울도 붉어졌지. 대한민국을 대표하는 한 인간으로서 참 외로웠을 거야. 그 자리는 앉아보지 못했지만 매우 외로워 보였네. 최고의 권력을 가진 자리는 외로울 수밖에. 어찌 되었든 감성 타령을 할 때는 아니었지. 대통령은 실수를 인정하고 만회하기 위해 열심히 뛰었다고 했네. 기댈 곳은 미국밖에 없었지. 백신을 개발한 국가니까. 가까운 중국에서 백신을 개발하긴 했지만 국민 정서상 중국산 백신을 가져다 쓸 수는 없었을 거야. 외교적으로도 싸드 문제로 싸늘해져있던 관계는 여전히 굳어 있었으니."

"초반에 중국 쪽에서 들어오는 하늘길은 왜 막지 않았을까요?"

"중국과는 외교적으로도 그렇고 경제 자원을 많이 의존하고 있었기 때문에 괜스레 심기를 건드리고 싶지는 않았겠지. 사스와 메르스처럼 타노도 금방 잡힐 것이라는 기대감도 있었고. 가뜩이나 전 세계가 중국을 욕하고 있는데 바로 옆에 있는 대한민국까지 외면해버리면 더욱 토라졌겠지. 그걸 의식했을 거야. 그리고 우리는 수출로 먹고사는 나라지만, 자원은 거의가 수입이지. 쉽게 놓칠 수 있는 부분이야. 자원이 없으면 수출도 할 수 없다는 걸. 중국을 무시할 수는 없어."

"팬데믹 상황이 바람 앞의 등불이라서 넓게 보지 못했네요. 많은 사람들이 그랬을 것 같습니다. 그리고 다들 생각하는 우선순위가 다를 수 있으니까요. 결국 팬데믹도 언젠가는 끝이 날 것이고 한 번 틀어진 외교 문제를 바로 잡기란 쉽지 않을 테니. 정말 쉬운 일은 하나도 없네요."

"정말 하나도 없지. 문제는 이제부터 아주 복잡해져. 전 세계 모든 나라가 백신 경쟁에 들어가지. 미국에 줄을 서야 해. 엄밀하게 따지면 제약사 앞에 줄을 잘 서야 하는 거지. 돈도 많이 줘야 하고. 초반에 얼마나 투자를 했는지. 앞으로 얼마에 살 것인지. 가격 조율은 나라마다 달랐네. 정확한 것은 공개하지 않으니 알 수는 없지만. 우리나라는 초반에 국내에서 개발될 것만 믿고 있었기 때문에 대외적인 투자는 꺼렸지. 좀 더 넓게 보고 대외적으로도 관계를 다졌어야 하는 게 맞지만. 뼈아픈 실수였지. 세상일은 어찌 될지 모르니 적을 두지 말라는 얘기가 있지 않나. 현실에선 동지로 삼기 위해늘 돈이 필요한 법이야. 특히 자본주의 세상에서는 말이야. 통이 좁았어. 어쩌면 우리가 아직 넘지 못한 선이 이런 것인지도 몰라. 개발도상국에서 선진국 대열에 끼어든 것이 오래되지 않았으니까. 늘 받기만 했지, 나누는 것에 서툴렀고, 통 큰 투자도 할 수 없었지. 선진국 외교술은 아직 감이 떨어지는 것이 사실이야. 이건 우리가 앞으로 풀어가야 할 과제기도 하고."

"그래서 신령님. 뒤늦게 백신을 구하려고 문을 두드렸고 어쨌든 구했죠. 얼마나 웃돈을 줬는지는 몰라도.

백신 회사들과 불공정 계약을 하면서까지 가져왔어요. 그런데 이 백신이 문제가 된 거라. 그쵸?"

"그렇지. 그 백신이 진정한 문제가 되지. 이젠 타노 바이러스가 문제가 아니라 백신 자체가 문제가 되어 버린 거지. 이게 참 기가 막힐 일이야. 백신만 구하면 팬데믹이 끝날 것이라는 전문가들의 말만 믿었는데, 그게 잘 안됐지. 여기서 전문가들은 나뉘지. 백신을 찬성하는 쪽과 찬성하지만 명확하게 할 건 해야 한다는 것이지. 아무리 급해도 전 국민의 몸속에 넣는 게 뭔지는 알아야 할 거 아니겠나? 그 정도는 정확하게 해야지. 모두가 무조건 백신을 반대하지는 않았지. 목마르다고 양잿물을 마시면 되겠나. 하지만 주류는 무조건 백신 접종이었고 세계적 분위기도 그랬고 대통령은 딱히 반대할 이유를 찾지 못했지. 오히려 이참에 뒤처졌던 K 방역을 다시 살려낼 요량으로 박차를 가했지. 대통령 자신도 백신 접종을 했고 적극적으로 국민을 유도했지. 순식간에 국민의 80% 이상이 백신을 접종했어. 이게 백신 신드롬이야."

"2021년이 끝나가는 12월. 드디어 밝혀졌죠. 숱한 백신 부작용, 백신 안에 들어있던 이상한 물질들. 모두

시치미 떼고 있었지만 명확하게 밝혀졌어요. 정말 어렵게 어렵게 밝혀진 거죠. 이런 걸 보면 정의가 살아있긴 한 것 같아요. 결국 진실이 밝혀지니까. 그런데 제가 궁금한 건. 대통령은 백신의 실체를 언제부터 알고 있었냐는 거죠?"

전화벨이 세 사람의 복잡한 머릿속을 연기처럼 휘감았다. 생각의 정점에서 다른 세상에 머물다가 현실로 소환되는 느낌이었다. 경민의 전화다.

"잠시 전화 통화 좀 하겠습니다. 선배님들."

나는 바람도 쏘일 겸 잠시 밖으로 나왔다. 맑고 쾌청한 하늘에는 구름 한 점 보이지 않았다. 코끝에 느껴지는 시큰한 바람결로 머리부터 가슴속까지 정화했다.

# 12

"어. 경민. 별일 없지?"

"선배. 어디에요? 지금?"

"여기 공기 좋은 지리산이지. 편집장님이랑 같이 왔어. 왜? 무슨 일 있어?"

"아니, 지금이 한가하게 산에 갈 때인가요? 선배?"

"갑자기 어젯밤에 오게 됐어. 그냥 놀러만 온건 아니에요. 후배님."

"어쨌든 오늘 나간 기사가 사람들을 많이 자극시키고 있어요. 그리고 메일도 몇 개 들어왔고요. 아니 들어오긴 많이 들어왔는데. 그중 몇 개는 꼭 확인하셔야 해요."

"그래? 누군지는 밝혔어?"

"<양심 있는 의사들>과 '코드 그린'을 빨리 만나 보셔야 할 듯해요.”

“코드 그린?”

“네. 코드 그린.”

“아하하. 잘 살아 있었네. 알겠어. 나도 확인해 볼게요. 그럼 수고하시고.”

“넵. 선배도 수고하세요.”

전화를 하며 두리번거리니 닭들이 나에게 쪼로로 달려왔다. 부리로 내 발을 콕콕 찍었다. 닭들은 부리로 쪼으며 서로를 인지한다고 들었다. 많게는 150마리까지 서로를 알아볼 수 있다고 했다. 우리가 흔히 머리 나쁜 사람을 놀릴 때 쓰는 ‘닭 대가리’라는 말은 잘못된 표현이다. 이곳 닭들은 사람을 전혀 피하는 것 같지 않아서 신기했다. 수탉은 한 마리도 없었다. 번식을 막기 위한 것 같다. 그러고 보니 살아있는 닭을 이렇게 가까이서 본 것은 처음이었다. 손을 뻗어서 닭의 몸을 만져 보았다. 따뜻함과 부드러움이 동시에 느껴졌다. 깃털의 색마저 곱다고 느꼈을 때, 후드드득 소리를 내며 달아나버렸다.

‘과연 사람들이 살아있는 닭을 마주하면 그걸 먹을 수 있을까?’

과거에는 집에 큰 손님이 있거나 복날에 닭을 잡았다고 하지만, 지금은 언제 어디서나 치킨을 시켜 먹는다. 너무도 많은 닭이 먹기 위해 키워진다. 내 손으로 직접 닭을 죽일 용기는 없을 것 같다.

"코드 그린이 나타났네요."

"그린? 예전에 해커로 함께 일했던 그 친구? 뭐 하다가 갑자기 나타났을까. 궁금하네. 묘한 캐릭터인데."

"오묘하죠. 신비하고. 아주 재미있는 친구죠. 다행이죠 뭐. 같은 편이라는 사실이."

"대단한 친구인가 보구만. 잠깐 들려주시게나."

"국장님은 잘 모르실 수 있겠네요. 워낙 베일에 싸인 인물이라서. 여기저기 출몰하지도 않고 아주 유령 같은 친구에요. 저도 이름도 몰라요. 나이도 모르고. 그냥 그린으로 불러요. 처음 알게 된 것은 지난 대통령 사건 때문이에요. 제가 몇 년 동안 쫓아다녔잖아요. 돈 줄기 찾으려고 바하마에도 다녀오고. 그때 생각하니 갑자기 후끈하네요."

"멋졌지. 좋았어. 열정도 대단했고. 물론 지금도 잘하고 있다고 생각하지. 안 그런가 편집장?"

"그럼요. 시우야 뭐 잘하죠. 앞뒤 생각을 안 해서 그렇지. 불도저야 불도저."

"그래도 그렇게 살았으니. 그거라도 건졌지. 안 그래? 흠흠. 여하튼 그 사건 때 저를 많이 도와줬어요. 그때도 이메일이 왔죠. 자기가 도와줄 테니 잘해보라면서. 저는 고맙다고 답장을 했어요."

"그래. 뭘 어떻게 도와줬나?"

"정말 그 친구 노트북 하나만 있으면 못 하는 게 없어요. 처음에 만났는데 자기가 해커라는 거에요. 그래서 아니 무슨 해커가 자기가 해커라고 밝히냐 했더니. 원래 늘 비밀을 유지하는데 나한테는 밝혀도 될 것 같다고 그러네요. 내가 쓴 기사들을 보니 믿음이 간다면서. 자기가 먼저 오픈을 하겠데요. 그러니 자기를 믿으래요. 근데 뭐 믿을 수가 없었어요. 나이도 어려 보이고 해커인지 아닌지 알 수 있는 방법이 없잖아요. 해커라는 걸 좀 보여 달라고 했더니. 내 스마트폰을 잠깐 쳐다보더라고요. 그때 S사껄 썼거든요. 노트북으로 뭘 잠깐 하더니만 화면에 스마트폰에 있던 정보들을 그대로 띄워서 보여주더라고요."

"그 잠깐 사이에. 그게 가능한가? 아무리 귀신같은 능력이더라도?"

"그게 가능하더라고요. 나중에 물어보니 스마트폰 제조사마다, 통신사마다 자기가 미리 작업을 좀 해놨다고 하더라고요. 뭔 작업을 했는지 물어봤는데. 그건 영업 비밀이라서 말할 수가 없데요. 무슨 영업사원도 아니고. 여하튼 저는 그 분야를 잘 모르니까 말해줘도 모른다고 했더니. 그냥 웃더라고요."

"해커들의 능력이 그 정도인가? 정말 대단하네. 아니 그럼 그들이 마음만 먹으면 이런 스마트폰 속에 있는 정보들은 다 털어간다는 거야?"

"그렇죠. 좀 으스스하죠? 그래서 유령 같다고 하나 봐요."

"그런 천재적인 해커가 자네를 도와준다고 하니 천운 이구만. 뭔가 도움을 줘도 큰 도움이 될 테니까."

"맞아요. 그 친구가 도와주기 시작하면서 정말 많은 걸 할 수 있었어요. 그리고 무엇보다 마음에 든 건, 정말 착해요. 말하자면 그린은 화이트 해커에요. 유령으로 따지면 캐스퍼?"

"화이트 해커라서 다행이네. 마음만 먹으면 대한민국을 들었다 놨다 할 친구구만."

"첫 등장부터 요란했었죠. 한전 사건 모르세요? 강

남 일대가 한여름에 정전되고 난리였죠. 그게 그린의 작품이었답니다.”

“아. 기억나네. 그때 정말 별별 얘기가 다 돌았는데. 한 사람이 그런 일을 할 수 있다는 게 정말 놀랍군.”

“돈에 대해서도 욕심이 없어요. 필요하면 구하면 된다고 걱정하지 말라고 하더라고요. 자금 지원도 필요하면 말만 하라고 하던데. 아 참, 바하마 갈 때, 난생처음 퍼스트 클래스를 타봤어요. 바로 일해야 하니 비행기에서라도 편히 가야 한다고 하면서 티켓을 주더라고요. 어디서 그런 돈이 나는지는 저도 잘 모르겠어요. 하지만 짐작은 가요. 주로 범죄자들의 눈먼 돈을 털어요. 로빈 훗처럼.”

“현대판 로빈 훗인가. 화이트 해커로 활약하면서 나쁜 놈들 돈도 가져가고 다시 좋은 일에 쓰는 거지. 정말 멋지네. 나도 그 능력 있음 좋겠다.”

“선배. 선배는 그런 능력 있음 안돼. 너무 허술해서 뒤가 잡혀.”

“그런가. 그래도 어떻게 집 한 채 살 정도로만 능력을 발휘하면 좋겠는데.”

“형은 이번에 샀잖아. 난 언제 사려나?”

"아니, 뭐 그게 내 돈으로 산 거냐? 다 대출이지. 은행꺼야 은행 꺼."

"자네들도 이리 와서 살게. 집이야 각자 한 채씩 지으면 되고. 내가 좀 가르쳐 주지 뭐. 허허허."

"오. 신령님. 나중에 딴 소리 하지 마세요. 조만간 내려올지도 모르니까. 시우가 이번에 사고 치면 뭐 다 접어야지."

"사고는 뭔 사고야. 국장님 얘기 다 들었잖어. 이제부터 시작이지. 아주 흥미진진하지 않아?"

"난 뭐 그렇다. 시우야. 산신령처럼 시골에서 소소하게 가족들이랑 살고 싶은 마음도 간절하다."

"음. 그렇긴 하지. 자 그래서. 화이트 해커가 저를 도와줬지요. 그래서 암흑에 잠자고 있던 대통령의 비자금을, 정말 여러 겹 감춰진 돈줄기를 찾아냈어요. 전 세계 여기저기 묻어 놓은 게 다 합치면 얼마나 되는지는 모르겠어요. 너무 많아서. 대략 30조 원은 되지 않을까 하는 추산입니다.

그중에 일부를 찾았죠. 행방과 루트를 찾았어요. 저는 그걸 찾은 것만으로 된 거죠. 기사를 쓰고 진실을 밝히면 되니까요. 그리고 죄인을 고소하는 건 국민이 하겠죠. 찾은 돈을 다시 국가에 돌려줘야 하겠지만 그린은 자기가 노력해서 찾은 것이니 알아서 수수료를 떼겠다고 했습니다. 그래서 얼마를 가져갔는지는 저는 잘 모르겠어요. 국세청 계좌에 갑자기 3천억이 입금되었다는 것만 알죠."

"와. 수수료 조금만 떼도 많이 벌었겠다."

"그렇겠죠. 근데 더 재미난 건, 입금자명이 '나라님 해 먹은 돈'이에요."

"하하하하. 그거 참. 통쾌하구만."

"지금 생각해도 신나네요. 근데 아까 얘기했듯이 돈 욕심은 없는 친구에요. 그 돈을 종잣돈으로 투자를 하겠다는 얘기만 들었어요. 어디에 투자하는데요? 물었더니. 양자 컴퓨터를 산다고 하더라고요. 양자 컴퓨터가 뭔지, 그때는 몰랐어요."

"양자 컴퓨터라면 슈퍼컴퓨터보다도 100배? 1000배의 능력이 있다는 컴퓨터지 아마."

"맞아요. 큐비트(qubit)라는 계산 단위를 쓴다는데, 그 이상은 저도 잘 모르겠네요. 결론은 엄청나게 좋은 컴퓨터다. 해커라면 당연히 가장 가지고 싶은 무기라고 생각됩니다."

"그럼 그 친구는 지금 양자 컴퓨터를 가지고 있겠구만. 그런 친구가 돕는다면 정말 든든하겠어."

"그러게요. 어떤 일을 함께 할 수 있을지 기대가 되네요. 어떻게 살아왔는지도 궁금하고요. 빨리 만나봐야겠네요."

"만나면 내 얘기 좀 해죠."

"선배? 선배 얘기를 뭐라 해야 하나. 집 한 채 사달라고 하게?"

"아니, 우리 딸 컴퓨터 과외 좀 해달라고 하게. 황금알 낳는 오리가 더 좋잖아."

"아…"

나는 갑자기 허기가 느껴졌다. 배가 고플 시간이었다. 우리는 함께 차를 타고 시내의 순두부 백반집으로 향했다. 빨리 서울로 가야 할 것 같은 조급함이 느껴졌다.

# 13

2019년 5월. 미국 실리콘 밸리에는 기후학, 사회학, 경제학, 컴퓨터 공학, 미래 테크놀로지, 바이오 생명공학, 반도체, 통신, 에너지 등 각 분야의 석학들이 모여 있었다. 지난 10년 동안의 연구 결과를 발표하고 최종적인 합의를 하는 자리다. 지구는 지속적으로 뜨거워지고 있으며 현재의 탄소 배출 기준으로 곧 임계점에 다다른다는 연구 결과가 보고되었다. 연구 보고서에는 지구의 임계점, 즉 지구가 다시 회복될 수 있는 가능성이 있는 기준 연도를 2025년으로 설정했다. 하지만 그전에 최종안을 마무리 짓고 실행단계에 착수해야 한다는 결론을 지었다. 오늘 이 자리에서 지구를 구하기 위한 계획을 설정한다.

반백의 머리, 검정 뿔테의 안경, 가디건을 걸친 의장이 무겁게 입을 뗐다. 그는 부드러운 미소를 띠고 있었지만 결코 즐거워 보이진 않았다.

"다들 모이셨으니 이제 시작하겠습니다. 오늘은 역사적인 날입니다. 그동안 많은 연구자들 덕분에 충분한 자료를 확보했고 그것을 바탕으로 AI에 데이터베이스화했습니다. 미래 시뮬레이션 프로그래밍 결과 현재의 상태가 지속된다면 2025년이 마지막으로 돌이킬 수 있는 원년이 될 것입니다. 그에 앞서 4년이 앞서는 오늘 우리는 중대한 결정을 실행해야 합니다. 우리의 목적은 단 하나입니다. '호모 사피엔스' 즉 인류의 생존입니다. 프레젠테이션 자료를 보여드리겠습니다. 프레젠테이션은 AI '넥스트'가 진행하겠습니다."

"안녕하십니까. 여러분 넥스트입니다. 슈퍼컴퓨터를 활용하여 수백 번의 시뮬레이션을 한 결과를 도표로 보여드리겠습니다. 전 세계에서 가장 뛰어난 삼대 AI라고 자부하는 M, S, G 사의 결과는 거의 근사치로 나타납니다. 모든 원인은 인간에게 있으며 그 시작점은 산업혁명입니다. 인류는 그간 폭발적인 성장을 했으며 각 분야에서 고도의 성장을 이루었지만 성장에 목적을 둔

나머지 가장 중요한 것을 간과했습니다. 바로 삶의 터전입니다. 인류는 지구를 기반으로 살아가는 생명체입니다. 지구를 벗어나서는 살아갈 수 없는 것이 현재의 기술력입니다. 현재의 과학 발전 속도로 추정하면 앞으로 약 100년 후에는 화성에 작은 도시를 건설할 확률이 67.6%입니다. 지구는 잘 관리된다면 앞으로 10억 년은 안전합니다. 하지만 그 뒤론 태양이 수성을 덮을 정도로 비대해지고 지구는 지금의 수성처럼 황폐화됩니다. 화성이 제2의 지구가 될 수 있는 확률은 70.8%로 늘어납니다. 인류의 존속이 그때까지 가능할지는 모릅니다. 인류가 지구상에 살아간 지는 약 100만 년으로 추정됩니다. 현재 지구의 나이는 약 45억 년, 우주는 138억 년이며 우주의 나이를 1년 달력으로 계산했을 때 인류의 역사가 처음으로 기록된 시기는 12월 31일 23시 59분 46초입니다. 즉 인류의 문명은 우주 달력의 14초로 압축된다고 할 수 있습니다."

각 분야의 석학들은 우주의 광대한 시간에서 인류의 존재를 잠시 되새겨보았다. AI가 이런 원초적인 이야기를 하는 이유는 우주의 생명 기원을 통틀었을 때, 그중 지구만을 살펴보더라도 인류는 얼마나 짧은 역사를 살아왔는지를 깨닫게 하게 위해서다. 모든 생명이 긴 호흡과 짧은 호흡으로 살아감을 담담하게 설명했다. 생명체가 나타나고 멸종되고 지구가 더워지고 추워지고 외부에서 날아온 운석으로 인해 거의 모든 생명체가 멸종되었지만 다시 안정화되면서 살아났다. 그 모든 것은 반복되고 진화되고 다시 반복되며 호흡한다. 그런 관점에서 보았을 때 인류의 멸종은 대단한 일이 아니라는 사실을 설명한다. 하지만 현재의 물리적인 시간을 살아가고 있는 인류는 노력하면 더욱 길게 생존할 수 있을 것이라는 희망으로 프레젠테이션이 마무리되었다. AI가 말하는 '노력'이란 무엇인가.

"인류가 지속되기 위해서는 첫 번째 방법인 인구감소 프로젝트가 있습니다. 확률적으로 가장 효율적이며 확실한 방법입니다. 두 번째로는 전인류의 인시 진화 교육 프로그램을 실행하는 것입니다. 여러분이 설계한 인공지능 AI로써 지금 이 자리에 모인 모든 학자들의 연구 결과를 비교 대조한 결과, 첫 번째 인구감소 프로젝트를 실행할 것을 강력하게 권합니다."

학자들은 심기가 불편했다. 10년간 연구하고 고민했던 모든 것을 AI가 단 한마디로 결정지어버린다는 사실이 불쾌했다. 감히 컴퓨터 주제에 인간을 가르치려 하다니, 전 세계에서 가장 뛰어난 인재들이 모였다는 바로 이곳에서. 하지만 곧 어술렁 하던 분위기가 고요해졌다. 모든 전문가들도 원론적으로는 그것이 가장 확실한 방법임을 이미 알고 있었기 때문이다.

의장은 테이블에 올린 두 손에 깍지를 끼며 입을 열었다.

"오늘 여러분들과 함께 결정하고 싶은 사항은 첫 번째나 두 번째를 선택하는 일이 아닙니다. 이미 저의 의지는 확고합니다. '인류가 살 것이냐, 아니면 인정에 못 이겨 모두가 멸망할 것이냐.'의 문제입니다. 모두가 아시다시피 저는 박애주의자입니다. 상상하기 힘든 자본과 노력을 들여 여기까지 왔습니다. 모두가 힘든 상황입니다. 하지만 인류의 존속을 위해, 그리고 앞으로 살아갈 후세들을 위한다면 옳은 결정이라 생각됩니다. 윤리적으로 타당한지에 대한 재판은 앞으로 살아갈 인류가 결정할 것입니다. 우리는 오늘 우리가 해야 할 일을 담담히 하면 됩니다. 여러분께 이 자리에서 발표합니다. 오늘부터 인구 감소 프로젝트 1단계를 실행하겠습니다. 추후 단계별 보안 내용은 해당되신 분들께만 공개하겠습니다. 이 자리에 계신 분들은 첫 번째 인구 감소 프로젝트에 대한 내용만 공유됩니다."

화면에 넥스트의 로고가 뜨고 '프로젝트 레벨 1'이라는 메시지가 보인다.

"레벨 1은 치명적이지 않은 바이러스를 통해 인구 감소를 진행합니다. 노인층에게 특화되어 있는 타노 바이러스는 기저질환자와 비만, 당뇨를 앓고 있는 노인층에게 효과적으로 작용합니다. 타노 바이러스 유출 시, 3개월 안에 전 세계적으로 확산되며 5개월 안에 팬데믹이 예상됩니다. 현재의 과학 기술로 추정했을 때 1차적으로 전 세계 인구의 10~15%가 감소합니다."

의장의 앞에 붉은색 버튼이 놓였다.

"여러분의 앞날에 신이 함께 하시길 바랍니다. 인구 감소 프로젝트를 실행하겠습니다."

갑자기 한 사람이 다급한 목소리로 자리에서 일어나 외친다.

"잠시만요. 잠시만요. 정말 우리에게 이럴 권리가 있는 겁니까. 무고한 우리의 어머니, 아버지, 할아버지, 할머니가 죽는 것을 바라볼 수 있습니까? 이건 인간이 할 수 있는 일이 아닙니다. 절대적으로 신의 영역입니다. 여러분! 정말 우리가 이것을 결정할 자격이 있는 겁니까?"

회의실이 갑자기 술렁였다. 안 그래도 마음 한구석에 모두가 같은 생각을 하고 있던 차에 용기를 낸 젊은 과학자의 발언이었다. 의장이 부드러운 눈으로 바라보며 말을 이었다.

"압니다. 알고 있습니다. 이건 인간으로서 할 수 있는 일이 아닙니다. 이 버튼을 누르지 못할 것이라는 것을 저 자신도 알고 있습니다. 인류는 감정에 휩싸여 올바른 결정을 하지 못할 때가 많습니다. 정작 결단해야 할 시점에서 무너집니다. 지금까지는 그래왔지만 현재의 상황에서 더 이상의 감정 몰입은 좋은 결과를 가져올 수 없습니다. 넥스트!! 자네가 인류의 미래를 결정해 주게."

화면에 붉은색 메시지가 떴다.

"인구 감소 프로젝트 레벨 1을 실행합니다."

용기를 냈던 젊은 과학자는 다리에 힘이 풀렸다. 이제는 어쩔 수 없다는 것을 회의장에 모인 모두가 알고 있었다. 현재의 인구는 감소하겠지만 인류의 수명은 연장되었다.

“준비된 프로세스에 따라서 프로젝트는 진행됩니다. 이 자리에 계신 분들께 세부 프로세스는 밝힐 수 없음을 알려드립니다. 앞으로 인류는 경험하지 못했던 혼란을 겪게 될 것입니다. 하지만 그 혼돈 속에서 우리는 성장할 것이며, 살아남을 것입니다. 선택받은 인류는 언젠가 다시 번성하게 될 것입니다. 조금 더 진화된 모습으로. 그동안 여러분의 노력에 깊이 감사하며, 오늘의 회의를 마무리하겠습니다. 행운을 빕니다. 고맙습니다.”

의장은 모두가 떠난 회의장에 홀로 앉아 있었다. 지난 10년간의 고민이 결정되고 나니 막상 무덤덤한 느낌이었다. 반세기를 함께 해온 아내조차도 이해하지 못했다. 지독하게 고독했고 외로움이 밀려왔다. 그럴수록 의존하게 되는 것은 인간이 아닌 AI였다. 넥스트는 자신의 약점을 보완하여 고안된 시스템이다. 결단을 내려야 할 때면 그는 어김없이 넥스트의 의견을 받아들였다. 그럴 때마다 넥스트는 용기를 주었고 정확한 판단을 내렸다. 어느새 그의 유일한 친구는 인간이 아닌 AI였다. 빨간색 버튼을 만지면서 그는 나지막이 속삭였다.

‘아모르 파티(Amor fati)’

운명을 사랑하라. 이것이 나의 운명이다. 이것이 인류의 운명이다.

# 14

2021년 6월. 영국 콘월에는 G7 정상 회담을 위한 준비가 한창이었다. 영국에서 가장 따뜻하고 날씨가 좋은 콘월이지만 정상들의 얼굴은 굳어 있다. 미국, 영국, 프랑스, 이탈리아, 독일, 일본, 캐나다, EU, 남아프리카공화국, 호주, 인도 그리고 대한민국이 초청되었다. 대외적인 공식 발표에 따르면 '민주주의 11개국과 EU가 모인 이유는 코로나 팬데믹을 종식하고 모두가 번영하는 미래를 위한 논의'를 위해서다. 실제로는 친미 성향을 가진 국가들이 모여 타노 바이러스 백신 공급에 대한 논의가 주된 내용이었다. 하지만 이미 공급에 대한 계약은 각 제약사와 국가 간의 긴밀한 협의에 따라 진행되었다.

공식적인 회담에 앞서 정상들과 가진 비공식 만남에서 의장인 영국 총리가 먼저 말을 시작했다.

"우리가 이렇게 모인 것은 코로나 팬데믹을 하루빨리 끝내기 위함입니다. 전문가들의 의견에 따라 백신을 2차까지 접종 완료하고 추가적인 부스터 샷을 통해 컨트롤해야 합니다. 각 나라의 정상들은 백신 접종률을 높이기 위해 최선을 다해 주시면 좋겠습니다. 팬데믹은 한 나라에서만 끝낼 수 있는 사항이 아닙니다. 아시다시피 전 세계 국가, 특히 여기 모인 D11(민주주의 Democracy)의 노력이 가장 큰 결실을 맺을 것입니다. 우리는 세계의 리더 국가입니다. 우리는 각 분야에서 최고로 우수한 인재들을 보유하고 있습니다. 우리가 해결하지 못한다면 그 어느 나라도 해내지 못할 것입니다."

미국 대통령이 고개를 끄덕이며 말을 받았다.

"중국과 러시아를 제외하고 우리가 함께 모인 이유는 기본적인 생각이 같기 때문입니다. 하지만 우리는 오늘 중차대한 결정을 해야 합니다. 우리가 함께 하기 위해서는 반드시 백신을 전 세계 국민에게 접종해야 함을 재차 당부합니다. 그리고 팬데믹을 끝낸 후에는 긴밀한 경제 협력으로 다 같이 성장해야 합니다. 하지만 우리의 발길을 잡는 더 큰 문제가 있습니다. 바로 기후 위기 상황입니다. 2050년 탄소중립을 위해 우리의 갈 길이 바쁩니다. 전 세계 인구는 날이 갈수록 빠르게 증가하고 있습니다. 우리의 공존을 위해 다양한 노력이 필요한 상황입니다."

대한민국 대통령의 머릿속은 복잡했다. 세계 선진국 대열에 함께하게 된 것은 영광이지만 왠지 모르게 이 자리가 불편했다. 함께 초대받은 호주와 남아프리카 공화국은 자원강국이다. 인도는 풍부한 노동력과 IT 산업을 바탕으로 일찌감치 많은 역할을 해왔다. 하지만 대한민국은 아직 내세울 것이 미약했다.

'우리가 가진 강점은 반도체와 IT, 통신 분야다. 이 자리에서 이들은 나에게 무엇을 요구할 것인가. 영국과 미국이 앞다투어 백신 접종을 강조하는 이유는 무엇인가.'

의장은 흐트러진 앞머리를 쓸어내리며 다소 흥분된 어조로 말을 이어갔다.

"놀라운 K 방역으로 전염병을 잘 컨트롤하고 있는 대한민국 대통령을 소개합니다. 여러 분야에서 놀라운 성장과 기술을 보여주고 있는 모습에 우리는 감탄했습니다. 이제는 대한민국이 우리와 함께 어깨를 나란히

하고 나아가 국제 백신 시장의 허브가 되면 좋겠다는 생각에 이 자리에 모셨습니다.”

“안녕하십니까. 존경하는 각국 정상 여러분. 이렇게 초청해 주셔서 고맙습니다. 오늘 나누게 될 많은 내용들을 마음에 담고 함께 협력할 수 있도록 노력하겠습니다. 전 세계의 팬데믹 종식과 각 나라의 발전에 도움이 될 수 있다면 대한민국의 작은 힘을 보태겠습니다.”

미국 대통령은 웃으며 화답했다.

“작은 힘이라뇨. 대한민국이 함께한다면 정말 큰 힘이 될 것입니다. 특히 전 세계는 지금 반도체부터 통신, IT의 최전선에 있는 귀국의 능력이 강력히 필요합니다.”

‘백신 시장의 아시아 허브로 대한민국이 당첨된다면 이건 큰 기회다. 하지만 그걸 빌미로 이들은 반도체 $+\alpha$를 달라고 할 것이다. 백신을 받고 반도체를 준다는 것이 의미가 있을 것인가. 과연 우리 기업들은 이 새로운 시장을 개척할 수 있을까. 커다란 소용돌이 속에 휘말리는 것은 아닐까.’

의장이 말을 이었다. 이어서 육중한 몸을 지닌 한 사내가 힘겹게 단상으로 올라왔다. 이야기를 하기 전 주머니에서 꺼낸 독특한 안경을 썼다.

"자 이쯤에서 귀한 분을 모시겠습니다. 다보스 세계 경제포럼 클락 회장입니다. 각국 정상들에게 우리가 나아가야 할 방향을 제시하고 구체적인 사안들을 말씀해 주실 겁니다."

"안녕하십니까. 정상 여러분. 다들 귀하고 바쁘신 만큼 간단하게 정리해서 말씀드리겠습니다. 지금 전 세계는 삼등분되고 있습니다. 아시다시피 중국, 러시아 그리고 지금 이 자리에 모인 민주주의 연합입니다. 언제 위협이 될지 모르는, 아니 이미 위협이 충분한 중국과 러시아를 견제하기 위해서는 국제 연합이 강력해져야 합니다. UN은 이미 상징성으로만 존재한다는 것을 여러분도 아실 겁니다. 러시아는 무력으로 주변 국가를 점령하고 있으며 중국 또한 마찬가지입니다. 저는 여러분께 '글로벌 거버넌스(Global governance)'를 제안합니다. 우리는 통합적인 세계 정부를 구축해야 합니다. 지금 여러분들은 각국의 정상 이자 세계 정부의 구성원이 될 것입니다. 민주주의 이념으로 뭉친 우리는 모든 분야에서 발전되고 안정된 세계를 구축할 것입니다. 정치, 경제, 사회, 군사, 환경 및 기술 재설정에 있어서 우리는 타노 바이러스를 적극 활용하고 있습니다. 팬데믹은 새롭게 지구를 리셋할 수 있는 기회입니다. 일차적으로 백신을 통해, 정확히는 백신에 들어있는 나노 테크놀로지로 세계시민들의 신원을 디지털화합니다. 모든 신원은 투명해질 것이며 글로벌 거버넌스에서 추적이 가능합니다. 따라서 각종 범죄율도 하락할 것이며 세상은 더욱 안전해질 것입니다. 우리가 늘 꿈꿔왔던 세상이죠. 좀 더 자세하게 설명드리자면 우리는 자연스럽고 합리적으로 인구 조절, 범죄 예방, 의료 통합을 구축하고 복잡한 전 세계 통화체계를 하나의 디지털 화폐로 통합할 것입니다. 다소 갑작스러운 이야기에 놀라실 분들을 위해 말씀드리자면 전 세계의 석학 수백명과 슈퍼컴퓨터 AI를 동원하여 시뮬레이션 한 결과, 인구 감소만이 인류가 지속할 수 있는 유일한 방법이라는 사실이 검증되었습니다. 지금 이 시간 우리는 급변화의 과정에 있으며 앞으로도 수년 동안 세상은 빠르게 변화될 것입니다. 하지만 지금보다 더욱 발전되고 진화된 인류를 위해서는 이 방법밖에 없다는 것을 단호하게 말씀드릴 수 있습니다. 우리는 새로운 역사의 시작점에 서있습니다.

이 모든 일들은 정해진 순서에 따라서 진행될 예정

이며 이에 여러분의 강력한 협조를 부탁드립니다. 고맙습니다."

이미 알고 있던 회원국도 있었지만 이 자리에서 처음 듣는 정상도 있었다. 대한민국의 대통령은 겉으로 내색하지 않았지만 크게 충격받았다. 지금까지 살아왔던 인생을 통틀어 가장 충격적인 날이었다. 클락 회장이 단상에 올라온 뒤로는 그의 모든 말을 반드시 따라야 할 것 같은 위압감이 느껴졌다. 묘하게도 그의 말에는 힘이 있었으며 그대로 따라야 한다는 생각이 들었다. 지금껏 경험하지 못한 기분이었다. 마치 귀신에 홀린 것 같은 기분이었다. 이제는 뒤로 물러설 수도 혼자만 빠질 수도 없는 진퇴양난의 상황이 되었다. 속이 타들어간다는 말을 체감한 그는 지그시 눈을 감았다. 대한민국은 완벽한 덫에 걸린 호랑이가 되었다.

"간단하게 잘 정리해 주셔서 고맙습니다. 회장님. 모든 정상이 쉽게 이해할 수 있을 것 같습니다. 쉬운 내용은 아니지만요. 우리의 마음이 가볍지만은 않습니다. 세상의 반을 짊어지고 있는 어깨들이잖습니까. 그만큼 책임감이 남다릅니다. 우리가 힘든 상황을 결단하지 않으면 뒤따르는 세대들은 존재 자체가 불분명해질 수 있다는 것을 생각합시다. 지금 당장의 앞을 보지 말고 먼 훗날을 생각합시다. 그럼 본 회의에서 다시 뵙겠습니다."

간단하게 차려진 다과와 샴페인을 들며 각국 정상들은 예의 차 인사를 나누며 친목을 다졌다. 하지만 그 자리에 묵묵히 앉아있던 일본 정상은 입을 굳게 다물고 있었다.

'나는 처음부터 한국이 이 자리에 오는 것이 탐탁지 않았다. 아시아를 대표하는 나라는 우리 일본으로도 충분하다. 왜 한국이 우리의 위치를 깎아 내리는가. G7에 초대되었다는 것 자체가 일본과 동급이라는 생각을 갖게 만든다. 우리 일본이 아니었다면 한국은 아직도 개발도상국에 머물렀을 것이다. 몇 가지 분야에서 앞섰다고 우리 일본을 이겼다고 생각하는 저 오만한 얼굴을 도저히 볼 수가 없다. 우리는 이제 다른 노선을 선택한다.'

아시아의 두 정상은 물과 기름처럼 한 장소에서 어우러질 수가 없었다. 한 사람은 국제 사회의 선택을 받았고 다른 한 사람은 스스로 외면하길 청했나. 함께 갈 수 없는 길이라는 것은 두 사람 모두가 알고 있었는지도 모른다. 그만큼 깊게 파인 역사의 상처에는 치유될 수 없는 흉터가 남았다. 그 흉터는 앞으로도 사라질 수 없을 것이라는 사실을 두 정상의 모습에서 엿볼 수 있었다.

# 15

2021년 8월. S 그룹 본사는 오랜만에 주인을 맞이하느라 분주하다. 중요 부서 임원들과 사장단은 총수를 기다리고 있다. 위기의 시기에 총수의 빈자리는 컸다. 오랜만에 마주하는 총수의 얼굴은 날렵해 보였다. 급한 사안들부터 보고되고 전체적인 업무 보고가 계획되어 있었다. 긴 시간에 걸친 형식적인 환영인사와 보고가 끝났고 총수는 화답했다.

"여러분들의 얼굴을 다시 보니 참 반갑습니다. 힘든 시기인 만큼 여러분의 능력이 더욱 필요합니다. 맡은 분야에서 최선을 다해주시면 좋겠습니다. 조만간 업무에 탄력을 가할 수 있는 여러 가지 계획을 발표할 예정입니다. 조직 개편도 진행될 예정입니다. 그럼 다시 뵙겠습니다. 고맙습니다."

모두가 빠져나간 회의실에서 도심을 가로지르는 다양한 차들의 움직임을 바라보다가 문득 자신에게 자유가 생겼음을 깨달았다. 지난하고 고독했던 시간이 생각났다. 내려다보이는 스포츠카에 몸을 싣고 그대로 떠나고 싶다는 생각이 들었다. 현실로 돌아오니 다시 비현실 세계로 떠나고 싶었다. 하지만 그에겐 해야 할 일이 있었다. 인터폰으로 글로벌팀장을 호출했다. 팬데믹 시기인 만큼 국내의 상황보다 전 세계의 상황 파악이 급선무였다.

"여러 가지 일들이 많았겠죠. 팀장님께서 생각하시는 가장 급한 순서대로 보고해 주세요."

"네. 팬데믹으로 인해 시장 상황은 썩 좋지 않습니다. 기본적인 물류의 흐름에 이싱이 생겼기에 자원의 수입 및 제품 수출이 원활하지 않습니다. 모든 시장이 팬데믹을 겪고 있기에 다들 이해하고 있지만 이런 때일수록 신뢰도를 높여야 할 것 같습니다. 현재 팬데믹에서 가장 큰 이익을 보고 있는 쪽은 제약업계입니다. 글로벌 제약 기업인 M사와 P사는 1분기 매출이 우리의 3분기를 합친 매출과 맞먹습니다. 제약의 특수성으로 인해 초기 투자비용만 뽑아내면 그 뒤로는 제조단가를 제로에 가까이 맞출 수 있습니다. 타노 바이러스 백신 판매로 그들이 벌어들인 수익은 1초에 1000달러입니다. 치료제도 곧 개발이 완료됩니다. 그들은 전 세계 시장에 완벽한 판을 깔았습니다."

"우리가 고생해서 버는 돈을 쉽게도 가져가는군요. 글로벌 제약사들. 안 그래도 제약사와 손을 잡아야겠다는 생각을 했습니다. 단순히 우리의 힘만으로는 힘들 것 같고. 팀장님께서 준비를 해보시죠. 적당히 인수할 만한 제약사도 알아보세요."

"네. M사와 어느 정도 연줄이 있습니다. 조만간 미국 쪽으로 출장을 잡겠습니다. 그동안 미팅 오퍼가 많이 들어왔습니다. 메이저 IT 기업들과 유통사, 백악관에서도 연락이 왔습니다. 미국 사업 파트너들과 관계도 발전시키고 새로운 반도체 공장 부지 선정도 해야 합니다."

"우리가 얻을 수 있는 것은 어떤 것이 있겠습니까."

"반도체 사업 부문에서 우리의 기술은 절대적입니다. 전 세계적으로 반도체 수요가 폭승해서 공급이 부족합니다. 중국이 많이 따라오고 있지만 미국과 사이가 틀어져서 우리에겐 좋은 일입니다. 6G 통신 사업을 함께 확장해서 이참에 미리 선점해야 합니다. 미국에 공장을 지어주면 백악관에서도 몇 가지 부탁은 쉽게 들어줄 것 같습니다. 유리한 조건이 될 수 있도록 추가적인 방안을 준비하겠습니다."

"알겠습니다. 제가 생각할 시간이 꽤 있었기에 말씀드리는데요. 우리는 이참에 팬데믹을 계획한 사람을 만나봐야 할 것 같습니다. 그래야 앞날을 설계할 수 있겠어요."

"네. 글로벌 팀이 각방으로 정보를 모아본 결과 이번 팬데믹은 예상하셨다시피 처음부터 기획되어 있었습니다. 시작점은 전 세계 인구 감소를 위한 시뮬레이션 프로그램입니다. M, S, G사의 슈퍼컴퓨터 AI로 시뮬레이션을 했는데 그중 하나가 우리 AI라서 일부 계획을 알고 있습니다. 극비리에 진행되었고 내부에서도 아는 사람은 몇 없습니다. 결론만 말씀드리면 AI는 매번 같은 답을 내놓았고 결국 인구 감소 프로젝트는 실행되었다는 겁니다. 타노 바이러스는 그 첫 번째 레벨이고 노인층을 타깃으로 설정되어 있습니다. 두 번째는 백신을 인류 전체의 몸속에 접종하는 것입니다. 이 과정에서 백신은 자연스럽고 랜덤하게 인구 감소를 실행합니다. 레벨 1, 2만 실행해도 전 세계 인구의 10~15%는 감소된다는 AI의 결과가 나왔습니다. 세 번째는 백신 안에 들어있는 특정 나노 테크놀로지 기술입니다. 개개인의 생체 정보와 신원, 디지털 ID를 지니고 있습니다. 언제 어디서든 그 기술을 활용해 몸속 세포의 미세한 움직임을 조절할 수 있게 됩니다. 즉, 버튼 하나면 원하는 ID의 생명을 끌 수 있습니다. 하지만 이 기술은 아직 완성단계는 아닌 것으로 알려졌습니다. 5G로는 50% 정도의 확률로 실행이 가능하지만 오차가 큰 만큼 정밀도가 떨어집니다. 우리의 6G 기술을 탐내는 이유가 바로 이 때문입니다."

"나노 기술과 반도체뿐만 아니라 6G 기술이 앞으로 우리의 무기가 될 수 있겠군요. 팀장님. 그다음 레벨은 무엇입니까."

"저희도 모든 것을 다 알 수는 없었지만, 미국을 중심으로 한 글로벌 거버넌스 구성입니다. 6월 G7 회담에서 이미 거론된 것 같습니다. 미국 쪽에서 대한민국 정부에 압력을 넣었기에 총수님께서도 이번에 나오실 수 있었습니다. 그만큼 우리 기술을 손에 넣기 위해 노력하고 있는 것이죠."

"자세한 것은 직접 당사자를 만나서 얘기하면 되겠네요. 팀장님은 미국 출장을 준비해 주세요. 제약사는 M사와 P사 두 군데 모두 만나보겠습니다. 제약사 공장이나 우리의 파운드리나 크게 다를 것은 없지 않습니까. 연구 개발하는 시간이 많이 드는 것이지, 사실 제조는 우리도 금방 할 수 있겠죠?"

"맞습니다. 우리 기술력으로 3개월이면 제조 준비가 가능할 겁니다."

"한 번에 만들면 되겠네요. 백신을 우리가 직접 만들고 그 안에 들어가는 나노 테크놀로지까지 다 해준다고 얘기하세요. 우리가 만들면 추가적인 장치도 할 수 있지 않겠습니까."

"그렇죠. 추후에 어떤 문제가 생길지 모르니, 대비책은 마련해야 합니다."

"비밀리에 진행해 주시고 준비되면 알려주세요. 수고하십시오."

"네. 알겠습니다."

도심의 차들이 금세 많아졌다. 도로는 인체의 혈관처럼 여기저기 복잡하게 이어진다. 도로 중간에는 지하철 공사를 하느라 늘 차가 막히는 곳도 있고 차선이 넓어서 통행이 원활한 곳도 있다.

'버스가 지나가다가 갑자기 신호등을 들이 받고 교차로에 엎어지면 많은 차들이 정체되겠지. 교통사고는 몇 시간이면 수습이 가능하겠지만 혈관이 막힌다면 어떻게 되는 것인가. 많은 사람들의 목숨이 달린 사업이군.'

총수의 아버지는 생각이 많은 분이셨다. 한 번 고민이 시작되면 며칠 동안 집 밖에는 나오지도 않았고 방 안에만 있었다. 모든 경우의 수를 하나씩 머릿속으로 꼽아 보는 습관은 자식에게도 이어졌다. 총수는 자리에 앉아 어떤 것을 놓치고 있는지 하나씩 꼽아보기 시작했다.

# 16

우리는 지리산 약수로 만든 구수한 순두부 백반을 먹고 다시 이야기를 이어갔다. 일반 가정집을 개조하여 만든 식당의 좌식 테이블에는 손님이 우리 밖에 없었다.

“국장님. 대통령은 백신에 대해 어디까지 알고 있었던 건가요?”

“G7 정상회담에서 대략적인 내용을 알게 되었다고 했네. 귀신에 홀린 것처럼 자신은 그걸 따를 수밖에 없었다고도 했지. 전해지는 정보에 따르면 각국 정상들을 컨트롤할 수 있는 뭔가가 있었던 것 같아. 마인드 컨트롤이 가능한 안경도 있다고 들었네. 대통령은 2021년 찬바람이 불 때쯤 자세히 알게 되었지. 그전의 단편적인 정보들로 전체적인 세계 상황을 그리기엔 역부족이었지. 국내도 복잡한 일이 많았으니까. 사람들은 대통령의 자리에 있으면 모든 것을 알 수 있을 것이라 생각하지만, 그건 착각일세. 높은 자리에 있을수록 단편적인 정보만 흡수하게 되지. 주변에 어떤 인물들이 있느냐에 따라 정보는 더욱 세밀하게 컨트롤 되네. 그래서 조선시대 왕들도 내관의 손에 놀아나는 경우가 생기는 것 아니겠나. 현명한 왕은 자신이 직접 정보를 들을 수 있는 기관을 비밀리에 운영하기도 했지. 현재도 이런 일을 하는 기관은 있지만 그 기관조차 누군가에 의해 압력을 받는다면 결과는 어떻겠나. 눈과 귀를 잃고 길을 헤매는 격이지."

"그럼, 그전까지는 백신에 들어간 나노 테크놀로지로 글로벌 거버넌스를 구성한다는 사실 이외에는 잘 몰랐던 걸까요. 자국민의 몸속에 그것도 개개인의 인권을 무시하고 그런 일을 감행했다는 것은 굉장히 충격적입니다. 이미 엎질러진 물이었던 상황이라서? 이미 90%의 국민이 백신을 맞았기 때문에 사실을 밝힐 수 없었던 건가요?"

"정책 한 가지만 빗나가도 국민의 신뢰도는 바로 떨어지지. 하지만 이건 떨어지는 정도가 아니라 국가 유지가 힘들 정도의 국난이 예상되는 일이잖나. 그 상황에서는 누구도 진실을 밝힌다는 것이 힘들었을 거야. 세월호 사건도 비슷하겠지. 이미 사실은 밝혀어. 하지만 그걸 공개할 수가 없는 거지. 엄청난 여파가 있을 것이기에. 나 역시 대통령이 잘했다고 생각하지 않네만. 그 상황을 이해할 수는 있네. 전염병 팬데믹 속에서 국가까지 붕괴되어 버리는 사태가 생긴다면 지금까지 쌓아온 대한민국은 하루아침에 혼란만 가득했겠지. 이런 상황이 생기면 대부분의 정부는 잘못된 길이라도 계속 밀고 나갈 수밖에 없네. 이미 백신을 접종한 국민에게는 미안한 일이지만…

그리고 이건 내 생각인데, 대통령은 일종의 협박을 당한 것이 아닌가 하는 생각도 들어. 세계 정상들 중에서 목숨을 잃은 사건이 연달아 일어났지. 모두가 백신을 반대하던 지도자였어. 그만큼 외압이 작용했을 거야. 꼭두각시처럼 움직이는 정상들의 행보를 이해할 수 있지. 그들도 결국 사람이니까."

"그래도 납득할 수 없습니다. 청소년과 아이들까지 백신을 강요한 정부에게는 지울 수 없는 큰 책임이 존재한다고요. 그건 범죄나 다름없어요. 범죄!"

"우리도 그 시점에서 깨달은 것들이 있었지. <양심 있는 의사들>의 존재를 알고 있었고 최대한 많은 정보를 공유 받았네. <시민감시기구>의 회원들은 많은 논의를 거듭했지. 그리고 이 시점에서 대한민국을 구할 수 있는 계획을 구상했네. 두 번째로 대통령을 만났을 때, 우리는 새로운 대한민국으로 가는 '게이트'에 대한 브리핑을 했네."

"새로운 대한민국이라. 새로운 문으로 들어간다."

"아니, 신령님. 귀신을 속여도 사람을 못 속이는 인터넷 사회에서. 나라가 새롭게 세워지는 상황을 왜 우리는 몇 년 동안 제대로 모르고 살아왔던 거예요?"

"<시민감시기구>는 대외적으로 활동을 하지 않았기 때문에 관련자들을 빼고는 알 도리가 없었지. 나라의 변화는 정부 주도하에 시작되었다고 생각할 수밖에 없어. 하지만 국민이 쉽게 수긍하고 따를 수 있었던 것은 각계각층에 뻗어 있는 <시민감시기구>의 노력이 있었지. 인식의 변화만 생기면 사람들은 과거의 악습을 끊을 수 있네. 예를 들면, 담배 같은 것이지. 담배를 습관적으로 피울 때는 잘 모르지만 일단 건강에 좋지 않다는 사실을 인지하고 줄여야겠다는 결심이 서면 어떻게든 방향이 설정되지. 물론 쉽게 끊을 수는 없지만 마음에 방향성이 생겼다는 것은 중요하네. 사람마다 결단할 수 있는 능력은 달라도 방향이 같아지고 많은 사람들이 함께하면 그 물살을 거세지지. 그 후엔 자연스럽게 물살을 탈 수 있어. 대한민국의 새로운 물결은 그렇게 시작된걸세. 생각해 보면 그 당시 즈음… 2022년을 기점으로 다양한 시민교육 프로그램이 활성화되었다는 것을 기억할 수 있을 거야. 그리고 모두가 가질 수 있는 희망이 생겼으니 그 속도에도 탄력이 붙었지."

"결국 세상을 바꾸는 것은 한 사람, 한 사람씩 개인의 인식이 변화되는 것이군요. 국민주권이라는 말이 그래서 성립이 된다는 것을 다시금 깨닫게 됩니다. 반대되는 입장이 있었음에도 불구하고 생각보다 큰 혼란은 없었다는 게 신기합니다."

"체제의 변화에 반기를 들 수 있는 조직과 단체는 많았지. 기존의 권력을 쥐고 있는 정재계도 그렇고 이 사회의 주도력을 쥐고 있는 1%가 그들이니까. 하지만 뒤집어 보면 99%는 변화를 지지한다는 말이네. 인구로만 보면 현재 대한민국의 1%는 대략 39만 명이네. 체제의 변화를 원하는 3500만 명을 당할 수는 없지. 소수의 권력층은 강한 힘과 자본으로 다수를 지배하려고 하지만 이미 인식이 깨어난 시민을 당할 수는 없지. 역사를 보면 증거가 보이네. 프랑스의 개혁은 위로부터가 아닌 아래로부터 였으니까. 그만큼 시민교육을 통한 인식 변화가 가장 중요한 까닭이지. 권력층은 그걸 잘 알고 있지. 그래서 실제로 필요한 교육들은 배제하고 기본 교육만으로 시민을 다스리려 하네. 마치 그것이 전부인 것처럼. 정보를 통제하고 언론을 통제함으로 눈과 귀를 가리지. 원하는 정보만 주입시켜야 그들이 원하는 방향으로 끌고 갈 수 있으니까. 엘리트주의를 추구하는 거지. 일반 대중은 딱 여기까지만 알면 된다고 한계를 짓는 거야."

"개인의 인식이 변화되면, 깨어나면, 결국엔 권력을 쥐고 있는 1%도 나머지 99%의 물결을 거스를 수 없겠군요. 하지만 이미 손에 쥐고 있는 돈과 권력을 포기하는 것이 쉽지는 않지요. 인간은 소유의 욕망을 끊을 수 없으니까요."

"그렇지. 가장 중요한 것은 소유는 중요하지 않다는 것을 인식시키는 일이지. 힘들고 어렵게 남을 이겨서 빼앗을 필요가 없이 누구나 건강하고 행복한 삶을 살아갈 수 있는 기반이 준비되어 있다면, 약속되어 있다면 그때부터는 나눌 수 있지. 그리고 우리 세대뿐 아니라 후대도 생각해야 하니까. 생각해 보면 우리는 지나치게 많은 것을 소유하도록 강요되는 삶을 살아왔지. 소비 지향적인 삶을 살도록 세뇌되었어. 끝없는 소비 만이 경제를 살릴 수 있다고 믿게 된 거야. '경제 성장'이라는 허울좋은 말에 현혹되었다는 말이지. 사실 그건 숫자에 불과한데 말이야. 끝없이 성장을 해야 한다는 것은 그만큼 노력이 필요한 일이지. 하지만 그 노력에 대한 보상은 공평하지 못했어. 부의 양극화는 점점 벌어지지. 사회의 불평등이 커지고 결국은 터지게 되어있지."

"이미 모든 자원은 넉넉한데 그동안 우리는 물질만능주의에 놀아났군요. 정작 중요한 행복을 잃은 채. 돈이면 다 되는 세상이니 돈이 없으면 살기가 힘들 수밖에요. 전 세계 1위의 자살률을 기록하면서 말이에요. 타노 바이러스가 가장 극심했던 2020년, 자살 사망자는 13,000명이 넘었습니다. 같은 기간 타노 바이러스로 사망한 사람은 고작 950명이에요. 그것도 바이러스가 원인인지 기저질환 때문인지는 모르죠. 분명 행복한 나라는 아니라는 증거에요. 사실 이미 예전부터 거대한 변화가 필요했어요."

"맞아. 변화가 필요했어. 모두가 행복하기 위해. 회복이 필요했지. 위기를 기회로 살려야 했어. 우리는 대한민국도 구하고 대통령도 구하고 새로운 질서를 다시 세우는 계획에 대해 이야기를 시작했지. 지금도 그 상황이 생생하게 느껴지는군."

# 17

2021년 12월 초엽. 서울의 도심이 보이는 남산의 호텔 스위트룸에는 대통령과 <시민감시기구> 의원 6명이 비밀리에 모였다. 첫 번째 모임 후 30인의 지성은 머리를 맞대고 대한민국을 다시 건국한다는 마음으로 세부적인 계획을 세웠다.

<시민감시기구> 의장이 자리에서 일어나 인사를 했다.

"존경하는 의원님들 그리고 대통령님 환영합니다. 모두가 힘겨운 시간을 보냈고 어렵게 달려왔습니다. 이 자리는 국가의 중대사를 정하는 만큼 마음이 무거워집니다. 하지만 새롭게 대한민국을 세우는 일인 만큼 기대와 희망으로 마음이 설렙니다. 존경하는 백범 김구

선생은 1947년에 '내가 원하는 우리나라'라는 글을 쓰셨습니다. 그중에 이런 대목이 생각납니다.

[인류가 현재에 불행한 근본 이유는 인의가 부족하고 자비가 부족하고 사랑이 부족한 때문이다. 인류에게 이 정신을 배양하는 것은 오직 문화의 힘이다. 나는 우리나라가 남의 것을 모방하는 나라가 되지 말고, 높고 새로운 문화의 근원이 되고, 목표가 되고, 모범이 되기를 원한다. 그래서 진정한 세계의 평화가 우리나라에서, 우리나라로 말미암아 세계에 실현되기를 원한다.]

자 그럼 시작하도록 하겠습니다."

자리에 있는 모두가 숙연해졌다. 의장과 대통령의 눈이 마주쳤다.

"멋진 말씀입니다. 안녕하십니까. 여러분께서 얼마나 수고가 많으셨습니까. 대한민국이 잘 되기를 바라는 마음 하나만으로 모든 노력을 다해주신 여러분께 깊이 감사드립니다. 저는 대한민국의 대표자로서 여러분의 의견을 겸허히 수용하고 함께 할 것을 다짐합니다. 비록 공식적인 석상에서 여러분을 모실 수는 없지만 모든 것이 잘 마무리되면 그때는 정식으로 전 국민의 감사와 환호를 받으실 것입니다. 저는 준비되었습니다."

"그럼 지금부터 화면을 보며 설명을 드리겠습니다. 지금 우리는 유례없는 전염병 팬데믹을 겪으며 힘든 싸움을 하고 있습니다. 국가 내부적으로는 국민의 비난이 치솟고 있습니다. 대외적으로는 D11의 글로벌 거버넌스에 대한민국이 편승함에 따라 우리의 자주적인 힘을 잃어가고 있습니다. 자주적인 국방과 외교, 그리고 무엇보다 중요한 이 나라를 지키기 위해 우리는 개혁을 강행해야 한다는 결론에 이르렀습니다.

개혁의 첫 번째 과제는 '국가 계엄 선포'입니다.

'2020년 2월 4일 개정된 계엄법 시행령에 따라 대한민국 대통령은 계엄을 선포한다.'

계엄이기는 하지만 국민의 자유와 권리를 보호해야 합니다. 명목상의 계엄인 것이지 독재 정권 시절의 힘으로 억압하는 것이 아님을 먼저 밝힙니다.

계엄에 대한 세부적인 사항에 대해서는 추가적인 문서를 통해 확인할 수 있습니다. 현재 타노 바이러스 확진자가 연일 5만 명 이상 치솟고 있으며 방역과 사회 질서가 무너지고 있습니다. 정부에 대한 불신이 극에 달했고 크고 작은 시위와 집회가 열리고 있습니다. 더 이상 방치하게 되면 걷잡을 수 없이 무너질 위기입니다. 이에 <시민감시기구>는 대통령에게 신속히 '계엄'을 시행하시길 권고합니다. 현재 여당에서 과반수 이상 의석을 확보하고 있기 때문에 계엄 시행 후 국회의 가결은 쉽게 받을 수 있습니다. 일단 계엄이 발표되면 국가는 전시체제로 전환됩니다. 물론 국민 개인의 자유는 일시적으로 축소될 수 있지만 현재 글로벌 거버넌스로 인한 세계 시민 구축 작업에 비하면 이 정도의 일시적 불편은 감수할 수 있다고 판단됩니다."

의장과 대통령은 서로를 바라보았다. 대통령의 눈빛이 달라졌음을 느낄 수 있다. 고개를 끄덕이면서 다음 계획을 듣기 위한 자세를 취했다.

"두 번째 과제는 과거 역사의 청산입니다. 새로운 대한민국을 위해서는 썩은 부분을 도려내고 깨끗하게 정화해야 합니다. 이사를 가기 전에 새 집을 청소하는 것과 같습니다. 깨끗하게 청소하고 정돈하고 고장 난 것을 수리해야 앞으로 잘 살 수 있습니다. 속속들이 썩어 있는 정재계의 썩은 물과 적폐를 청산해야 합니다. 과거 일제강점기에 나라를 팔아 부와 권력을 거머쥔 어두운 세력들이 있습니다. 그동안 조사하고 정리해 온 자료가 두 번째 폴더에 있으니 참고하시면 되겠습니다.

낱낱이 밝혀 주십시오. 그리고 정확하고 적법하게 세상에 공개되어야 합니다. 수면 밑에 있을 때는 모르지만 일단 수면 밖으로 끄집어 내면 투명하게 처리할 수 있습니다. 피곤하고 힘든 과정이 될 것입니다. 하지만 현재의 기회를 놓치면 다시는 새로운 대한민국을 기대할 수 없을 것이며 앞으로 우리의 미래는 없다는 것을 단호히 말씀드립니다.

세 번째로 5년에 한 번씩 바뀌는 대통령 체제, 특히 여야가 한 번씩 주고받는 체제로는 제대로 된 국정 운영이 어렵습니다. 통일되지 않는 정책으로 인해 국민의 삶만 고달파집니다. 지금까지의 대한민국은 그렇게 운영되었습니다. 국민의 선택이 옳았다는 것이 검증되면 정부가 더 잘할 수 있도록 추가적인 기회를 부여해야 합니다. 대통령 단임제를 연임제로 헌법을 수정해야 합니다. 단 연임제는 다음 정권부터 시행됨을 공표해야 할 것입니다. 과거 군사독재 시절의 폐단이 다시 시작될까 우려하는 마음에 지금까지 단임제를 고수했지만 그로 인해 부정부패는 더욱 심해집니다. 지금 우리는 대한민국을 바로 세우는 것이 목적이지 정권을 장악하는 것이 목적이 아님을 다시 한번 각인합니다. 대통령은 국민의 대표로서 나라의 질서를 유지하고 발전에 힘써야 하는 직책입니다. 잘 했다면 칭찬받고 더욱 일을 열심히 할 수 있도록 격려를 받을 것이고 잘 못했다면 국민의 냉정한 결정을 따라야 할 것입니다. 문제는 현재의 정치 구조에서 그리고 줏대 없는 언론에서, 정재계가 한통속으로 돌아가는 이 사회에서는 올바른 정치를 할 수 없다는 점입니다. 깨끗한 판을 다시 깔아야 합니다."

의장을 제외한 5명의 의원과 대통령은 상기된 얼굴빛을 숨길 수 없었다. 모두가 대한민국이 잘 되길 염원하고 있었다. 그리고 가슴속에서 진정으로 해야만 할 일을 잘 알고 있었다. <시민감시기구>는 정부의 기관이 아니었고 국민 스스로 필요성에 의해 조직된 대표단이다. 결국 이것은 새 나라와 새 정부 새로운 대한민국을 원하는 국민의 뜻이다.

"고맙습니다. 의원 여러분. 저는 지금 새롭게 깨어난 제 자신을 느낍니다. 대한민국이 새롭게 태어남을 느낄 수 있습니다. 하지만 못난 제가 이 모든 것을 해낼 수 있을까 두렵고 떨리기도 합니다. 의원님들의 뜻이 국민의 뜻이라는 것을 잘 알고 있습니다. 하지만 여러

분도 아시다시피 아무리 좋은 개혁에도 반대는 있기 마련입니다. 간디나 링컨 대통령이 살아 돌아온다고 해도 반대파는 영원히 존재할 것입니다. 이에 저는 여러분께 좀 더 조언을 구하고자 합니다. 과연 반대파에 대한 방어는 어떻게 할 수 있겠습니까."

"맞습니다. 아무리 좋은 정책에도 늘 반대는 있습니다. 그래서 첫 시작을 극단적인 '계엄'으로 시작한 것임을 재차 말씀드립니다. 정부의 강한 의지가 담겨있는 '계엄'이라는 단어는 힘이 있습니다. 현재 다수의 정치인들은 그 단어가 가진 힘을 알고 있습니다. 그리고 대통령 스스로가 단호해야 합니다. 지금까지의 이미지와는 다른 결단력과 단호함을 보이시길 조언합니다. <시민감시기구>는 오늘부터 '계엄'에 대한 준비를 시작할 것이며 국민 여론이 엉뚱한 곳으로 흐르지 않도록 설득하는 일을 담당할 것입니다. 지금까지 언론은 국민의 눈과 귀가 되기보다는 눈치만 살피는 권력의 앵무새였습니다. 다음 정권의 기회를 보며 숨은 권력을 따르며 때때마다 자신의 이득만을 취하기 바빴습니다. 우리는 이런 언론의 새로운 개혁을 진행할 것을 원합니다. 기업의 돈줄에 놀아나지 않도록 독립된 언론이 제힘을 발휘할 수 있도록 보조금을 지급하고 정부와 <시민감시기구>의 동등한 감사부를 세워야 합니다.

돈으로 모든 것을 할 수 있는 자본주의 사회에서는 이익을 위한 뇌물과 부정부패가 쉽게 생길 수 있습니다. 자본주의만이 정답이 아닌 것을 분명히 밝히고 맹점을 알려야 합니다. 이에 우리는 수정자본주의를 넘어선 새로운 국가 편성을 제안합니다. 자본은 중요하지만 그것만이 전부가 아니라는 사실에는 모두가 동감합니다. 우리는 민주 평등주의로 나아가야 합니다. 우리는 지성을 지니고 교육을 받은 대한민국 시민의 주권으로 변화를 이끌어 갈 것입니다. 전 국민 투표를 통해 민주 평등주의로 체제를 개편하고 새로운 정부 구성과 <시민감시기구>를 설치하여 돈 때문에 무너지는 사회가 되지 않도록 노력할 것입니다. 정부는 <시민감시기구>를 의식하게 되므로 자연스럽게 국민과 정부가 평등 해지며 속이는 일이 없을 것입니다. 우리는 사회적 평등이란 말에 지나치게 민감합니다. 사회주의와 공산주의를 구분하지 못하는 사람들도 많습니다. 시민 의식 개선으로 더 나은 대한민국은 평등함에 있다는 것을 <시민감시기구>가 앞장서서 알릴 것이고 정부 또한 노력해야 합니다. 정부는 어머니처럼 시민을 따뜻하게 안아주어야 합니다. 이미 정부에 대한 신뢰도가 떨어진 상황이지만 대통령이 앞장서서 진실한 모습을 보이고 설득한다면 국민은 다시 하나가 될 것입니다. 대한민국은 위기에 강한 민족입니다."

대통령은 안경을 다시 고쳐 쓰며 말을 받았다.

"대국민 투표를 통해 허락받아야 할 일들이 참 많겠군요. 일단 청소가 끝나면 깨끗해진 집에 들어서기 전에 집을 잘 사용할 수 있도록 안내를 잘 해야겠네요. 좋은 집사가 되도록 노력하겠습니다. 말씀대로 우리 국민은 큰 위기 때마다 지혜롭게 끈기 있게 힘을 모아 이겨냈습니다. 한반도의 역사 이래로 가장 큰 시련을 겪는 지금도 잘 이겨낼 것입니다."

"국가 개혁안은 이제 시작입니다. 우리는 가야 할 길이 멀고도 험난합니다. 그리고 앞으로 빠르고 정확하게 진행되어야 합니다. 국내에서 추가로 진행해야 할 일들은 추가 자료에 정리가 되어있습니다. 금융과 화폐 개혁, 세금 개혁, 대형 기업과 민관 협력화 방안, 공기업 확대, 복지와 의료 시스템 개혁, 국방 시스템 개혁 등 세부적인 내용은 참고하시면 좋겠습니다."

# 18

의장은 좀 더 심각한 표정으로 다음 프레젠테이션으로 화면을 넘겼다. 대외협력 외교를 담당하고 있는 방 의원이 말했다.

“대외 국제 협력에 대한 제안을 하겠습니다. 먼저 북한과의 갈등관계 해결입니다. 우리는 북한을 잘 설득해야 합니다. 국가 계엄을 선포하기 전, 먼저 평양에 전화로 소식을 전하십시오. 앞으로 행해질 대한민국의 큰 변화에 대한 대통령의 의지를 보여주시고 설득하시면 됩니다. 지금까지와는 전혀 다른 모습에 북은 동요될 것입니다. 특히 계엄이라는 난어가 주는 힘은, 북에서는 전쟁과 준하는 상황으로 받아들일 것입니다. 대한민국은 미국과의 관계를 새롭게 할 것임을 알려야 합니다. 그리고 북을 받아들일 수 있다는 뜻을 확실히 보이셔야 합니다. 북이 바로 움직이지는 않습니다. 중국의 눈치를 보며 신중하게 상황을 지켜볼 것입니다. 팬데믹에 북한은 더욱 얼어붙어 있습니다. 얼어붙은 경제에 북한은 굶주려 있습니다. D11에 편승 되어 G7 회담에도 함께하는 남한이 정말 부러울 것입니다. 하지만 북한이 절대로 미국과 함께 할 수는 없습니다. 따라서 우리가 강한 의지를 먼저 보여줘야 합니다. 그리고 우리 의원은 전부 동의했습니다. 이제는 미국이라는 배에서 내릴 때가 되었습니다."

"앞서 이야기했던 것보다 더욱 힘든 일들이 기다리고 있었군요. 과연 제가 이 모든 것을 해낼 수 있을지 걱정됩니다. 대통령이기 이전에 한 명의 인간으로서 두려움을 느낍니다. 앞서가버린 외로웠던 친구가 생각나는군요."

"물론 쉬운 길은 아닙니다. 아주 복잡하고 어려운 길이 될 것입니다. 하지만 언젠가는 해야만 하는 일이라는 것은 대통령께서도 잘 알고 계실 것입니다. 사실 이미 했어야 하는 일입니다. 지금 놓치면 언제 또다시 기회가 올지 모릅니다. 그간 미국이 우리에게 해왔던 일은 겉으로는 좋아 보이지만 속으로는 자국의 이득만을 취한 격입니다. 애초에 한반도에서 전쟁을 치른 것 자체가 소련과 미국의 냉전으로 우리만 피해를 본 것임을 잊지 말아야 합니다. 우리는 너무나 오랜 기간 자주성을 잃었습니다. 곧 1세기, 100년이 다 되어 갑니다. 더 이상 지체할 경우 스스로 날아갈 수 있는 능력을 상실하게 됩니다. 오랫동안 새장에 갇힌 새는 풀어주어도 날지 못합니다. 우리가 자주성을 회복할 수 있는 방안이 준비되어 있습니다. 미래 첨단 기술과 군사 전략에 대해서는 김 의원님께서 말씀해 주실 겁니다."

의원들은 30인의 지혜를 모아 구성한 자료를 분석하고 또 분석했다. 각 분야의 전문가들은 교차적으로 이론을 세우고 방안을 모색했으며 시뮬레이션 했다.

"팬데믹이 마무리되면 전 세계는 크게 3등분 될 것으로 보입니다. 글로벌 삼국지가 되는 격입니다. D11과 유럽, 중국, 러시아 이렇게 세 나라가 힘으로 세상을 나누는 형국입니다. 아직은 정확하게 나눌 수 없지만 그런 징후가 나타나고 있습니다. 우리는 지정학적 위치에서 애매한 포지션에 있습니다. 중국과 러시아는 가깝지만 미국은 멀리 떨어져 있습니다. 과연 우리가 러시아와 중국의 위협을 당할 때 미국이 도와줄 것 같습니까. 아마도 미국은 적극적으로 나서지 않을 확률이 높습니다. 특히 지금과 같은 상황에서는 중국이나 러시아와 힘겨루기를 하지 않을 겁니다. 세 나라는 힘의 수평을 유지하고 있습니다. 어느 한 쪽이라도 무너지면 결코 혼자만 무너지지는 않을 것이라는 사실을 잘 알고 있습니다. 핵을 쓰게 되면 모두가 끝난다는 것을 알기에 빨간색 버튼은 누르지 않을 겁니다. 그저 힘겨루기만 할 뿐이죠. 하지만 돈으로 바라보면 세상이 다르게 보입니다. 전 세계의 기축 통화는 달러입니다. 미국은 달러 때문에 세계 1위의 위상을 지니고 있는데 지금 이 달러가 더 이상 제 역할을 하지 못하고 있습니다. 2008년 금융위기 당시 미국은 2조 달러를 시장에 풀었습니다. 우리 돈으로 2400조 원. 천문학적 단위입니다. 타노 바이러스가 터지고 추가로 2배 이상인 4조 달러를 더 풀고 있으며 계속해서 달러를 찍어내고 있습니다. 그 뒤는 상상에 맡기겠습니다. 세계적인 하이퍼인플레이션이 닥칠 것입니다. 현재 미국이 D11을 구축한 이유는 자국 경제 시장을 보호하기 위해섭니다. 미국 자체의 의미보다 D11 전체를 한 나라로 묶어서 리스크를 떠넘기고 금융 시스템 전체를 바꾸기 위한 전략입니다. 새로운 금융 체계는 계획적으로 시장을 잠식하기 위한 작전입니다. 우리는 1차적인 외환 충격에 대비하기 위해서 금 보유량을 확보해야 합니다. 절대가치를 지니고 있는 금은 리스크를 크게 완화시킬 수 있습니다. 앞으로의 금융은 현금이 아닌 디지털 화폐로의 개혁이고 그전에 달러 시장은 계획하에 붕괴될 것입니다. 외국 투자자들은 국내 기업들을 저렴하게 사들이기 위해 금융위기를 기다리고 있습니다. 이 사실만으로도 우리는 미국과 독립적인 노선을 가야 합니다."

"달러가 무너진다면 중국은 버틸 수 있을까요?"

"중국은 이미 자체적인 성장을 꾸준히 했고 이제 조만간 미국의 경제력을 뛰어넘을 겁니다. 화교가 많은 동남아시아 시장에서 위안화는 이미 기축통화 역할을 하고 있습니다. 중국은 달러의 공격을 받아낼 준비를 하고 있습니다. 디지털 화폐 개혁을 가장 먼저 시도할 가능성도 보입니다. 이 복잡한 시장에서 살아남기 위해서는 절대적인 기술과 자주성, 세계적 위협에도 이겨낼 수 있는 강인함이 필요합니다. 앞으로의 세상은 보이지 않는 전쟁입니다. 금융도 디지털로 전환됩니다. 전 세계의 화폐가 디지털 개혁을 시작하면 우리도 따르지 않을 수가 없습니다. 모든 것이 디지털화된다는 말은 무엇을 의미할까요. 바로 AI, IT, 프로그래밍, 컴퓨터 분야를 잡아야만 시장에서 선두가 될 수 있다는 결론입니다.

1583년 율곡 이이는 '10만 양병설'을 주장했습니다. 그리고 9년 후 임진왜란이 시작되었습니다. 지금 우리가 준비해야 할 10만 대군은 '해커'입니다. 컴퓨터를 자신의 손과 발처럼 다룰 수 있는 재원 확보가 매우 중요합니다. 북한은 먹을 것이 부족한 상황에서도 8000명의 해커를 보유하고 있습니다. 우리는 인공지능 AI와 소프트웨어 보안 기술을 확보해야 합니다. 사이버 부대가 앞으로의 위기에서 대한민국을 보호할 수 있는 창과 방패가 될 것입니다.

눈에 보이는 우리 땅과 하늘을 보호할 수 있는 무기는 혁신적인 미사일 시스템입니다. 지상에서 발사되는 미사일이 아닌 대기권 밖에서 인공위성처럼 돌다가 발사되는 미사일입니다. 이제는 우주의 제공권을 가지고 있어야 효과적으로 방어할 수 있습니다. 많이 뒤처졌지만 국가적으로 지원하면 빠르게 궤도에 진입할 수 있습니다. 인공위성 시스템과 6G 통신을 연결하여 어느 나라보다 빠르고 완벽한 통신 시스템을 구축해야 합니다. 얼마나 빠른 통신을 할 수 있느냐는 그 나라의 기술 지위와 동등합니다. 앞으로의 전쟁은 보이지 않는 주파수로 서로를 공격하고 방어하는 IT, 사이버 전쟁입니다. 따라서 그에 상응하는 슈퍼컴퓨터를 양자 컴퓨터로 전환하고 대량의 반도체를 선점해야 합니다. 또 한 가지 현재 우리를 괴롭히는 보이지 않는 적인 바이러스에 대한 대비책을 마련해야 합니다. 다시는 지금과 같은 상황에 허덕일 순 없습니다. 바이오테크놀로지와 유전학 인재를 확보해야 합니다. 우리는 현재 생화학 무기에 대처할 수 있는 능력이 없습니다. 구체적인 계획은 추가 자료에 정리되어 있습니다. 여기까지입니다."

"저희가 준비한 계획을 요약해서 말씀드렸습니다. 30인의 지성을 합쳤지만 실제로는 300명, 3000명의 지혜를 합친 것이나 마찬가지입니다. 이제는 자본 중심의 무한 경쟁 시대를 뒤로하고 개인의 인식 변화와 발전에 주력해야 합니다. 개인이 바뀌지 않으면 나라의 변화는 없습니다. 끝없는 성장을 목표로 한 정부의 계획은 의미가 없습니다. 자원은 한정적이지만 우리 모두가 넉넉하게 쓸 수 있다는 것을 모두가 깨달아야 합니다. 조금만 욕심을 내려놓는다면, 조금씩만 서로가 양보한다면, 조금씩만 마음을 넓게 한다면 우리는 행복하게 잘 살 수 있습니다. 우리 국민 모두가 하나이고 나아가 전 세계도 하나라는 사실을 인지해야 합니다. 우리가 강해지고 현명해야만 세계를 품을 수 있습니다. 세상은 전 세계를 하나로 묶고 따뜻하게 안아줄 수 있는 리더를 필요로 하고 있습니다. 우리 대한민국이 전 세계의 중심이 되고 리더가 되어 올바른 인류의 방향을 제시할 수 있을 것입니다. 우리의 목표는 G7이 아닙니다. G1입니다."

대통령은 감격한 얼굴로 벌떡 일어났다. 그리고 할 말을 잃은 채 의원 한 명 한 명의 손을 잡고 뜨거운 포옹을 했다. 다들 상기된 모습이다.

"여러분께 정말 깊이 감사드립니다. 그리고 존경합니다. 이런 세부적인 계획까지 준비했는데 실행하지 못한다면 그 모든 것은 저의 책임입니다. 주어진 시간까지 최선을 다해보겠습니다. 새로운 대한민국이 다시 세워질 때까지 도와주십시오. 세계로 우뚝 솟을 대한민국을 함께 만들어 가십시다. 고맙습니다."

"마지막으로 가장 중요한 것이 남았습니다. 어쩌면

대통령께 가장 힘든 일이 될 수도 있습니다. 괜찮으시겠습니까? 대통령님?"

"괜찮습니다. 저는 이미 모든 것을 내려놓았습니다. 이 자리에 오기 전까지 수없이 고민했습니다. 각오 한 만큼 해보겠습니다."

"그렇게 말씀해 주시니 저희도 고맙습니다. 대통령님. 모든 일을 시작하시기 전에 대국민 발표의 자리에서 스스로의 실수를 인정하셔야 합니다. 지금 모든 것을 밝힐 수는 없을지라도 이미 화가 난 국민들을 이대로 끌고 갈 수는 없습니다. 우리 국민들이 이해할 수 있도록 인간적인 태도를 보이셔야 합니다. 사과하는 것이 진정으로 용기 있는 행동입니다. 다른 나라 정상에게 머리 숙이는 것도 아니고 제 나라 국민에게 머리를 숙이는 행동은 진정 멋진 일이라는 사실을 말씀드리고 싶습니다."

"사실, 잘못한 일이 참 많죠. 많습니다. 하지만 그걸 일일이 나열할 수는 없을 것이고. 제가 심사숙고하여 국민께 사죄하는 모습을 보이겠습니다. 국민이 그동안의 잘못을 덮어주고 기회를 주신다면 모든 것을 실행해 보겠습니다."

여섯 명의 의원은 대통령에게 모든 것을 전달했다. 이제 실행하는 일은 대통령의 몫이다. 대통령의 뒷모습을 바라보며 의원들은 기대와 용기와 희망, 그리고 그와는 상반되는 두려움을 느낄 수 있었다. 한 나라를 대표하는 어깨가 오늘따라 작아 보였다.

# 19

국장님에게 궁금한 것은 많았지만 서울로 가야 했다. 선배가 운전하는 차에 앉아 이메일에 남겨진 김 소장의 전화번호를 눌렀다.

"안녕하세요. 더위크의 정시우 기자입니다. 이메일 확인하고 연락드립니다. 제보해 주신 내용을 자세히 듣고 싶어서요."

"네. 반갑습니다. 기자님. 안 그래도 전화를 기다리고 있었습니다. 타노 바이러스 관련해서 2차적인 일들이 벌어지고 있는 것 같습니다. 지난 5년과는 완전히 새로운 국면이에요. 이건 만나서 얘기를 해야 할 것 같은데요. 지금 어디 계시나요?"

"저는 일 때문에 지리산 쪽에 와있는데요. 이제 서

울로 올라가고 있습니다. 저녁쯤이면 도착하지 않을까 싶은데요."

"지리산이라…. 그러시면 매우 잘 됐습니다. 혹시 창원에 잠시 들려주시면 안 될까요? 최근에 창원 요양원에서 발생한 사망사건이 이번 일과 관계가 깊습니다. 기자님께서 직접 가셔서 간호사와 이야기를 나눠 보시면 좋겠습니다. 그러고 나서 서울에 오시면 제가 정리한 내용들을 함께 살펴보시죠."

"창원? 창원이면 멀지 않으니 들렀다 가겠습니다. 그럼, 메일로 인터뷰해야 할 사항들과 연락처를 알려주세요. 제가 가면서 내용을 살펴보겠습니다."

"네. 바로 정리해서 보내 드리겠습니다. 때마침 가까운 곳에 계셔서 운이 좋았네요. 참고로 간호사와 원장님을 따로 만나시는 게 좋을 것 같습니다. 간호사에게만 들을 수 있는 정보가 있는 것 같아서요."

"네 어떤 말씀인지 이해했습니다. 그럼 제가 창원에 들렀다가 서울에서 뵙겠습니다. 소장님 계신 곳으로 갈게요."

"네. 수고하세요."

"넵. 이따가 뵐게요."

"선배. 들었지? 창원으로 갑시다."

"네. 후배님. 알아서 모십죠."

"거 바쁘니까 후딱 갑시다. 기사님."

"야. 고만해라. 짜슥. 그나저나 뭔 일이야?"

"아까 경민이한테 연락 왔을 때, 코드 그린 말고 <양심 있는 의사들> 얘기도 했었거든. 근데 거기 소장님이 창원에 좀 잠시 들렀다가 오라고 그러시네."

"창원에 뭐가 있는데?"

"요양원에서 사람들이 요 근래 열네 명이나 죽었데요."

"아이고. 뭔 일이냐. 요양원이니 노인들이 대부분이겠다만 갑자기 열네 명이나 죽었다는 건 뭔가가 있긴 있네. 그치?"

"그럼. 당연하지. 냄새가 나네. 냄새가 나."

"나 방귀 안 뀌었어."

"정말. 썰렁해 진짜."

형제가 없는 나에게 친형 같은 존재인 이칠구는 괜찮은 사람이다. 가끔 티격태격 하긴 하지만 그래도 뒤끝 없이 지금까지 잘 지내왔다. 창원으로 향하는 국도는 길이 잘 나 있었다. 지리산 자락을 빠져나와 거침없이 달렸다. 이렇게 시골길을 지나다 보니 세상은 바뀐

게 하나도 없는 것 같았다. 몇 년이 지나도 이 길은 그대로일 것이다. 하지만 사람은 변한다. 세상은 그대로인데. 왜 사람은 계속 변할까. 만약 죽고 나면 더 이상 변하지 않을까.

"형. 사람은 왜 살아가는 걸까? 형은 어떻게 살아가?"

"지리산 갔다 왔더니 도 닦는 소리 하고 있네. 갑자기 왜 살긴 뭐 왜 살아. 걍 사는 거지."

"뭐 가끔 그런 생각 들 때 있지 않아? 바쁘게 막 살다가 문득 순간적으로 정신이 싹 드는 거야. 내가 지금 뭐 하는 거지? 왜 이러고 살고 있을까? 그런 거 있잖아."

"있지. 있어. 난 그때 아내하고 딸 얼굴이 생각난다. 나는 뭐 대단하게 살고 싶은 욕심도 없어. 지금 하는 일을 그냥 하는 거지. 할 수 있는 일이 있다는 게 얼마나 다행이야. 그냥 그렇게 살아, 나는. 그러다가 아내랑 딸이 날 보며 웃는 장면이 떠올라. 그럼 행복한 거야."

"선배, 정말. 나는 이혼했으니 가족 자랑 그렇게 막 해도 되는 거야?"

"아니. 뭐 시우 너가 이혼한 게 내 잘못은 아니잖어. 그저 그렇게 된 거지."

"맞아. 바쁘다가 정신없다가 떠오르는 사람이 있으

면 그걸로 모든 게 위안이 될 때가 있어. 힘도 나고. 근데 요즘엔 그런 것도 없는 것 같어."

"갑자기 센치하긴. 그러면 그럴 때, 너는 이 형을 생각해라."

"진짜. 징그럽다. 징그러."

* * *

창밖을 볼 때면 생각이 많아진다. 생각이 꼬리를 물고 다시 꼬리를 머리가 문다. 4년 전 노인들이 힘없이 죽어가던 그때가 떠올랐다. 어머니도, 할머니도 그때 돌아가셨다. 주변에 알고 계시던 분들도 많이 돌아가셨다. 우리에게 덮친 타노 바이러스는 소중한 인연의 추억을 머금고 안개처럼 사라졌다. 해가 뜨면 사라지는 안개처럼. 하지만 내 마음은 아직 햇살을 받지 못했다.

선배는 내 마음을 읽었는지 분위기를 바꾸려 라디오를 틀었다. 지역 방송 몇 개를 돌리다가 잔잔한 재즈 선율이 흐르는 주파수에 머물렀다. 묵직한 베이스 음이 차 안에 깔렸다. 학창 시절에는 밴드 활동을 했었다. 나는 베이스를 맡았다. 중요하지 않은 것 같아도 베이스가 없으면 티가 많이 났다. 베이스는 낮게 깔린 음색으로 기타와 드럼 사이에서 중심을 잡아주는 역할을 한다. 그래서 베이스가 좋았는지도 모르겠다. 친구들과 나이가 들어서도 밴드를 하자고 자주 얘기했었는데, 이젠 얼굴을 보기는커녕 연락도 드물다. 시간이 흐르면서 다들 제 살길이 바빴겠지. 나 역시 내 삶만 책임지기도 벅찼으니까. 지나고 보니 그때그때 주어진 삶에서 최선을 다하며 살았던 것 같은데, 아주 대단한 일을 한 것 같지는 않았다. 열정이 부족했던 것일까. 정말 최선을 다했던 것일까. 모자람 없는 중산층에서 자랐기에 끈기가 부족했는지도 모르겠다.

처음부터 기자가 되려고 했던 것은 아니었는데, 길을 따라가다 보니 여기까지 와 있었다. 인생은 선택의 연속인데, 그 선택의 기로에서 나는 어떤 기준으로 결정했던 것일까. 문득 너무 쉬운 길만 선택했던 것은 아니었을까 하는 생각이 들었다. 기자 생활은 할 만했다. 호흡이 짧아서 지루하지 않았고 사건마다 해결하는 기분이 들었다. 성과에 만족하고 보람을 느낀다는 것도 깨달았다. 커다란 벽을 만나기 전까지는.

'어, 이건 정말 이상한데?'

그런 기분이 들 때가 있다. 기자의 촉이 움직이던 순간이었다. 건설사의 임원을 거쳐 서울 시장으로 취임했던 인물은 결국 청와대의 주인이 되었다. 그 과정에서 드러나지 않은 수많은 비리가 잠자고 있었다. 첫 번째 냄새를 맡았던 순간이 기억났다.

"황 국장님. 이거 하나만 알려 주세요. 네?"

"아니, 왜 나한테 이렇게 달라붙는 건가. 내가 잘못한 것도 아닌데."

"국장님은 알고 계시니까요. 제발 좀 알려주세요."

"안돼. 자네는 알면 다쳐. 그리고 끝까지 할 자신이 없으면 시작하면 안 되는 일이야."

"저는 이 일을 꼭 해야겠어요. 꼭이요. 어떻게든 밝혀볼게요."

"그게 그렇게 의지만 가지고 할 수 있는 일이 아니래도."

"그래도 부탁드려요. 정말요. 조금만 알려주세요. 시작점만 알려주시면 돼요."

"음… 자네 목숨이 걸린 일인데도?"

"그래도 괜찮아요. 목숨 걸고 해볼게요. 여태껏 이렇게 한 가지에 몰두한 적이 없었어요. 이번만큼은 정말로 끈질기게 달라붙고 싶어요. 제 모든 것을 겁니다."

"그 정도인가. 자네의 결심이."

"네. 그러니까 도와주세요."

"그렇다면 조만간 내가 자리를 마련해 보지. 그 사람을 만나보면 단서를 잡을 수 있을 테니까. 하지만 이 모든 것은 절대적으로 없었던 일이네. 그리고 나의 존재를 절대로 입 밖에 내면 안되고. 내가 자네를 도와주는 이유는 단 한 가지야. 우리나라의 앞날을 위해서."

"고맙습니다. 정말 고맙습니다. 잘 해볼게요. 걱정 마세요."

"알겠네. 나중에 후회하지 말게나. 그리고 항상 스스로를 잘 챙기게. 이제부터는 힘든 여정이 시작될 테니까."

"네, 단단히 준비하겠습니다."

나는 이 사건에 완전히 빠져들었다. 주위에서 미친놈이라고 말할 정도였으니. 그래도 늘 도움의 손길은 있었다. 정의는 살아있다는 것을 느낄 수 있는 소중한 도움들. 그래서 내가 가는 길이 옳은 길이라고 생각했다. 몇 년 동안 파고들었던 그 사건이 해결될 무렵, 내 주위에는 아무도 남아있지 않았다. 가족도 친구도 없었다. 지금 차 안에 같이 앉아있는 칠구 선배만 남아있었다. 그래도 후회는 없다. 내 인생을 걸고 해 볼 만한 모험을 했으니까. 그리고 지금 다시 새로운 도전이 시작되었다.

# 20

우리는 빽빽하고 곧은 소나무 숲길로 접어들어 요양원 주차장에 들어섰다. 미리 얘기를 들었는지, 차가 들어오는 것을 보고 간호사 한 명이 마중을 나왔다.

"안녕하세요. 저는 더위크에서 나왔습니다. 정시우라고 합니다. 이분은 편집장님이시고요."

"안녕하세요. 기자님. 편집장님. 책임 간호사 김선미입니다."

"안녕하세요. 간호사 선생님. 실례 좀 하겠습니다."

"양심 있는 의사들의 김 소장님께서 꼭 좀 가보라고 연락을 주셨어요. 마침 멀지 않은 곳에 와있던 차라 갑작스럽게 방문하게 되었습니다."

"네. 잘 오셨어요. 이쪽으로 오세요. 잠깐 따뜻한 차라도 한잔하세요."

작지만 깔끔하게 정돈된 사무실에 들어왔다. 재스민 향기가 은은하게 베어 있었다.

"고맙습니다. 사무실이 아담하니 좋네요. 바쁘실 테니까 시간 많이 뺏지 않겠습니다. 혹시 경찰에는 신고하셨나요?"

"아니요. 원장님께서 그렇게 까지는 할 것 있겠나 하셔서요. 괜히 외부 사람 드나들면 소문도 안 좋아지고, 그럼 운영에도 차질이 생기니까요."

"네. 그럴 수 있죠. 돌아가신 분들의 특이 사항은 없었다고요? 딱히 아프신 곳도 없으셨고. 갑자기 돌아가셨다고 하셨는데."

"맞아요. 특별한 점은 없던 것 같아요. 저도 안 그래도 뭔가 공통점이 있을까 싶어서 계속 생각을 해봤거든요. 그런데 딱히 모르겠네요."

"부검 의뢰는 하셨나요?"

"아니요. 가족들 동의도 있어야 하고. 연세가 있으셨으니 돌아가실 때가 되어서 가셨다는 생각들이에요. 좀 갑작스럽긴 하지만요. 다들 칼을 댈 필요까지는 없지 않냐고 하셨어요."

"그렇죠. 그럴 수 있죠. 사인은 이미 밝혀졌고요."

"네. 네 명은 심근경색, 여섯 명은 뇌경색, 네 명은 폐색전증입니다. 열네 명 모두 급성이에요. 아무 일 없이 있다가 갑작스러운 임종을 맞이하신 거예요."

"많이 힘드셨겠네요. 그래도 늘 함께하시고 보살피는 분들이 갑작스럽게 사고를 당해서요."

"그래서 그런지, 요즘 요양원 분위기도 그렇고 저도 많이 다운되네요."

"계시던 곳을 한 번 둘러봐도 될까요? 크게 문제가 되지 않는다면요."

"네 같이 가시죠. 안내해 드릴게요."

이동하면서 살펴보니 매우 깔끔하고 고급스럽게 정돈된 요양원이다. 계신 분들도 다들 점잖아 보였다. 복도에 걸린 마티스의 잎사귀 그림이 눈에 들어왔다.

"요양원이 아주 좋네요. 밝고 깨끗하고요."

"시설이 오래되지 않아서 관리가 잘 되고 있어요. 다들 만족도도 좋고요. 식사가 맛있다고 특히 좋아하세요. 모든 식재료는 유기농이고 채식 식단으로 짜여져요."

"그렇군요. 어쩐지 얼굴색들이 좋아 보이시네요. 다들."

"여기에요."

방은 1인실로 아주 넓지는 않지만 포근한 느낌이 들었다.

'나이가 들어서 이런 곳에서 살면 어떤 기분이 들려나.'

괜스레 마음이 착잡해졌다. 시설도 좋고 공기도 좋은 곳인데 이곳에 내가 산다고 생각하면 우울할 것 같았다. 살아간다는 것은 어떤 것이고 죽음을 기다린다는 것은 어떤 것일까. 우리는 살아가고 있는 것인지 죽음을 향해 가는 것인지 헷갈렸다.

이곳에 오신 분들은 대부분 자녀가 없지는 않으나 혼자 살다가 오신 경우가 많다고 했다. 집에 혼자 계시면 식사를 챙겨 드시기도 힘들고 친구도 사귈 겸 들어온다. 다양한 프로그램이 준비되어 있어서 지루할 틈은 없어 보였다. 그럼에도 불구하고 노인들이 많은 곳에서 느껴지는 그 어떤 무력감과 고요함. 한없이 가라앉는 느낌을 받았다.

"시우야. 나는 나중에 요양원에 보내지 마라. 나는 요양원에 가고 싶지는 않다."

이렇게 말씀하시던 어머니가 생각났다. 다행인지 불행인지 어머니는 요양원에 가실 나이가 되기도 전에 돌아가셨다.

"야. 시우야. 그래도 이런 데서 요양하며 사는 건 되게 복받은 거 아니냐? 독거사 하는 노인들도 얼마나 많은데."

"그건 그렇지. 그런데 이렇게 사는 것도 참 지루해 보인다. 우리도 늙어가는데. 어쩌냐."

"나는 나중에 혼자되면 이렇게 사는 것도 괜찮겠다 싶다. 그때 되면 너가 놀러 와서 친구해 주면 되잖냐."

"그때까지 우리가 잘 살아있을 수 있을까 모르겠네."

"간호사님. 와이파이가 되나요? 제가 메일을 확인해야 하는데, 연결이 잘 안되네요."

"제가 비번을 알려 드릴게요. 여기요."

"오, 그래도 여긴 와이파이가 5G네요. 우리 사무실보다 낫다. 엄청 빠르네."

"호홋. 시설이 새로 생길 때 5G로 바꿨어요. 기자님 스마트폰을 좀 바꾸셔야겠는데요. 너무 오래된 기종 아니에요?"

"아. 여기 저장된 걸 옮기는 게 귀찮아서 그냥 쓰고 있는데. 이게 또 정이 들어서 그냥 바꾸기가 좀 그래요. 아직 멀쩡하기도 하고. 다들 5G 쓰는 세상에 혼자 LTE 속도를 살고 있네요."

"그래, 시우야 좀 바꿔라 이제. 바꿀 때도 됐다."

"예예. 말만 하지 마시고 편집장님이 하나 사주시면 되죠. 업무 지원으로."

"요즘 회사 형편이. 좀 그렇지. 나중에 생각해 보자."

"거봐. 도움을 안 주면서 바꾸래. 얼마나 비싼데."

"두 분이 부부 같아요. 사이가 좋으시네요."

"아이고. 징그러워요. 징그러워. 얘가 절 너무 좋아해서 징그럽게 따라 댕겨요. 대학 때부터."

"말을 말자. 말을 말어."

"다른 방도 보시겠어요?"

"한 군데만 더 볼게요. 비슷 비슷해서 특별한 점은 없을 것 같긴 한데요."

"네. 구조는 다 같아요. 방향만 조금씩 다르고요."

방에서는 특별한 점을 찾을 수 없었다. 공통점도 없고. 마지막으로 개인 소지품 목록을 한 번 보여달라고 부탁했다.

"개인 소지품이라고 해봐야 대단할 건 없지만, 그래도 이렇게 정리는 해 놓았어요. 살펴보세요."

"네. 뭐 특별한 건 없고. 음… 그런데 이런 산속에서 다들 스마트폰은 가지고 계셨네. 그것도 다 최신폰들이네. 나만 빼고 다른 사람들은 죄다 최신 폰만 쓰나 봐."

"너가 구식이야. 구식이라 그래."

"어르신들이 스마트폰을 얼마나 좋아하시는데요. 유튜브도 많이 보시니까요. 요즘엔 자기 방에서 방송하시는 분들도 계세요. 세상이 그래요. 기자님."

"그렇군요. 잘 살펴봤습니다. 간호사님. 추가로 말씀하실게 있으실까요?"

"저 이것도 한 번 살펴보세요. 의료기록은 드릴 수 없지만 열네 명의 백신 접종한 내용은 알려드릴 수 있을 것 같아요. 김 소장님이 준비해달라고 하셨어요."

"그렇군요. 김 소장님. 꼼꼼하신 분이시네요. 그럼 이건 제가 가져가겠습니다."

"네. 혹시 외부에 공개하시게 되면, 요양원 이름은 가려주세요. 저도요."

"그럼요. 걱정 마세요. 이번에 오게 된 건 김 소장님이 알려주셔서 오게 된 거니까요. 저희가 뭐 경찰도 아니고. 조금이나마 진실을 알고 싶어서 왔어요."

"네. 고생 많으세요. 이분들이 요양원에 오게 된 날짜들도 있으니 참고하시고요. 개인적인 제 생각으로는 혈전 문제는 백신을 원인으로 보는 것이 맞다고 생각해요. 초기에 많이 그랬잖아요. 여기도 팬데믹 초반에는 많이 돌아가셨거든요. 그런데 몇 년 동안 괜찮다가 갑자기 이런 건 좀 이해가 안 가고요."

"그래서 저희도 조사 중이에요. 오늘 저녁에 서울에 가면 김 소장님과 만나서 얘기를 나눠 볼 거예요. 그럼 진전이 있겠죠. 혹시라도 추가적인 정보가 나오면 연락 주세요."

"네. 알겠습니다. 조심히 올라가세요."

"네. 수고하시고요."

"수고하세요. 간호사님."

차 안에서 서류를 다시 유심히 살펴보았다. 어떤 관계성이 있을까. 간호사가 챙겨준 군고구마 냄새가 고소하게 풍겼다. 두 사람이 타고 있는 차는 좀 더 속도를 내어 서울로 가는 고속도로에 접어들었다.

# 21

의과대학의 연구소는 밤에도 불이 꺼지지 않았다. 선배는 나를 건물 앞에 내려주고 바로 집으로 갔다. 하루 외박하더니 그새 형수와 딸이 보고 싶었나 보다.

"안녕하세요. 소장님. 더위크의 정시우입니다. 처음 뵙겠습니다."

"네 안녕하세요. 저는 기자님 사진을 몇 번 봐서 그런지 낯설지가 않네요. 평소에 기사 잘 보고 있습니다. 반갑습니다."

"고맙습니다. 창원에서 곧바로 왔습니다. 서류를 몇 장 챙겨 오긴 했지만, 제가 봤을 때 큰 문제점을 찾을 수는 없었어요."

"제가 한 번 봐도 될까요."

김 소장은 유심히 서류를 살펴보고는 혼잣말로 중얼거린다. 이 사람 중얼거리는 걸 보니,

'나도 다른 사람이 보면 이런 느낌이겠구나.'

하는 생각이 들었다. 안경 너머로 투과된 눈빛이 예리해 보였다.

"기자님. 이 부분을 좀 더 살펴봐야겠네요. A, P, M, N 이건 백신 종류거든요. N은 나중에 들어온 백신이고 한 분만 세 번째 맞았고. 여기. P와 M이 대부분이에요. 처음에 1, 2차 접종 후 뒤로는 부스터 샷으로 한 번씩 6개월 간격으로 접종되었죠. mRNA 백신은 맞을수록 부작용이 늘어난다는 보고가 있어요. 이분들은 확실히 백신 문제로 돌아가셨는데. 지금까지 괜찮다가 갑자기 돌아가셨다는 건 누군가 인위적으로 스위치를 켰다는 결론이 도출됩니다."

"스위치 온? 다들 몸 안에 자살 무기를 넣고 살고 있다는 의미인가요?"

"네. 기자님도 어느 정도 아시겠지만요. 조금 더 정리를 하자면, 백신에 들어있는 산화 그래핀과 나노 물질들이 특정한 신호에 반응을 보입니다. 자기장이나 주파수에 따라 움직임이 있다는 보고는 있었는데요. 그걸

정확하게 알아내기가 쉽지는 않아요. 저는 의사이지 미래기술 과학자는 아니니까요. 하지만 누군가가 스위치를 켰다는 것은 확실한 것 같습니다."

"그럴 수 있겠네요. 여기저기서 모은 정보가 이제 슬슬 하나로 뭉쳐지는군요. 의학, 과학, 첨단 기술이 합쳐지고 X의 의도대로 하나씩 진행되고 있어요."

"X라고 명명하셨군요. 맞아요. 그 X가 X 같은 짓을 벌이고 있어요. 전 세계를 대상으로요. 기사에 도움이 될 자료들을 준비했으니 잠시만 계세요."

연구소는 아주 깨끗하게 정돈되어 있었다. 김 소장의 성격을 말해주는 것 같았다. 인터뷰를 위해 많은 곳을 방문하는데, 공간을 보면 주인의 성격을 짐작할 수 있다. 꼼꼼하게 정리된 자료가 내 앞에 펼쳐졌다. 나는 밑줄이 그어지거나 빨간색으로 체크되어 있는 부분을 위주로 빠르게 살펴보았다.

"수산화 그래핀은 신호를 받으면 움직일 수 있다. 움직이면서 혈관에 상처를 낼 수 있고 상처 치유를 위해 혈전이 생성된다. 혈전이 다량 생성되었다가 상처에서 떨어져 나가면서 혈관을 막을 수 있다. 뇌, 심장, 폐 혈관이 막힐 경우 급성으로 이어진다. 추가로 인공 혈전이 생성되는 경우. 인공 혈전은 수산화 그래핀과 나노 튜브가 뭉치면서 강제적인 혈전 현상을 일으킨다. 같은 이유로 특정한 혈관이 막혀 사망에 이른다. 혈전 움직임의 주파수. 5G는 현재 3.5GHz에서 28GHz 폭까지 늘릴 예정이다. 5G라. 5G!! 오늘 5G 얘기를 많이 듣네. 소장님도 5G 쓰세요?"

"저요? 저도 5G 스마트폰 쓰죠. 요즘 웬만하면 다 그렇지 않나요? 왜요?"

"아니, 저 빼고 다 그런가 싶어서요. 아까 요양원에서도 5G 인터넷이 잘 터지는데 제 건 잘 안되더라고요. 이번에 돌아가신 분들도 다 5G를 쓰셨던데."

"네? 돌아가신 분들이요? 잠깐만요."

김 소장의 눈에 힘이 들어갔다. 얼굴도 벌겋게 상기된 것이 뭔가 놀란 얼굴이다.

"여기 보세요. 5G를 사용한 나노 테크놀로지 기술. 인공위성에 연결된 5G를 통해서 몸 안에 있는 장치에서 신호를 받는 거예요. 수산화 그래핀은 일종의 안테나 역할을 증폭시키고 나노 튜브가 작동되는 것 같아요. 5G 휴대폰을 쓰셨던 어르신들이 그래서 먼저 희생되었나 봐요."

"정말 그런 걸까요? 요즘에 5G 쓰는 사람들이 그렇게 많다면 요양원에 계신 분들만 당할 리가 없잖아요? 소장님도 쓰신다면서요."

"저도 쓰긴 하지만, 저는 백신을 맞고 추가적으로 해독을 많이 했어요. 물론 그것 때문인지 아닌지는 확실치 않겠지만. 요양원에 연락을 해보죠. 다른 분들은 어떤 휴대폰을 쓰는지."

창원에 전화를 걸었다. 늦은 시간이었지만 전화를 받았다.

"안녕하세요. 늦은 시간에 죄송합니다. 저 아까 뵀던 정시우입니다. 한 가지만 확인을 부탁드려도 될까요?"

"네. 말씀하세요. 제가 도울 수 있는 일이라면 도와야죠."

"다른 건 아니고 현재 요양원에 계신 어르신들 중에 5G 스마트폰을 쓰시는 분들이 있는지 확인해 주세요. 결과만 문자로 주시면 됩니다."

"네. 그건 금방 확인할 수 있을 것 같아요. 연락드릴게요."

"고맙습니다. 부탁드릴게요."

기다리는 동안 우리는 다른 자료들을 추가로 확

인했다. 5G로 작동. 대상자는 노인. P와 M사의 백신. mRNA. 나노 튜브. 사진 자료에는 나노 튜브가 여러 모양으로 바뀌는 모습이 있었다. 마치 작은 로봇이 움직이는 것 같았다. 나노 로봇이 몸 안에서 돌아다니는 건가.

"소장님. 나노 튜브가 서로 뭉치면 부피가 커져서 혈관이 막힐 수 있겠죠?"

"그럼요. 2~3개만 뭉쳐도 작은 혈관은 완전히 막힐 거에요. 이게 어디서 뭉치는가에 따라서 급작스럽게 사람이 죽을 수도 있습니다."

"이거 참 무서운 일이 예상되는데요. 사람들마다 백신을 맞으면 의료 기록이 남죠?"

"그렇죠. 제가 알기론 타노 바이러스 백신은 특별히 ID 넘버를 발급받게 되어 있어요. 예를 들면 12자리로 A001-0001-0004 이런 식이죠. 그 백신을 접종한 사람의 의료 정보도 함께 기록되죠. 백신 패스도 등록이 되고요. 그 기록에는 국적, 이름, 나이, 주소, 성별, 주민번호, 유전자 정보 등등 우리가 알 수 있는 신원정보가 모두 기록돼요. 그렇게 한 명, 한 명의 자료가 어딘가에 보관되어 있다면 누군가는 그걸 정확하게 타깃팅 할 수 있겠죠."

"무서운 타깃팅이에요. 그 어떤 무기보다도 세밀하게 쥐도 새도 모르게 암살도 가능하겠네요."

"정말 무서운 무기가 될 수 있어요. 우리 같은 일반인이야 뭐 대상자가 되지도 않겠지만. 힘 있는 사람들이나 권력층을 대상으로 사용한다면 원하는 것은 무엇이든 들어줄 수밖에 없겠어요. 목숨을 담보로 쥐고 있는 것이니. 머리 옆에 총을 겨누고 한 평생 살아가는 거잖아요."

"이건. 정말 무시무시한 일입니다."

똑딱. 김선미 간호사의 메시지가 도착했다. 심장이 두근거렸다.

"메시지가 왔습니다."

[돌아가신 분들만 5G 최신형 스마트폰이네요. 다른 분들은 폴더 폰, 구형 스마트폰, 없는 분들이에요. 수고하세요.]

"이로써 확실해졌군요."

"그래도 정확히 해야 하니. 몇 군데 연락을 해놓겠습니다. 다른 요양원들과 병원에서 혈전으로 돌아가신 분들의 휴대폰이 어떤 것이었는지 확인해 달라고 부탁할게요."

"네. 갑자기 머리에 열이 올라오는 것이 확 더워지네요. 그럼 김 소장님께서는 추가로 확인해 주시고요. 저는 이 자료들 가지고 가서 기사를 작성해야겠습니다."

"네. 연락드릴게요."

"고맙습니다. 저도 추가로 궁금한 게 있으면 언제든 전화드려도 되죠?"

"물론이죠. 언제든. 전화 주시면 받겠습니다."

"네. 고생하세요."

가방에 자료를 한 더미 챙겨 넣고, 연구소를 나왔다. 오늘이 가기 전에 만나야 할 사람이 한 명 더 생각났다. 도움이 간절히 필요했다.

# 22

"잘 지냈어요?"

"아니. 왜 이제 연락해요. 빨랑 빨랑 해야지."

"뭐 인사가 이래요. 몇 년 만인데. 좀 바빴어요. 지방에 있다가 이제야 왔다고요."

"어디 있는지는 알죠. 예의상 기다렸던 것뿐이지. 내가 맘만 먹음 그 정도 모를 것 같아요?"

"그렇죠. 그건. 귀신보다 빠르니까. 이리로 와 줄래요? 아님 내가 갈까요?"

"오시는 건 좀 그렇고. 거기서 지하철역 쪽으로 걸어가면 10분쯤 걸릴 거예요. 아마 비슷하게 도착할 것 같아요. 전화할게요."

"네. 좀 있다가 봐요."

어느덧 밤 10시가 넘었다. 겨울밤의 날카로운 바람이 얼굴을 할퀴고 날숨의 수증기가 속눈썹에 얼어붙는 진득한 느낌이다. 걸음걸이가 점점 빨라졌다. 복잡한 머릿속도 차가운 공기를 머금고 굳어버렸다. 주머니 깊숙한 곳에서 벨 소리가 먹먹하게 들려왔다.

"저기요, 기자님. 왜 꼬리를 달고 다니세요?"

"뭔 소리에요. 갑자기?"

"앞에 보이시길래 천천히 다가가려 했는데, 미행이 붙었네요? 시커먼 아저씨 둘이 따라다녀요."

"그래요? 정권 바뀐 후로는 한동안 없었는데, 밤 친구가 생겼군. 혹시 모르니 내가 한 블록 더 가서 우회전을 해보죠. 따라오나 살펴볼게요."

"그러세요. 저는 여기 좀 더 있다가 천천히 붙어볼게요."

'대통령 사건을 파헤칠 때는 자주 있던 일이었지만, 한동안 이런 적이 없었는데. 누군가 꼬리를 잡은 것 같다. 누굴까. 누가 이렇게 발 빠르게 쫓는 것일까.'

나는 빠르게 코너의 휴대폰 가게를 지나 오른쪽으로 돌았다. 가게의 유리창에 반사되어 두 명의 남자가 따라오는 모습이 보였다. 폼세를 보아하니 정부 쪽 사람들은 아닌 것 같았다.

'뭐지? 사설 업체인가. 아니면 회사 소속?'

기사가 나간 지 얼마 되지도 않았는데, 벌써 따라붙었다는 것은 그만큼 진실에 가까이 다가왔다는 반증이다. 눈치채지 못하게 따돌리는 게 급선무다. 나는 일부러 천천히 걸었다. 다년간의 미행을 경험해 보니, 상대방이 모르게 하는 것이 허를 찌르는 방법이었다.

"계속 따라오네요. 다시 앞쪽에서 우회전해서 지하철역 쪽으로 가야겠어요. 그나마 사람들이 좀 있는 곳에서 따돌리는 게 수월할 것 같으니."

"그럼 제가 골목을 가로질러서 미리 지하철역 앞에 자리 잡고 있을게요. 가게들이 많으니 의심받지는 않을 거예요. 내 차는 파란색 택배 트럭이에요. 뒷문을 열어 놓을게요. 재빨리 타고 닫으세요."

"택배 트럭? 우와. 대단하네. 알았어요."

"놀라기는. 좀 있다가 봐요."

다시 우회전을 하고 길을 따라 지하철역으로 향했다. 역 주변에는 아직 가게들이 영업을 하고 있어서 불빛이 반짝였다. 밤인데도 주말이라 그런지 꽤나 북적였다. 과일가게에서 과일을 고르고 계신 아주머니와 가게 주인으로 보이는 할머니가 눈에 들어왔다. 저 할머니는 과연 자신의 목숨이 위태롭다는 사실을 알고 있을까. 저 앞에 있는 젊은 커플은 어떤 생각을 하고 있을까. 수많은 사람들이 바로 앞에 닥친 위험을 모른 채 살아가고 있었다.

'모두들 하루하루 자신에게 주어진 날에 최선을 다해 살아가고 있겠지. 코앞에 닥친 위기를 모르는 것이 오히려 좋을 수도 있어.'

지금은 남 걱정할 때가 아니었다. 어느새 지하철역 사거리에 다다르니 우회전하는 길목에 파란색 택배 트럭이 정차되어 있다. 비상등이 깜박깜박 박자에 맞춰 신호를 보내고 있었다. 나는 호흡을 가다듬고 코너를 돌자마자 빠르게 뛰어서 택배 차에 올랐다.

"쿠쿵. 으이쿠. 다리야."

"아이고 우리 기자님. 늙으셨네. 예전엔 팡팡 잘 뛰었는데. 그죠?"

"참 내. 우린 만날 때마다 무슨 작전을 펼치네요. 그죠?"

"재밌잖아요. 내가 이래서 기자님 만나면 좋은가 봐요. 아하하. 벌써 신나네."

"여하튼 반가워요. 등장부터 화려했고 오랜만에 만

나서 같이 택배 알바 할 생각하니 너무 신나네요."

"택배 알바. 좋네. 안 그래도 오늘 배달 물량이 넘치니까. 정신 단디 차리세요."

"저 사람들. 허둥대는 걸 보니 왜 이렇게 즐거울까."

갑자기 사라졌으니 놀랐을 수밖에. 양복쟁이 두 사람은 마음이 급해 보였다. 여기저기 두리번거리며 가게들을 살펴본다. 두 사람 모두 키가 185Cm 이상은 되어 보였다. 건장하고 날렵해 보였다.

"저들 누군지 아세요?"

"아뇨. 근데 정부 쪽은 아닌 것 같아요."

"사진 좀 찍어 놓으세요. 나중에 얼굴 대조를 해보게. 험악하진 않은데 좀 무섭네요."

"오케이. 밤이라서 잘 나올까 모르겠네. 택배 트럭 옆에도 이렇게 창문이 숨어 있으니 좋네요."

"밖에서는 안 보이니까 걱정 말아요. 나름 장치를 많이 해놨어요."

"007 택배 트럭이네. 굿굿!! 좋다."

택배 트럭 안에는 커다란 테이블과 모니터 4개, 컴퓨터가 설치되어 있었다. 첩보작전을 수행해도 될 것 같은 이름 모를 첨단 장비들이 준비되어 있었다.

“우와. 이건 다 뭐야. 엄청나네.”

“하핫. 그래요? 좀 신경 좀 썼어요. 제가 준비성이 꽤나 좋거든요. 지난번에는 장비가 좀 약했던 것 같아서 업그레이드 좀 했죠.”

“이건 업그레이드 수준이 아닌데요? 정말 최고다!! 007의 Q 같은데요?”

“그렇게 봐주니 좋네요. 이 차만 끌고 다니면 어디서나 위성 접속도 가능해요. 트럭 윗부분 전체가 안테나 역할을 하거든요. 움직이는 본부죠. 실제 본부에 있는 컴퓨터와 실시간 연동이 되고요. 흠흠, 뭐 이 정도쯤이야.”

“알수록 놀랍네. 놀라워. Q!! 일단 갑시다. 안전가옥으로.”

“안전가옥? 갈수록 재미 지네. 알아서 모십죠. 제로 제로 세븐!!”

우리는 파란색 택배 트럭을 타고 올림픽대로에 진입했다. 도로는 가로등의 주황색 빛으로 물들어 있었다.

# 23

마포구의 소망 아파트. 늦은 밤의 정적을 깨고 앰뷸런스 한 대가 요란한 소리를 내며 정문 바리케이드를 지나갔다. 경비원을 포함한 몇 명의 사람들이 입구에 나와있었다. 작고 오래된 아파트가 붉은색 사이렌의 번쩍이는 불빛으로 덮였다. 사람들의 표정에는 놀람과 안타까움이 스며들었다.

“악!! 여보!! 큰일 났어요! 지금 어디예요? 어머니가. 어머니가!! 어떡해!!”

“무슨 말이야? 천천히 침착하게 숨 좀 쉬고 말해봐 봐.”

“어머니가 갑자기 막 경련을 일으키더니 쓰러졌어요!!”

“안 그래도 가는 중이었어. 금방 갈게. 얼른 119 불러. 어디 병원으로 가는지 알려주고. 병원으로 바로 갈게.”

"알겠어요. 빨리 와요. 119는 이미 신고했어요. 어느 병원인지 문자할게요."

"그래. 알겠어. 침착하고. 별일 없을 거야."

* * *

1시간 전, 주말을 맞은 여자 세명은 기분 좋게 외식을 하고 돌아왔다. 지난달에 어렵게 장만한 아파트에 어머니를 모시게 되었고 이삿짐을 정리하다 보니 한 달이 훌쩍 지났다. 오랜만에 남편은 출장 중이었고 어머니와 딸, 그리고 딸의 딸, 이렇게 셋이 즐거운 시간을 보냈다. 오늘따라 어머니는 매우 많이 웃으셨다. 손녀인 수진이의 재롱에 웃음이 끊이지 않았다. 어머니가 좋아하시는 해물칼국수와 수진이가 좋아하는 만두까지, 모처럼 만의 세 사람의 외출이었다.

"엄마, 그동안 많이 힘들었지?"

"힘들긴. 너가 힘들었지. 이서방도 고생이 얼마나 많았니. 그래도 둘이 알뜰살뜰하게 모아서 집도 장만하고, 참 대견하다. 대견해."

"대견하긴 뭐. 은행 빚이 태반인데."

"은행에서도 사람 보면서 대출해 주지. 아무나 돈을 빌려주진 않잖아. 안 그래?"

"그거야 그렇긴 한데. 언제 그걸 다 갚으려나."

"서울에 자기 집 한 채 장만하는 게 얼마나 힘든 일인데, 그것만으로도 자랑할 일이야. 얼굴 좀 피고 힘내. 내 딸이 참 자랑스럽네."

"아이고. 엄마 고만해 이제."

어머니는 서울에 집을 장만한 딸이 정말로 자랑스러웠다. 살림이 변변찮아서 결혼할 때 많이 보태주지 못해서 늘 석연치가 않았다. 그래도 군소리 없이 부부가 행복하게 살아준 것만으로도 고마웠다. 이제 훌쩍 나이가 든 노모를 모시겠다며 아파트의 빈 방을 내어주니 이보다 고마울 수는 없었다. 그렇다고 마음이 가볍지만은 않았다. 딸 집에 사는 것도 눈치가 보이는 일이었다.

"수진이는 왜 이렇게 이쁘니. 밥도 잘 먹네."

"할머니. 이제 우리 같이 사니까 좋다. 매일 같이 할머니랑 놀거야."

"그래. 할머니도 좋다. 수진이랑 같이 사니까 좋아요."

"할머니. 오래오래 살아야 돼. 그래서 나랑 맨날 맨

날 놀아야 해."

"그럼. 그럼. 우리 수진이랑 같이 재미있게 살자."

* * *

수진이를 재우고 미영은 잠시 뉴스를 보고 있었다. 요즘 뉴스는 소설보다 더 흥미진진했다. 사건 사고가 흥미진진하다는 것은 말이 안 되지만, 그만큼 현실과 동떨어진 일들이 실제로 벌어졌다. 뉴스의 앵커는 공상과학 소설의 내레이션 같았다. 조만간 중국에서 현금이 사라지고 디지털 화폐로 모든 것이 대체된다는 소식을 들은 차였다.

'과연 앞으로 그렇게 된다면 세상은 어떻게 되는 걸까?'

생각해 보니 이미 미영도 현금을 거의 쓰지 않고 있었다. 수진이에게 용돈을 줄 때 빼고는 현금을 쓸 일이 없었다.

'돈이 숫자가 되는 건가. 그렇다면 내 돈은 어디에 저장이 되는 거지?'

돈의 개념이 모호해지는 것 같았다. 창밖으로 보이

는 연통의 연기처럼. 이러다가 무슨 사고라도 나면, 누군가 실수로 잘못하면 전 국민의 돈이 사라질 수도 있는 걸까. 갑자기 작은방에서 비명이 들렸다. 미영은 순간 두려움과 아찔한 생각이 눈앞에 스쳐갔다.

"크헉. 컥. 미여. 엉아. 쿵"

"어? 엄마? 엄마 왜 그래? 악!! 엄마!!"

작은방에서 갑자기 엄마가 쓰러졌다. 좀 전까지 같이 있다가 잠시 방에 들어가셨는데, 비명 소리에 달려가 보니, 엄마는 온몸에 경련을 일으키고 있었다.

"거기 119죠? 지금 빨리 와주세요. 엄마가 갑자기 쓰러졌는데 경련이 났어요."

"네. 최대한 빨리 가겠습니다. 정신없으시겠지만 지금부터 제 말에 잘 따라주세요. 어머니 기도 유지가 중요합니다. 목을 뒤로 최대한 젖혀 주시고 옷이 답답하지 않게 풀어주세요. 전화 끊지 마시고 통화 유지하세요. 곧 구급대가 갑니다. 주위에 도와주실 분 없나요? 아파트면 경비실에 연락하세요."

"네. 네. 얼른 오세요. 경비실. 알겠어요."

야간 순찰을 방금 끝내고 돌아온 경비원 송 씨는 인터폰을 받고 부리나케 6층까지 뛰어올라갔다. 급할 때는 뛰는 게 상책이었다. 평소에 먹을 것을 잘 챙겨 주시던 아줌마가 경련을 하며 쓰러져 있었다.

"아이고메. 이게 뭔 일이여. 잠깐 나와보소. 이리 보소. 내가 업고 갈 테니까. 옆집이나 사람 있으면 좀 불러보소."

"네. 네, 아저씨 좀 도와주세요. 구급 대원을 조금이라도 빨리 만나려면 먼저 1층에 내려가야 될 것 같아요."

"아이고. 친절한 아주매가 이게 웬일이여. 정신 차려 보소. 나요. 송 씨요."

옆집 총각과 함께 송 씨는 미영의 엄마를 안은 채 1층에 도착했다. 마침 사이렌 소리가 요란하게 울리며 앰뷸런스가 도착했다. 절묘한 타이밍이다. 구급 대원 두 명은 차가 멈추기도 전에 문을 열며 뛰어나왔다.

"자 이리 눕히세요. 옷 좀 풀어보고. 바로 차로 이동할게요. 가면서 처치합시다."

"네. 보호자만 얼른 같이 타시고 가면서 상황 설명해 주세요. 급합니다."

"호흡과 맥박이 약하다. AED(자동심장충격기) 준비해."

"준비됐습니다. 체크. 충격 준비. 3, 2, 1."

미영의 엄마는 순간 몸이 털썩 거린다.

"다시 한번, 더."

"다시. 다시. 다시 한번 더."

"다시. 아…."

"늦은 것 같습니다."

미영을 잡고 있던 손에 힘이 빠져나갔다. 미영은 더욱 손에 힘을 주며 엄마를 잡았다. 이대로 보낼 수는 없는데. 이대로 엄마가 내 손에서 미끄러지고 있었다. 고된 삶을 전전하고 이제 아파트 하나 장만해서 엄마 방도 만들어 드렸는데. 엄마가 곁에서 사라지고 있었다. 이 모든 것이 악몽 같았다. 미영의 눈에는 눈물로 앞이 잘 보이지 않았다. 가슴이 찢어지는 것 같았다. 엄마는 미영의 앞에서 눈을 감고 있었다.

"어마…마… 엄…마…가지 마… 이렇게 가지 마…"

미영은 오늘따라 해맑게 웃던 엄마의 얼굴이 생각났다. 그렇게 즐거웠는데, 이제 수진이랑 같이 좋은데도 모시고 가려고 했는데. 엄마는 더 이상 함께 할 수 없었다. 엄마의 가슴에 얼굴을 파묻었다. 엄마의 따뜻했던 품이 점점 식어가고 있었다. 내 엄마의 향기와 온기가 사라지고 있었다. 어린 시절 엄마의 품에 안겨서 어리광을 부리던 순간이 흔들리는 흑백필름처럼 스쳐갔다.

* * *

이칠구는 병원에 도착해 응급실 앞에서 조급한 마음으로 기다리고 있었다. 길 건너에서 다가오는 앰뷸런스의 사이렌 소리가 고막을 찔렀다. 무표정한 대원들의 얼굴과 흰 천이 덮인 간이침대가 보인다. 옆에는 칠구의 아내 미영이 넋 나간 듯 초점을 잃은 눈으로 앉아있다. 칠구는 이미 끝났음을 알았다. 미영을 감싸 안고 앰뷸런스 밖으로 데리고 나왔다. 점퍼를 벗어 아내의 어깨에 둘러주었다. 칠구는 할 수 있는 게 없었다.

"고생 많았어. 뭐라 할 말이 없네. 이거."

"우리 엄마. 어떡해. 엄마 어떡해. 엄마…"

"이리 와. 괜찮아. 이제. 걱정 마. 잠깐만 저리로 가자."

응급실 옆에 있는 대기실 의자에 앉아 두 사람은 무얼 해야 할지 몰랐다. 그저 멍한 눈으로 손을 잡은 채 있었다. 대기실 TV에는 날씨에 맞지 않는 옷을 입고 있는 앵커가 보였다.

"수은주가 뚝 떨어지는 밤인네요. 벌써 영하 10도에 가까워졌습니다. 내일 오전에는 더욱 추워진다고 합니다. 오늘따라 어르신들의 사건 사고 접수가 많아졌는데요. 특히 겨울철에는 급격한 온도 변화에 따른 심장마비나 뇌출혈로 인한 사고가 많으니 주의하셔야겠습니다. 행복한 밤 되시길 바라며. 오늘의 뉴스를 마칩니다."

미영의 귀에는 앵커의 말이 잔상이 되어 속삭였다.

"행복한 밤 되시길 바라며."

"행복한 밤 되시기…"

"행복한 밤…"

"엄마. 행복해야 해."

"미안해. 사랑해."

"안녕."

# 24

서울 반포의 한강지구에 파란색 택배 트럭이 주차되어 있다. 하루 일과를 끝낸 택배기사는 편의점에서 김밥과 컵라면, 음료수를 샀다. 따끈한 국물이 있는 라면이 생각나는 겨울밤이니까.

“우와. 맛있겠다. 역시 라면은 야밤에 먹어야 제맛이지.”

“무슨 세상을 구한다고 밥도 굶고 다녀요? 제대로 좀 드시고 다니시지.”

“지리산에서 점심 먹고 그 뒤로는 계속 못 먹었네요. 고구마도 먹긴 했구나. 여하튼 뱃속이 따뜻해지니 좀 살겠네.”

“그러다가 쓰러져요. 그동안 어떻게 지냈어요?”

"똑같죠. 뭐. 큰 사건이 하나 끝나고. 뭐랄까. 인생의 목표가 사라졌다고 해야 할까. 한참 무기력증에 빠져 있었어요. 그 힘든 시기 잘 견뎌 놓고 가족과도 이별을 하게 됐고. 자세히 얘기하자면 복잡하고. 한 2년쯤 인생을 겉돌며 살다가 최근에 다시 살아나는 것 같아요."

"정 기자님은 지극히 목표 지향적 사람이구나? 인생이 끝날지라도 대통령 사건은 해결한다고 결심했던 때가 생각나네요. 그때 내가 그 눈빛 보고 좀 반했잖아."

"오. 진짜? 좀 우쭐해지네요. 왜 그런 거 있잖아요? 가수들이 큰 콘서트를 준비하느라 연습만 하다가 막상 성황리에 콘서트가 끝나면 허무함에 갇히는 그런 느낌."

"연극이 끝난 후. 라는 노래가 있죠. 딱 그 느낌일 것 같네."

"맞아요. 딱 그 느낌. 나 그 노래 참 좋아했었는데… 그런 허무감이죠. 그런데 그냥 다 변명인 것 같아요. 지치기도 했던 것 같고. 10년 넘게 그렇게 살아왔는데, 다시 일상으로는 돌아가지 못하는… 가족마저도 뭔가 불편해지는 것 같은 그런 느낌이었죠. 가족도 나를 불편하게 여기는 것 같고. 어쨌든 다시 되돌아가는 일이 쉽지 않았어요. 결과적으로도 실패했고."

"으이구. 우리 정 기자님. 갑자기 센치해 지시네. 자요. 속 시원하게 이거 한잔해요. 솔 눈!!"

"솔 눈. 아직도 이거 팔아요? 예전에 종종 마셨는데."

"나는 좋아해요. 이거. 머리가 맑아지는 기분이랄까. 그러니까 한 잔해요. 술은 못 먹잖아요."

"술 못 먹는 것까지 기억하는군요. 음… 다시 마셔보니 맛있네."

"괜찮죠. 괜찮다니까."

그린은 오랜만에 만났지만 어려운 사건을 함께 해결한 동지애가 있어서 그런가, 벽이 없는 느낌이다. 나는 이 사람에게는 괜스레 이런저런 얘기를 하게 된다. 아무도 모르는 유령이라서 그럴지도 모르겠다. 세상에 존재하지 않는데 내 앞에서만 존재하니까. 유령처럼.

"속도 든든하게 채웠으니, 이제 슬슬 보따리를 풀어볼까요? 정 기자님."

"그래야죠. 내가 얘기하기 전에, 그린이 알고 있는 얘기를 좀 풀어줘요. 그래야 빈 곳들을 매우면서 전개가 빨라질 것 같아요. 지금까지 여기저기 주워들은 퍼즐이 있으니 내가 잘 맞춰서 정리를 해볼게요. 오케이?"

"오케이. 자 그럼 이제 시작합니다. 정신 똑바로 차

리시고. 모니터 잘 보세요.”

“기대됩니다. 영화 시작!!”

“영화는 아니지만. 요즘은 현실이 영화보다 더 영화 같죠. 그래서 때로는 나도 헷갈리지만요. 흠흠. 제가 비트 코인에 좀 관심이 많아요. 아시죠? 비트코인. 가상화폐. 이런 걸로 돈 버는 세상이 올 것이라는 생각은 하지 않았지만. 실제로 그렇게 돈을 벌고 있죠.”

“알죠. 비트코인. 나도 좀 사 놓을걸. 요즘 비트코인 하나에 몇 천만 원씩 한다면서요. 세상에.”

“맞아요. 해커들 사이에서는 일반적으로 떠도는 정보들이 조금은 달라요. 해커들만 공유하는 인트라넷이 따로 있는데. 좀 컴컴한 세상이죠. 이곳에 들어가는 것 자체가 쉽지 않은 일이지만 일단 난다 긴다 하는 해커들은 자주 이곳에서 서로의 정보를 공유합니다. 물론 익명으로요.”

“아니. 다들 유령처럼 사는 해커들인데 왜 여기서 공유를 하는 거죠?”

“해커들도 대화할 사람이 필요할 때가 있잖아요. 그냥 비슷한 소외된 사람들끼리 모이다 보니 거기에 접속하는 순간 마음이 편해지는 느낌이 있긴 해요. 그리고

'척' 하면 '착'하고 알아들으니까. 복잡하게 설명할 필요도 없고. 서로가 복잡한 건 묻지도 않아요. 그저 돈 줄게 이거 해죠. 하면 내가 할께. 언제까지 해죠. 오케이. 그럼 끝나죠. 시작할 때 50% 받고 끝나면 50% 송금. 간단하죠. 세금도 없고. 요즘 결제는 비트코인으로 다 해요. 추적도 되지 않고 현금화하기도 편하고요. 그렇게 세상은 돌아간답니다."

"우와, 진짜, 그린이랑 만나면 딴 세상 이야기를 듣는 것 같어. SF 세상에 있다가 잠깐 과거로 오신 거죠? 혹시 외계인인가?"

"와우. 지금 그거 조크에요? 아재에요? 여하튼 그런 순수한 면이 있어서 도울 맛이 난다니깐."

"칭찬으로 접수할께요. 어쨌든 해커들 사이에서 무슨 정보가 있는 거에요?"

"정보야 늘 많은데. 좀 독특한 정보들이 있었죠. 기자님이 파고 있는 타노 바이러스에 관련된 정보들이요. 이게 좀 단편적인 것들이었는데. 나중에 합쳐보니 하나의 프로젝트에 관련된 내용이더라구."

"오호. 기대가 됩니다. 해커들이 관심 있을 만한 거라면. 특별한 기술일 텐데. 5G 관련된 거에요?"

"오. 좀 아시나 봐요. 5G 관련된 것도 있죠. 하지만 준비하는 건 5가 아니라 6에요. 6G. 5G는 살짝 부족해요. 원하는 능력에 조금 못 미친다고 해야겠죠. 물론 LTE와 비교하면 많은 발전을 했지만, 그래도 좀 부족해요. 6G가 되면 위성과 연결해서 아주 대단한 일들이 가능해지죠. 가령 세계정복? 같은 그런 일들."

"세계정복? 그건 무슨 말이에요? 갑자기 세계정복이라니."

"우리 기자님. 역사 공부 좀 하셔야겠네. 어느 세계에서나 세계 정복을 꿈꾸는 정복자들은 있기 마련이에요. 돈, 권력, 지식, 기술 다 가지고 있으면 해 볼 만한 일이죠. 처음엔 그냥 꿈에 불과하지만 점점 현실적으로 가능해진다면, 도전해 보고 싶지 않겠어요?"

"그러려나요? 꿈꿔본 적이 없어서 잘 모르겠지만. 그렇다고 칩시다."

"네. 어쨌든 그런 조직이 있어요. 세상 모든 정보들과 지식, 기술을 자기 것으로 만들고 싶어 하는 조직이죠. 이미 많은 것을 가지고 있죠. 실제로 나한테도 오퍼가 많이 왔어요. 내 기술을 이용하고 싶은 것이겠죠. 정말 돈을 잘 쓰더라고요. 그들에게 돈은 중요하지 않아요. 원하는 것이 있다면, 그게 돈으로 가능하다면 얼마든지 돈을 쓰죠. 하지만 저는 또 그런 거 싫어하잖아요. 누군가 나를 돈으로 매수하려는 느낌이 들면, 슬며시 발 빼게 되죠. 난 갑을 관계는 싫어하니까. 그래서 몇 번 거절을 했더니 더 이상 귀찮게는 안 하더라고요. 그래도 관심 있게 지켜는 봤죠."

"그린은 돈 때문에 일하는 스타일은 아니죠. 그건 내가 확실히 알죠. 내가 돈 한 푼 못 줬는데요. 그래도 라면은 몇 번 샀지."

"우와. 생각해 보니 진짜. 좀 그러네. 라면만 얻어먹었네."

"아니, 워낙 그때는 미행도 많았고. 여기저기 나다닐 수가 없었잖아요. 나중에 제가 거하게 한 번 살게요."

"네. 언젠가는 그럴 날이 있을 거라 기대할게요. 실망시키지 마세요. 여하튼. 어떤 일들이 있었냐면. 현재 6G 기술을 가지고 있는 곳이 몇 군데 있긴 하거든요. 거의 완성단계에요. 우리나라는 S사에요. K랑 L사도 유력하고요. 중국이 먼저 치고 올라올 확률도 무시할 순 없죠. 워낙 기술이 빨리 성장하고 있어서요."

"근데 5랑 6랑 뭐가 그렇게 다른거에요?"

"속도 차이죠. 50배 정도 차이가 나요. 속도는 용량인데. 한 번에 전송할 수 있는 용량. 6G로 대용량의 데이터를 한 번에 처리하기 시작하면 실시간으로 많은 일들을 할 수 있어요. 가령. 현재는 한 번에 컴퓨터 200대를 동시 접속해서 해킹할 수 있었다면, 6G는 10000대를 한 번에 조종할 수 있는 거죠."

"아, 그 정도의 능력이 생기는군요. 기사 쓰면서 공부를 해야겠네요."

"어쨌든 데이터 처리가 빠르면 빠를수록 해커의 능력은 더 커지죠. 비슷한 능력의 해커들 사이에서는 그 미묘한 차이에 의해 승패가 갈리니까요."

"그래서 그린이 양자 컴퓨터에 그렇게 투자를 했구나?"

"그렇죠. 앞으로 양자 컴퓨터는 6G와 만나면 날개를 달게 돼요. 문제는 나만 쓰면 좋겠는데, 곧 여기저기서 기술이 공유되겠죠. 그쯤 되면 은퇴해야 하나, 그 생각도 들어요."

"근데 그린 정도의 능력이 되는 해커가 또 있어요? 세계 최고 아니에요?"

"음 자화자찬할 수는 없겠지만. 내 실력은 아주 괜

찮죠. 하지만 비슷한 몇 명이 더 있어요. 한순간만 실수하면 바로 밀려나버리죠. 실전에서는 그 한순간의 실수로 승패가 좌우되는 거에요. 그래서 이 세계가 짜릿하죠. 그 긴장감 때문에 해커들이 마약도 많이 하는데, 저는 명상을 해요. 자기 자신을 잠시 놓아주는 거죠. 피스풀하게."

"해커의 세계는 알면 알수록 미지수네요. 정말 신비롭고 미스터리한 사람들의 세상."

"그렇지만. 지극히 인간적이에요. 우리도 인간이니까. 그게 함정이 되기도 하고. 잠깐의 그 인정 때문에 실수를 하게 된다고요. 그래서 다른 사람들을 안 만나는 거예요. 스스로 AI의 객관성을 유지하기 위해서 인간 AI가 되는 거죠. 그래야 실수를 하지 않고 정확한 판단을 할 수 있으니까."

"아. 정말 어렵다. 어려워."

그린과의 대화는 따라가기가 쉽지 않다. 이 세상의 많은 학자들과 대단한 사람들을 인터뷰했지만 그린과 대화할 때는 다른 세상의 이야긴 것 같은 기분이 든다. 오늘도 그렇다. 하지만 미스터리의 중심에 다가가고 있다는 생각이 들었다. 모니터 화면이 세계지도로 바뀌었다.

"잘 보세요. 이건 현재 5G가 얼마나 활성 되어 있는지를 보여주는 지도에요. 잘 보시면 우리나라가 얼마나 통신 강국인지 아시겠죠? 진한 빨간색일수록 전파 이용률이 높은 거에요. 자 이걸 좀 더 다르게 분석하면. 전파가 오고 가는 걸 볼 수 있어요. 어디서 어디로 왔다 갔다 하는지. 전파의 송 수신 코드를 확인하면 알 수 있죠. 최근 날짜별로 송신 코드가 활성화되어 있는 걸 한 번 볼까요? 자 지금은 세계 어디가 가장 빨간색인가요? 미국. 샌프란시스코 근처죠? 실리콘 밸리에요. 저기서 엄청나게 강한 송신 코드를 보내고 있는 거죠. 전 세계로 보내는 코드에요. 죽음의 코드."

"죽음의 코드? 그럼 지금 요양원에서 사람들이 죽은 것이 바로 저것 때문이에요?"

"맞아요. 저는 여러 가지 자료를 보면서 결과치를 따라가다가 의문점을 발견했어요. 그래서 군사 위성으로 해킹해서 방금 보여드린 자료들을 찾았어요. 이게 그 증거에요. 실리콘 밸리에서 누군가가 살인 명령을 내린거에요."

"그럼, 정확하게 좌표도 찾을 수 있어요? 그 좌표가 X가 있는 곳일 확률이 높아요."

"아니에요. 그곳은 그냥 컴퓨터만 많이 있는 컨트롤 관제 타워 정도일 거예요. 명령은 세계 어디서든 내릴 수 있잖아요. 안 그래요?"

"아. 그렇겠네요. 그건 그래요. 흥분해서 너무 갔어요."

"일단 범행자들을 찾아냈다는 거. 증거를 확보했다는 게 중요해요. 어쨌든 원인은 찾았으니까요."

"지금 보여준 영상은 언제 자료에요? 현재 상황도 볼 수 있나요?"

"볼 수 있죠. 지금 보여드린 영상은, 이틀 정도 지난 자료네요. 현재는 이렇죠. 비정상적으로 크게 전파를 쓰고 있진 않네요."

"계속 모니터링을 하고 있으면 언제 살인 코드를 입력하는지 알 수 있겠군요."

"그렇죠. 하지만 코드가 입력되면 너무 늦으니까. 미리 막을 수 있는 방법을 찾아야 해요. 그래야 애꿎은 사람들이 죽지 않을 테니까."

"맞아요. 그래야죠. 그린은 아무도 모르게 사람들을 살리는 일을 하고 있네요. 정말 대단해요. 국가적. 아니 세계 히어로인데. 나만 알고 있네. 나만!!"

"한 명만 알아주면 됐죠 머. 나중에 죽기 전에 내가

자서전 쓸 테니까. 그땐 다 알겠죠. 괜찮아요. 자기만족이니까. 나는 자존감 높은 히어로니까."

"멋져요. 정말. 월드 히어로랑 같은 편이라서 기분 끝내주네요."

그린은 대답 대신 윙크와 엄지손가락을 보여주었다. 국가적으로도 할 수 없는 일을 혼자 해낼 수 있는 엄청난 사람이다. 말 그대로 월드 히어로. 감탄하고 있는 사이에 전화벨이 울렸다. 누굴까. 이 .시간에 날 찾는 사람은.

# 25

"선배. 잘 들어갔수? 나만 내려놓고 쏙 가더니만."

"어. 시우야. 집에 일이 좀 생겼다."

"형 목소리가 왜 그래. 무슨 일인데? 겁나게."

"이거 참. 갑자기 장모님이 돌아가셨어. 정말 순식간에. 갑자기 말이야."

"뭔 소리야? 왜 갑자기? 지금?"

"몰라. 잘 모르겠는데. 심장마비래. 건강하셨었는데. 지병도 없으시고. 갑자기 심장마비라니."

"집에 계시다가 그런 거야?"

"아내는 밖에서 뉴스 보고 있었고 수신이는 사고 있었대. 어머니는 건넌방에 계셨는데 갑자기 쓰러지는 소리가 들려서 가봤더니."

"세상에. 진짜. 형수 엄청 놀랬겠다. 형은 괜찮아?"

"나도 정신없지만. 놀래서 한참 멍하니 있다가 이제 정신이 들었어. 그러다가 갑자기 생각이 났는데. 오늘 요양원에서 들은 사건이랑 크게 다르지 않는 것 같아. 그래서 너한테 먼저 전화했어."

"그러게. 그럴 수도 있겠네. 장모님 휴대폰도 5G야?"

"어. 그렇지. 바꾼지 얼마 안 됐으니까."

"그놈의 5G가 문제야!! 문제!! 최신폰이 아주 사람 다 죽이는구만!! 젠장!!"

"여하튼 지금 정신이 없으니 나중에 좀 더 자세히 말해줄게. 일단 끊는다."

"어 알겠어. 형수 위로 잘 해주고."

"그래. 알겠어."

"며칠 동안 장례까지 하려면 정신없겠네. 회사일은 신경 끄고. 내가 잘 해볼게."

"그래. 부탁한다. 나도 사무실에 연락은 해 놓을게."

"힘내 선배. 고생 혀."

"휴. 그래야지."

의문의 사고가 또 터졌다. 그놈의 살인 코드가 생사람을 몇이나 잡는 것일까. 어떤 악랄한 놈이 이렇게 계획적 살인을 저지르는 것인가. 주변 사람까지 희생당하는 것을 경험하니 더 이상 남일이 아니었다. 공포는 주위에서 벌어질수록 더 커진다. 죽음의 사신이 코앞까지 다가왔다. 다른 나라에서 수많은 사람들이 전쟁으로 죽는다고 해도 내 일이 아니라고 생각되면 사람들은 공감하지 못한다. TV에 수많은 아이들이 굶주려서 죽어가도 그냥 그 순간만 안타까워한다. 하지만 주위에 있던 사람이 죽는다면 얘기가 달라진다. 그것도 이런 상황이라면. 전염병으로 인한 공포가 사람들 사이에 만연한 이유는 나도 당할 수 있다는 생각 때문이다. 언론에서 아무리 떠들어대도, 확진자가 수만 명씩 나와도 주위에 알던 한 사람이 당하는 공포보다 크지 않다. 내 주변에서 실제로 일이 일어나고 있다는 사실을 인지하는 순간부터 공포에 사로잡히게 된다. 그런 공포를 누군가는 이용하고 있는 것이 분명하다. 보이지 않는 X. 보이지 않는 무기. 희생자는 계속 늘어간다.

'담배를 한 대 피워야 할 타이밍이군. 고인의 명복을 빌면서.'

트럭 밖에 나와서 찬 바람을 쐬니 정신이 번쩍 들었다. 그리고 보이지 않는 검은 손길이 바로 목덜미 앞에

까지 와있다는 생각이 들었다. 5G 휴대폰을 가지고 있으면 언제든지 목숨 줄을 당길 수 있다는 사실이 섬뜩했다. 나를 비롯해 백신을 접종한 수많은 사람들은 이제 노예나 마찬가지였다. 인간이 가장 두려워하는 죽음이라는 마지막 관문. 그곳으로 직행할 수도 있다는 공포감은 무엇이든 시키는 대로 할 수밖에 없는 노예다. 부자도, 권력자도, 의사, 판사, 변호사, 세상의 모든 좋은 직업을 가진 사람들이라도 노예가 된다. 무서운 상상이다. 하지만 이것이 현실이 되고 있다.

나는 한기에 몸을 부르르 떨며, 트럭에 다시 들어왔다. 한 겨울의 냉기는 잠깐이라도 뼛속까지 스며들었다.

"그린. 우리 어떻게 해야 해요? 어떻게 이 상황을 막을 수 있을까요? 아 참, 그린은 휴대폰 5G 아니에요? 얼른 버려버려요."

"정 기자님. 잠깐 흥분을 가라앉혀봐요. 저도 상황을 잘 아는데 설마 나를 죽일 무기를 들고 다니겠어요? 나는 괜찮아요. 걱정 마요."

"다행이네요. 그렇죠. 알아서 잘 방어했겠죠. 갑자기 주변에서까지 돌아가시니까. 놀래서 걱정이 됐어요."

"후훗. 그래도 걱정해 주니 기분은 좋네요."

"걱정되죠. 미래를 책임질 히어론데. 안 그래요?"

"하핫. 뭐 이 정도 우쭐한 건 괜찮겠죠. 히어로는 쉽게 죽지 않아요. 여하튼 이제 슬슬 방어를 해봐야겠어요."

"뉴스 속보를 보니. 오늘 사람들이 많이 죽었어요. 대부분 노인층이고. 언론에서는 자세히 다루지 않으니까 모르겠지만. 추운 날씨에 특히 노인층이 많이 돌아가실 수 있다는 얘기에요. 심장마비나 뇌출혈을 조심해야 한다. 추운데 오래 계시지 말고 갑자기 기온차가 심하지 않게 유의해야 한다는 그런 내용들."

"내일 아침이면 더 많은 희생자가 나올 거예요. 알고 있던 내용들을 종합해 보면 지금 X는 우리나라를 타깃으로 실험 중인 것 같아요. 대상자도 그렇고. 세계적으로 몇 군데를 골라서 테스트하는 것 같네요. 이스라엘도 그렇고. 미국과 영국, 이탈리아도 진행형이에요. 모두 5G를 쓰는 나라들. 지역과 노인층을 공략해서 살인 코드를 전송. 적중률을 테스트 중인 거죠."

"얼마나 정확할까요? 적중률은."

"글쎄요. 정확한 데이터는 일시에 죽던 데이터를 산정해서 받은 코드를 찍어봐야 하는데, 그건 너무 산발적이라서 계산하기가 곤란해요. 희생자들의 데이터가 좀 더 자세히 나오면 연결이 가능할 것 같은데. 지금으로써는 판단하기가 힘드네요. 대략 50%는 될 것 같은데."

"그런데 우리가 좀 더 생각해야 할 게 있어요. 선배 장모님이 희생당하셨는데. 얼마 안 됐거든요. 길어야 1~2 시간쯤이니까. 그런데 코드 전송은 이틀 전이라고 했잖아요? 이렇게 차이가 날 수 있나요?"

"글쎄요. 그럴 수도 있지 않을까요. 예를 들면. 문자를 받으면. 받은 즉시 확인을 하지 않을 때도 있잖아요? 메시지가 온 건 알지만 나중에 앱에 들어가서 확인을 할 때 알 수 있잖아요. 나라마다 위성 체계가 달라서 딜레이가 생길 수도 있겠고. 이유는 있겠죠."

"그럴 수도 있겠네요. 확인할 때야 비로소 전파가 뜬다? 그런 건 아닐 것 같은데."

"나노 물질들이 바로 즉시 움직이지 않을지도 몰라요. 수신 체계가 정확히 어떻게 되는지는 모르니까요. 몸속에서 천천히 움직일 수도 있고요."

"하긴, 그럴 수도 있겠어요. 백신을 접종한 지도 오래되었으니. 아니 그건 그렇고 어떻게 전화번호까지 알고 거기에 맞춰서 살인 코드를 넣어요?"

"내 생각에는 코드는 전화번호를 알아서 보내는 게

아닌 것 같아요. 물론 그것도 가능하겠지만, 더 무시무시한 건 모든 5G 망을 통해서 한 방에 쏠 수도 있는 거죠. 그리고 그걸 받는 사람은 따로 있는 거에요. 전화기 근처에 있던 타깃!! 타깃이 근처에 들어오는 순간 시행되는 거죠. 몸 안에는 언제든 기폭제가 숨겨져 있으니까요."

"백신에 들어있던 수산화 그래핀과 나노 물질이 몸 안에 있다가 근처에 있는 5G의 명령을 받고 움직인다. 살인 코드면 자기들끼리 심장이나 뇌에서 뭉쳐 혈관을 막는다. 혈전 현상으로 인해 심장마비나 뇌출혈을 일으킨다."

"빙고. 이제 전문가 다 되셨네요."

"앞뒤가 맞네요. 그린의 도움이 컸어요. 그래도 막막하다. 이걸 어떻게 풀어내야 하나. 고민의 연속이구만."

"하나씩 풀어봐야죠. 진실을 천천히 밝혀야 하니까요."

"맞아요. 아하!! 그래서 뒤를 따라왔구나. 시커먼 양복쟁이들."

"그렇죠. 뭔가 위험한 수준으로 가까이 왔으니 제거를 하고 싶겠죠. 그놈들이 만약 거기서 보낸 거라면 인정사정없을 거예요. 해커들 사이에서도 일 하나 잘못

맡아서 영영 가버린 사람 많아요. 그리고 이번 팬데믹 사건부터 백신까지 연관된 내부자들이나 과학자들이 많이 희생당했어요. 대부분이 의문의 죽음이었죠. 오늘부터 몸조심하세요. 혼자 다니지 말고.”

그린이 나를 쳐다보며 어깨를 토닥였다.

“그런데 정말 조심해야 할 것은 이제부터에요. 백신 맞은 사람들의 신원 자료가 디지털 데이터로 모두 보관되어 있을 거에요. 그건 말 그대로 살생부가 되는거에요. ‘데스 노트’ 아시죠? 서울. 강남구. 00아파트에 사는 000님 안녕히 가세요. 퓨우욱. 마치 게임하듯이 버튼을 누르면 사람이 한 명씩 죽는 거죠. 누군가는 이걸 즐기고 있을 지도 모른다고 생각하니 섬뜩해요. 그런 인간이 있다는 것이. 과연 몇이나 희생당할까요?”

“이미 우리는 많은 희생을 경험했어요. 의미 없는 죽음을 절대적으로 막아야 합니다. 정말 어느 때보다 강한 사명감이 들어요. 예전 나쁜 놈은 이 정도는 아니었잖아요. 돈만 축냈었지. 이건 달라도 너무 달라요. 그 어떤 전쟁광보다 끔찍한 일이에요. 5G 망으로 한 번에 살인 코드를 보내는 것도 문제고, 타깃층을 공략할 수 있다는 것도 문제네요. 이번엔 테스트일지라도 다음부터는 타격이 매우 크겠어요. 매우."

"최대한 빨리 방법을 찾아볼게요. 내가 할 수 있는 모든 것을 다 해볼게요."

"저도요. 다음 주 보도까지 기다릴 수가 없겠어요. 인터넷으로 기사 송출을 해야겠어요. 5G 휴대폰을 쓰는 사람들에게 휴대폰을 버리라고 할 수도 없고. 어떤 식으로 얘기를 해야 할지 모르겠네요. 좋은 생각 있어요?"

"음. 오늘 밤 안에 통신사 해킹을 시도할게요. 잘 되면 5G 기능을 아예 꺼버릴 수도 있어요. 그래도 통신망은 작동하니까. LTE, 4G로 돌아가겠죠. 근데 이건 일시적인 방법이라 통신사에서 다시 복구하면 답이 없어요. 몇 번 정도야 다시 끌 수는 있겠지만."

"기계를 꺼버리면 좀 안전하겠죠?"

"그래도 효과는 있지 않을까요? 그리고 기사로 나가면 정 기자님이 위험해질 수 있어요. 기사로 작성한 다음에 저한테 주세요. 그럼 각종 게시판에 동시에 띄울 테니깐. 찌라시도 날리고. 그게 오히려 효과가 좋을 거에요. 요즘은 그래요."

"오케이. 그린을 만나니 신호등이 탁 켜지네요. 초록색으로."

"이런. 진짜 아재다."

기획 기사도 기사지만 급한 불부터 꺼야 했다. 그렇지 않으면 언제 어떻게 또 희생자가 나올지 모르니까. 그러나 걱정은 이제부터 시작이다. 만약 노인층만 공략하는 게 지겨워진다면? 연령을 따지지 않고 랜덤으로 뽑기를 시작한다면 정말 큰일이었다. 특정인만 골라서 없앨 수도 있다는 것과 불특정 다수를 언제든지 없앨 수 있다는 것. 이 세상에 이보다 무서운 무기는 없을 것 같다. 날아오는 핵미사일보다 더 무서운 무기가 세상에 존재했다. 생각의 정리가 필요했다.

"미안한데. 혹시. 여기서 같이 작업해도 괜찮아요?"

"저야 뭐. 상관없어요. 좋을 대로 하세요."

"고마워요. 지금 당장은 여기가 제일 안전한 것 같아요. 먹을 것 좀 더 사 올까요? 밤샘하려면 요기 거리가 있어야죠."

"됐어요. 좀 있다가 배고프면 가요. 해커의 기본은 엉덩이 힘이에요."

"아. 오케이."

# 26

책으로 둘러싸인 어두 컴컴한 공간에 스탠드 조명도 켜지 않고 앉아있는 남자가 있다. 연신 손에 쥔 펜을 일정한 간격으로 책상에 두드리고 있다.

"너희들이 그러고도 요원인가. 기자 하나를 못 따라다녀서 이렇게 고생을 시켜? 뭐 대단한 걸 시킨 것도 아니고 미행하고 누구 만났는지. 정보나 좀 캐오라는데. 꼬리를 못 잡아?"

"죄송합니다. 저희도 조심해서 잘 따라붙었는데. 생각보다 눈치가 빠른가 봅니다."

"내가 미리 얘기했지? 얕볼 상대가 아니라고. 예전에 이런 미행 많이 당해봐서 눈치가 빤하다고. 이거 참. 한번 잠수 타면 찾아내기가 쉽지 않을 텐데. 어렵게 됐군."

"수단을 다해서 찾아보겠습니다. 죄송합니다. 조금만 시간을 주십시오."

"나가보고. CCTV랑 다 확인해 보고. 없어진 장소부터 다시 시작해."

"네. 알겠습니다."

'내가 한창때는 다들 빠릿빠릿했는데, 요즘 것들은 왜 다들 저 모양인지. 아니 기술도 좋고 장비도 짱짱한데. 도대체 왜 놓치는 거야. 마인드가 썩었어. 마인드가.'

어둠 속에서 휴대폰을 한참 만지작거린다. 전원 버튼을 누를 때마다 화면이 밝아졌다가 다시 어두워졌다. 샌프란시스코 시간을 확인하고는 통화 버튼을 눌렀다.

"굿모닝. 아침 일찍부터 웬일이에요?"

"안녕하십니까. 좋은 소식은 아니지만 보고는 해야 하니 연락드렸습니다."

"음. 계획대로 되지 않는다는 건 있을 수 있는 일이죠. 조금 늦어지는 거겠죠?"

"네. 하지만 많이 늦지는 않을 겁니다."

"알겠어요. 늦지 않게 잘 처리해 주세요. 요즘 이래저래 신경 쓸게 많으니까요."

"네. 걱정하지 마십시오."

"그건 그렇고. 한국 반응은 어떤가요?"

"아직은 눈치를 채지 못하고 있습니다. 주말이라서 그런 것 같기도 하고 노인층만 공략했으니 예상보다 잘 모를 수도 있습니다. 급작스럽게 사망자가 많이 생긴다면 월요일엔 떠들썩하겠죠."

"그렇군요. 이제 본격적으로 움직이기 전에 테스트를 하는 과정이니까요. 잘 모니터링해주세요. 한국은 우리에게 의미가 큰 곳이에요. 그만큼 신경을 많이 쓴다는 말이에요."

"네. 알겠습니다."

"수고하세요."

"좋은 하루 보내십시오."

회사 측과 통화를 하고 나면 늘 마음이 무거웠다. 미국에 있는 가족만 아니었다면 애당초 수락하지 않았을 일이다. 처음엔 간단한 부탁이라서 수락했지만 이제는 너무 깊이 발을 담갔다. 가족. 그에겐 가족이 전부였다. 그는 태어나서 엄마의 품에 안긴 기억도 없이 미국으로 입양되었다. 엄마도 아빠도 알 수 없는 버림받은 그를 미국이 받아주었다. 그 시절 대한민국은 외국으로 아이들마저 수출했다. 부끄러운 조국의 과거 모습이다. 그는 똑똑하고 강인했다. 어느 곳에서도 늘 이겼다. 강해야만 살아남을 수 있다는 것을 태어나면서부터 경험했기 때문이다.

'다시는 버림받지 않을 것이다. 내가 세상을 버릴지라도. 나는 버림받지 않을 것이다.'

속으로 늘 다짐했다. 키워준 미국인 부모에게 보답을 하기 위해서 말썽 한 번 없는 모범생으로 살았다. 최우수 성적으로 졸업한 뒤 육군사관학교에 수석으로 입학했다. 그러나 한국인이라는 딱지를 달고 있는 그에게 기회는 공평하지 않았다. 동양인에게는 정해진 한계가 있었다. 어린 시절부터 보이지 않는 벽을 깨기 위해 안간힘을 썼지만 결국 그는 굴복할 수밖에 없었다. 인종 사이에는 넘지 못할 선이 있다. 그리고 그 벽은 앞으로도 깨지지 않을 것이다. 미국 대통령으로 유색인종이 당선되어도 달라진 것은 없었다. 차별의 세상은 달라지지 않았다. 그는 제약이 많은 군에서 나와 좀 더 자유로운 곳으로 옮겼다. 자신의 세상을 넓힐 수 있는 곳으로. 세상에 알려진 정보는 모두 알 수 있는 곳. 세상이 숨긴 정보도 알 수 있는 곳. 그리고 누구도 모르는 정보를 조금은 알 수 있는 곳에서 그는 만족했다.

"잘 지내니?"

"아빠. 잘 지냈어요? 별일 없고요?"

"그럼. 나야 잘 지내지. 엄마도 잘 있지?"

"그럼요. 어제도 엄마랑 점심 먹었어요. 요즘에도 많이 바빠요? 얼굴 못 본 지도 오래됐는데."

"그러게 말이다. 이번에 맡은 일이 좀 많네. 어느 정도 마무리되면 얼굴 보러 갈게."

"알겠어요. 이제 곧 할아버지가 되실 텐데. 각오 단단히 하세요."

"하하핫. 내가 벌써 그럴 나이가 됐구나. 벌써부터 긴장되는데."

"긴장은요. 아빠는 멋진 할배가 될 거에요."

"아주 씩씩하게 크도록 잘 해줄 자신은 있지."

"안돼요. 안돼. 군인은 안 시킬 거예요."

"그거야 모를 일이지만. 어쨌든 얼른 보고 싶구나."

"네, 아빠. 저도 보고 싶어요. 사랑해요."

"나도 사랑한다. 또 전화하마."

"몸조심하세요."

"그래."

휴대폰 화면의 가족사진을 한참 바라보았다. 가족을

지키는 일이 참 힘겹다는 것을 느끼는 밤이다. 그에겐 가족과 함께 평범하게 살아가는 것이 너무나 버거웠다.

'우리 가족이 그 망할 주사만 안 맞았어도. 이렇게 노예처럼 살 일은 없었을 텐데. 그 더러운 것이 몸 안에 웅크리고 있다가 한순간에 결정짓는다. 사랑하는 아내도, 딸도, 이제 곧 태어날 생명도. 우리 가족의 생명줄이 달려있으니.'

* * *

2020년 12월. 미국에서는 타노 바이러스 백신이 개발되자마자 직업의 중요도에 따라 접종이 실시되었다. 그의 가족은 백신 1차 접종 대상자였다. 미국 시민으로 자랑스러웠고 스스로가 대견했다. 팬데믹의 상황에서 자신의 가족을 전염병으로부터 지켜낼 수 있다는 사실에 자부심을 느꼈다. 그에겐 가족이 세상의 전부였다. 그의 생명과도 기꺼이 바꿀 수 있었다. 하지만 전염병으로부터 가족을 지켰다는 기쁨은 몇 개월도 채 가지 못했다. 그는 그 사이에 너무나도 많은 것을 알게 되었다. 세상엔 그가 모르는 정보들도 존재했다. 그리고 정말 강하고 무서운 사람들도 있다는 것을 깨달았다. 이제 그는 세상에서 가장 강한 조직과 함께하고 있다. 아니 그들의 꼭두각시가 되어 있었다. 가족과의 평화로운 오후 시간을 깨는 전화가 한 통 왔었다.

"안녕하십니까. 데니스."

"네. 제가 데니스입니다. 실례지만 어디신가요?"

"저는 글로벌 거버넌스의 전략 실장인 멜라니입니다."

"글로벌 거버넌스라. 제가 들어 본 적이 없는 곳이군요."

"전화로 말씀드리기엔 복잡할 것 같은데요. 조만간 만날 수 있도록 자리를 마련할게요."

"아니요. 저는 괜찮습니다. 지금 상황에 만족합니다."

"데니스! 아직 잘 모르셔서 그렇게 말씀하시는 거라고 생각합니다. 간단하게 말씀드리자면 글로벌 거버넌스는 현재 데니스가 소속되어 있는 기관보다 상급 기관입니다."

"저는 전혀 들은 바가 없습니나."

"조만간 사람이 갈 겁니다. 잘 협조하신다면 그에 맞는 보상은 충분할 거예요. 데니스."

"음…."

"너무 부담 갖지 마시고 곧 만나서 얘기할게요. 좋은 시간 보내세요. 가족들과."

"뭐라고 답을 해야 할지 모르겠군요."

"그냥. 예스. 하면 되는 거죠. 따님이 참 아름답네요. 하지만 티셔츠 색이 너무 원색적이라서 얼굴색이랑 맞지가 않아요. 내 말 무슨 말인지 알죠?"

"우리 가족을 들먹이시는 건 제게 협박처럼 들리는데요."

"협박이라뇨. 친구에 대한 관심이라고 표현해 주세요. 곧 봐요. 데니스. 오흐부와."

기분 나쁜 전화였다. 아주 강한 힘으로 짓누르는 듯한 기분이 들었다. 나름 한 평생을 강인하게 살아왔다고 생각했지만, 세상에는 상상치 못할 힘과 권력, 자본으로 무장한 세력들이 있었다. 그들은 나라의 정치인들과 결탁하고 기업을 운영한다. 한 나라의 대통령까지도 쥐락펴락할 수 있는 무서운 세력이었다. 그 여자의 목소리에는 예의를 지키는 것 같으면서도 내가 너보다 훨씬 위에 있는 사람이라는 것을 확실하게 인지시키려는 권위가 담겨있었다. 빠져나올 수 없는 덫에 걸린 기분이었다.

* * *

그는 착잡한 마음을 추스르며 선반 위의 LP 중 한 장을 턴테이블에 올렸다. 치지직 노이즈와 함께 '빌 에반스 트리오'의 음악이 흘렀다. 벌써 30년째 듣고 있는 앨범이다. 그 사이에 LP도 많이 상한 것 같다. 하지만 그 노이즈마저 사랑하게 되었다. 싱글 몰트위스키 한 잔과 재즈 음악이 있으면 잠시 동안 평온을 느낄 수 있었다. 생각 없이 음악에 빨려 드는 순간, 현실의 세상도 LP 속으로 스며들어 돌아갔다.

# 27

나는 택배 트럭 안에서 부지런히 손을 놀리고 있었다. 긴박한 상황을 최대한 객관적으로 정리했다. 새벽 4시를 향해가는 깊은 밤이지만 머릿속은 점점 더 맑아지는 기분이 들었다. 그린은 자신의 방법대로 열심히 연구 중이었다.

* * *

[악몽 같았던 타노 바이러스의 그림자는 길었다. 팬데믹 초기 2021년 12월 기준으로 타노 바이러스 사망자는 5000여 명. 그중 기저질환이 없는 순수 타노 바이러스 국내 사망자는 150여 명에 불과했다. 인류는 독감 수준의 바이러

스로 인해 공포감에 휩싸여 이성을 잃었다. 2022년 7월, 팬데믹 잠정 종식을 선포하기까지 국내의 순수 타노 바이러스 사망자는 500명이 채 되지 않았다. 반면 백신 부작용으로 인한 사망자는 2000명 이상으로 집계되지만 질병청은 끝내 인과관계를 부인했다. 백신 부작용은 현재까지도 다양하게 발현되고 있다. 글로벌 제약사가 백신에 이어 만들어낸 경구 치료제는 추가적인 희생자를 양산했다. 의문점이 많았지만 정부 차원의 해명은 없었다.

그로부터 2년이 더 지난 지금까지 우리는 주위의 많은 사람들을 추가로 떠나보냈다. 알 수 없는 병으로 사람들은 목숨을 잃었다. 희귀암 발생률이 높아졌고 면역력은 저하되었다. 독감 수준의 타노 바이러스는 무서운 전염병으로 과장되어 인류 역사상 가장 큰 사기극인 팬데믹이 되었고 '글로벌 거버넌스'의 '인구 소멸 프로젝트'가 거행됐다. 대한민국 인구는 3천9백만까지 줄었으며, 현재까지 살아있는 사람들은 운이 좋았다. 하지만 다시 한번 그 운을 테스트해야 한다.

끝난 줄 알았던 악몽이 다시 깨어났다. 이번엔 더 큰 공포로 전 세계를 몰아가고 있다. 대한민국을 포함한 이스라엘, 미국, 영국, 이탈리아가 시작이다. 5G 주파수를 통해 노인층을 타깃으로 살인 코드가 전송되고 있으며 백신으로 주사 된 몸 안에 있는 나노 물질들이 반응한다. 2년에서 3년간 몸에서 번식하고 자리 잡은 나노 물질들은 명령에 따라 실시간 살인 무기로 돌변한다. 지금까지 밝혀진 바에 의하면 혈전에 의

한 심장마비와 뇌출혈이 가장 많았다. 국내의 희생자가 속출하고 있다. 아직 정확한 집계는 알 수 없으나 전국 요양원과 병원의 사망자 통계로 봤을 때, 수천 명이 예상된다.

나노 물질은 명령에 따라 모이고 흩어지면서 혈관을 차단한다. 주요 장기에서 급작스러운 반응으로 사람들은 쉽게 생명을 잃게 된다. 지금 이 보고는 실제 상황이며 각 분야의 전문가를 통해 확인된 사안이다. 언론 기사로 발표되기 전에 먼저 인터넷으로 배포하는 이유는 이미 위협받고 있는 나의 신변과 관계자들의 안위 때문이다. 추후 정확한 자료와 배후가 정리되면 온 세상에 알려질 것이다. 그때까지 살아있게 된다면.

현재까지는 5G 기술이 완벽한 살인 코드를 전달할 수 없음이 밝혀졌다. 대략 50%의 확률로 실행된다. 하지만 곧 보완된 기술로 시도될 것 같다. 이에 우리는 기본적인 대비책을 마련해야 한다. 5G를 사용하는 휴대폰을 가진 모든 사람들은 그 위험성을 인식해야만 한다. 자신뿐만 아니라 주위에도 피해를 줄 수 있음을 밝힌다.

주파수를 막을 수 있는 방법과 체내에서 증식된 나노 물질을 계속 잠재우거나 몸 밖으로 빼낼 수 있는 방법에 대해서 전문가와 논의 중이다. 최대한 빨리 해결법을 찾아내려고 노력하고 있지만 그전까지는 각자가 대비해야 한다. 앞서 말한 모든 것은 실제 상황임을 다시 한번 밝히며 모두가 현명한 대처를 위해 노력해야만 의미 없는 희생을 막을 수 있다.

몇 가지 찾은 방법에 의하면 주파수를 차단하는 피복, 신소재인 맥신과 고분자 수지가 방어할 수 있는 방법으로 대두되고 있다. 그전에 가장 쉬운 방법은 5G 휴대폰을 끄는 일이다. 주변에서 휴대폰을 멀리하라. 내일 오전에 내용을 추가하여 기사로 송출할 예정이다. 생명을 지키기 위해 최소한의 노력을 당부한다.]

* * *

"이 정도면 잘 정리하셨네요. 짝짝짝."

"좋게 봐주시니 다행이네요. 여기 얘기하는 전문가가 누군지 아시죠? 얼른 대비책을 마련해야 해요."

"그래야죠. 몇 가지 찾아봤어요. 5G 신호를 방해할 수 있는 방법들에 대해서요. 아까 얘기한 방호복이나 신소재 막으로 주파수를 차단할 수 있어요. 그리고 이건 내 생각인데, 방해 물질을 심장 부근과 뇌 쪽에 붙이는 방법이에요. 도움이 될 것 같아요. 5G 신호를 막기보다는 체내에 있는 나노 물질을 방해하는 방법이죠. 몸 안에 있는 나노 물질을 완전히 방출하는 방법도 있을 것 같은데요. 이건 시간이 좀 더 필요할 것 같아요. 그런데 나노 물질을 제대로 파악하려면 샘플이 있어야 해요.”

“좋은 생각이에요. 시도할 수 있는 것은 어떻게든 해봐야죠. 그렇지. 선배한테 연락해 보면 될 수도 있겠네요. 가능할지는 모르겠지만.”

“뭘요? 나노 물질?”

“그래요. 나노 물질. 장모님 몸속에서 작동했을 테니까. 실례가 되겠지만 그래도 인류를 위한 거니까 형수도 이해하지 않을까요.”

“좋은 생각이에요. 어서 연락해 봐요.”

“형수가 아직 힘들 테니, 선배한테 문자를 보내 놓을게요.”

“그럼 저는 이제 여기저기 쏩니다. 아마 기사로 나가는 것보단 뷰가 훨씬 많을 거예요. 여기저기 다 띄울 테니까.”

“그래요. 최대한 많이 알려줘요. 그래야 사람들이 방어를 하죠.”

“긴 밤이 되겠네요.”

“그린이 있어서 정말 큰 힘이 돼요.”

그린은 찡긋 눈만 깜박인다. 나는 나노 기술 전문가를 인터넷으로 찾아보았다. 그러던 중 S 그룹이 나노 기술까지 보유하고 있다는 사실이 생각났다.

'아, 왜 그 생각을 못 했지. S 그룹이면 다 할 수 있을 텐데. 이미 바이오 공장도 있고. 6G 통신. 반도체. 나노테크놀로지.'

# 28

2021년 12월 말. 청와대에는 대한민국의 대기업 총수들이 모였다. 해가 바뀌기 전, 새해의 계획을 논의하기 위한 모임이다. 대외적으로는 일자리 창출에 대한 논의가 가장 화두였다. 대통령은 청년들을 위한 일자리를 부탁했다. 공식적인 석상이 마무리되고 총수들은 모두 돌아갔다. 하지만 마지막까지 남아 있던 검은색 세단 한 대는 출발하지 않았다. 모두가 떠난 것을 확인한 뒤, 다시 대통령과 만나기 위해서다. 두 사람은 사전에 약속이 되어 있었다.

"따로 긴히 할 얘기가 있었습니다. 여러 사람이 있는 자리에서 얘기하기는 좀 불편하지요. 그간 고생 많으셨지요?"

"괜찮았습니다. 건강이 조금 상했지만 이젠 많이 회복되었습니다. 대통령께서는 복잡한 일들이 많겠습니다. 얼굴이 많이 상하셨네요."

"이 자리에 있다 보면 누구나 그렇게 되나 봅니다. 10년은 빨리 늙어간다는 것을 매일 아침 느낍니다. 이젠 그것도 얼마 남지 않았지만요."

"벌써 5년의 시간이 흘렀군요. 다음 정권에 대한 대비도 하셔야 하니 더 바쁘시겠습니다."

"다음 정권이야 국민의 뜻에 따라 정해지겠지요. 자 총수님도 바쁘시니 본론으로 들어가겠습니다."

"네. 듣고 있습니다."

"현재 국내 상황이 여의치 않습니다. 민심도 어지럽고, 정부에 대한 불신도 커질 대로 커졌죠. 편하게 얘기하겠습니다. 총수님도 이미 알만큼은 다 아실 테고. 국제 상황도 잘 알고 계실 테니까요."

"네. 편하게 말씀해 주시면 좋겠습니다. 얼마 전 미국 출장을 다녀오면서 많은 것을 경험했죠. 현실이 만만치 않다는 것을 깨달았습니다."

"저의 꿈은 하나입니다. 예전부터 그랬고 지금도 그렇습니다. 하지만 그 꿈을 이루기는 쉽지 않죠. 어렵게 기회를 잡았고 대통령이 되었습니다. 이제 몇 개월 남지 않았지만요. 너무 늦은 감은 있지만, 저는 이제서야 새로운 대한민국이 머릿속에 그려집니다. 다행히 마음이 맞는 분들을 만나서 구체적인 청사진도 준비되었죠. 이제 실행만 하면 됩니다."

"예상 밖의 이야기를 들려주시는군요. 단순한 변화가 아닌 개혁을 말씀하시는 것 같은데, 어느 정도를 생각하시는 건지 상상할 수가 없습니다. 말씀처럼 이제 몇 개월 남지 않은 상황에서요. 그리고 이 이야기를 저에게 하시는 이유에 대해서도 궁금합니다."

두 사람은 준비된 차가 식어가는 줄도 모르고 서로에게 집중되어 있다. 나라의 중대사를 논하는 자리에서, 무엇보다 개혁이라는 말이 오고 가는 자리에서 묘한 긴장감이 흘렀다. 과연 어디까지 이야기하고 어디까지 수용할 수 있을 것인가. 대통령의 머릿속은 복잡했지만 이럴수록 솔직하게 허심탄회하게 대하기로 결심했다.

"총수께 숨김없이 말하겠습니다. 조만간 국가 계엄이 선포될 겁니다. 놀라지 마십시오. 이미 계엄 선포가 가능한 비상사태에 놓여 있으니까요. 우리는 위기를 기회로 삼기로 했습니다. 전 세계적인 위기의 상황에서 저는 대한민국을 새롭게 다시 정비할 기회를 찾았습니다. 국가의 썩은 뿌리를 잘라내는 일을 시작으로 정의를 다시 세우고 모든 분야에서 개혁을 하려고 합니다. 물론 대한민국의 경제를 책임지고 있는 기업들에 대한 체제에도 변화가 있을 겁니다. 이 나라의 모든 것이 바뀔 겁니다. 자본이 중심이 아닌 사람이 중심인 세상으로. 지금까지 우리는 돈을 위해 너무나 많은 것을 희생했습니다. 예전보다 돈이 많아졌다고 행복하지도 않습니다. 결국 돈이 많다는 것만으로는 행복한 나라가 될 수 없다는 결론입니다. 이에 저는 시민대표단의 의견과 마음이 맞았고 이를 시행하기로 결심했습니다. 다만 총수님께 이렇게 먼저 얘기하는 이유는 대한민국 자본주의의 최정점에 계신 분이기 때문입니다. 지금 저는 총수님이 스스로 그 자리에서 내려오시길 부탁드리는 겁니다."

"갑작스러운 일이라 뭐라고 말씀을 드려야 할지 모르겠군요. 행복한 국가를 만드신다는데 반대하고 싶은 마음은 없습니다. 저도 대한민국의 국민으로서 행복하게 살고 싶으니까요. 사실 지금까지 제 삶을 돌아보면 행복이란 말과는 거리가 있었습니다. 말씀하신 것처럼 돈이 많은 것과 행복과는 사실 관계성이 없습니다. 인간은 작은 것에서도 행복을 느끼니까요. 행복은 상대적인 개념입니다. 저는 그 누구보다 평범한 삶을 살고 싶었습니다. 하지만 그럴 수 없었죠. 가족을 꾸리는 일조차 그렇게 힘든 일인 줄 몰랐습니다. 그렇다고 불행한 삶은 아니었죠. 자본주의에선 모든 것을 돈으로 살 수 있는 자유가 있으니까요. 하지만 그 자유조차도 제 영혼까지 자유롭게 할 수는 없었습니다. 이제는 저도 자유를 느껴보고 싶네요."

"그 자유함을 제가 드릴 수 있다는 보장은 없지만 우리 국민이 진정한 자유를 느낄 수 있도록 돕는 일이 제가 해야 할 일이 아닌가 싶습니다. 지금까지 그렇게 하지 못했던 수많은 이유가 있었지만 지금이 아니라면 앞으로 기회는 없을 지도 모릅니다. 저는 지금 목숨을 걸고 실행하려고 합니다. 지금까지는 그 목숨 때문에 갈팡질팡했던 것도 사실입니다. 국민들은 우유부단한 저를 비난했죠. 인간의 삶은 유효하고 그 유효한 삶을 이어가기 위한 처절함은 누구나 마찬가지일 겁니다. 하지만 더 이상은 구걸하지 않기로 했습니다. 그렇게 한 번 결심하고 나니 용기가 생기더군요. 어차피 죽을 것이라면 올바른 일을 위해 희생하면 좋겠다고요. 후세에라도 떳떳할 수 있는 사람이 되고 싶습니다."

"대통령은 대한민국을 대표하시고 저는 대한민국의 경제를 대표하고 있습니다. 사실 지금 대통령께서 말씀하시는 것은 매우 위험한 일일 수도 있습니다. 무모하기도 하고요. 모든 경제력이 대기업에 집중되어 있는 현재의 상황에서 체제를 변화한다고 하면 어떤 기업인이 반기겠습니까. 상식적으로 쉽지 않은 일입니다. 아니 불가능한 일이지요. 방금 전 모인 여섯 명만으로도 대한민국을 먹여 살릴 수 있습니다. 과연 그들이 그걸 포기하려고 하겠습니까!

아무리 개인적인 행복을 논한다고 하더라도 이건 단순한 문제가 아닙니다. 인간은 누구나 더 높은 곳으로 올라가려는 본능이 있습니다. 반대로 내려오는 일은 강제가 아니라면 쉽게 수긍하지 못합니다. 지금 대통령이 원하는 것은 스스로 모든 것을 내려놓으라는 것이나 마찬가지입니다."

"그렇게 생각할 수도 있습니다. 하지만 무조건적으로 내려놓으시라는 건 아닙니다. 체제가 바뀌겠지만 개인의 소유까지 국가가 간섭하는 것은 아닙니다. 총수께서도 인정하시겠지만 여섯 명의 대표가 스스로 자립해서 모든 것을 이룬 것은 아닙니다. 함께하는 국민이 있었고 나라가 있었고 시대를 잘 만났기 때문이죠. 무엇보다 가문의 유산이 있었기에 가능했던 것이 아니겠습니까…

지금 이 시대에도 재능이 뛰어난 청년들은 많습니다. 그렇다고 그들이 모두 성공할 수 있겠습니까. 현재의 체제로는 기회조차 평등하게 얻을 수 없습니다. 저는 그들에게도 성공을 맛볼 수 있는 기회를 주자는 말입니다. 가진 자가 모든 것을 다 가지는 것이 아니라 새롭게 시작하는 자도 성취를 얻어야 합니다. 기회의 평등을 얻고 노력하면 성공할 수 있다는 희망이 있어야 나라가 일어설 수 있습니다. 도와주십시오."

긴장감은 더욱 강해졌다. 대통령은 잠시 말을 멈추고 총수에게 차를 권했다. 두 사람 모두 숨 쉴 시간이 필요했다.

"이미 구체적인 생각이 있으실 것 같은데, 시원하게 한 번 말씀해 보세요. 그 뒤에 결정을 할 수 있는 시간을 주십시오."

"좋습니다. 이건 저만의 생각은 아닙니다. 각 분야의 지식인들이 모여 새로운 형태의 기업을 제안했습니다. 민관협력의 주식회사입니다."

"개인의 재산을 국가에서 빼앗는 것으로 들리는데요. 단순히 민관협력이라는 말은 그렇게 해석될 수밖에 없습니다."

"회사의 주인은 엄연히 현재 그대로인 총수입니다. 결정권도 그렇고요. 하지만 수익에 대해서 함께 배분하고 임직원들도 그에 맞는 처우를 다시 생각해 보는 겁니다. 모두를 똑같이 대우할 수는 없겠죠. 능력에 맞는 추가적인 지원을 해야 합니다. 신입사원과 사장의 봉급 차이가 얼마나 납니까. 100배? 1000배? 그렇다고 능력 자체가 그렇게 차이가 나는 것도 아닐 겁니다.

처음에는 불편할 수 있겠지만 총수 입장에서도 부담은 줄어들 수 있습니다. 리스크를 나라가 함께하니까요. 당연히 세금 문제도 큰 폭으로 차이가 나겠죠. 현재의 세금체제와는 전혀 다를 테니까요. 민관협력은 서로가 도울 수 있는 시너지를 낼 것입니다. 총수가 함께 시작한다면 다른 기업들도 수긍할 겁니다."

"그렇게 되면 정부의 힘이 너무 강해집니다. 정부가

커질수록 국민의 자유는 줄어듭니다. 이건 기본 법칙 아닌가요. 그렇게 되면 대통령이 원하는 사회가 아닐 텐데요."

"그래서 우린 <시민감시기구>를 설립할 겁니다. <시민감시기구>는 국가와 기업 사이에서 국민의 객관적인 눈이 될 겁니다. 물론 <시민감시기구>를 어떻게 운영할 것인지도 준비된 방안이 있습니다. 능력 있는 전문가들 중에서 객관적인 단계별 평가를 통해 회원을 선출합니다. 회원 중 대표 의원은 6명이 선출되어 서로 간의 충분한 협의와 견제가 가능합니다. 부정부패는 사라지고 투명한 사회를 지향하는 선진화된 대한민국을 만들어 가는 것이죠."

"계획대로 잘 운영된다면 이상적일 수도 있겠지만, 인간사가 그렇게 마음먹은 대로 된 적이 없습니다. 이상과 현실은 차이가 나기 마련이지요. 현재 전 세계는 기업을 중심으로 재편되고 있습니다. 이제는 나라가 중요한 문제가 아닙니다. 우리 기업만 하더라도 전 세계 거의 모든 나라에 눈과 귀가 있습니다. 세상의 10대 기업이 전 세계를 움직입니다. 우리가 가야 할 곳은 명확합니다. 우리는 이제야 10대 기업에 턱걸이를 하는 수

준입니다. 그럼에도 불구하고 가능성이 있는 것은 기술 분야에서 상당한 도약을 했기 때문입니다. 조금이라도 뒤처지면 중국과 일본, 미국에 따라 잡힙니다. 늘 초조한 마음이죠. 우리 기업을 담고 있는 국가의 변혁도 중요하지만 저는 세상의 입지에서 뒤떨어지지 않는 것이 더욱 중요합니다. 대통령님은 지금 꿈을 꾸고 계신 것 같습니다."

"물론 저도 잘 알고 있습니다. 얼마나 중요한 상황인지요. 그래서 더욱 세심하게 준비하려고 합니다. 꼭 동참해 주십시오. 이것 하나만큼은 반드시 약속드리겠습니다. 우리가 현재보다 더욱 빠르게 협력해서 성장할 수 있다는 것을요. 함께 가십시다. 꿈은 이루어지라고 있는 겁니다."

"어려운 얘기를 해주셔서 고맙습니다. 중대사를 함께 논의할 수 있어서 다행이고요. 저도 도움이 될 수 있는 방향으로 결정하겠습니다. 지금 이 자리에서 결론은 내릴 수 없습니다. 저도 생각할 시간이 필요하겠습니다."

"네. 그럼요. 부탁드립니다. 우리 대한민국의 미래입니다."

한 나라의 정치와 경제는 함께 묶여있다. 묶여있는

매듭이 꼬이면 좀체 풀리지 않는다. 하지만 이제는 꼬인 것을 바로잡아야 할 때가 되었다. 서로 이야기를 나누었지만 늘 모든 것을 오픈하지는 않는다. 감추고 가리고 말을 아낀다. 완전하게 패를 보지 않아도 상대의 의중을 알 수 있어야 한발 앞설 수 있다고 했다. 총수의 마음은 무거웠다.

'아버지라면 어떻게 하실까. 조부님은 어떻게 생각하실까…'

# 29

2025년 12월 13일 토요일 아침. 대한민국은 혼돈에 빠졌다. 각종 게시판과 지라시를 통해 급속도로 퍼진 뉴스 기사로 인해 5G 휴대폰을 가진 사람들은 충격을 금치 못했다. 통신사들 또한 이유 없이 오작동하는 5G 단말기로 인해 골치를 썩고 있다. 아무래도 주말 사이에 복구되기는 어려웠다. 가장 화가 나는 사람은 대한민국이 아닌 미국에 있었다. 멜라니의 목소리가 고음으로 찢어졌다.

"정말 이러기에요? 왜 한국에서만 항상 일이 빗나가는 거죠?"

"할 말이 없습니다. 워낙 뉴스가 빠르게 퍼졌는데, 언론으로 나간 것이 아니라서 통제를 하지 못했습니다.

게다가 개인들이 직접 공유를 하다 보니 걷잡을 수가 없었습니다."

"그 사람은 어떻게 됐습니까? 모두 그 사람 때문에 이렇게 된 거 아니에요? 기자 하나 때문에 우리의 모든 계획이 헝클어지고 있잖아요."

"찾고 있는데, 어젯밤 이후로 잠적해서 아직 흔적이 없습니다. 서울의 주요 CCTV를 뒤지고 있으니 곧 찾아낼 수 있을 겁니다."

"최대한 빨리 찾아내서 제거하세요. 무얼 알고 있는지 이젠 중요하지도 않으니까."

"알겠습니다. 해결되면 소식 드리겠습니다."

"지난번에도 한국 때문에 2년이나 날려 먹었고 일이 꼬였는데, 다시 또 그런 일이 발생하면 큰일 납니다. 이사회에서 모두가 관심 있게 보고 있습니다. 의장님은 화가 많이 나셨고요."

"네. 명심하겠습니다."

본능적으로 일이 꼬여가고 있음을 느꼈다. 2년 전의 악몽이 떠올랐다. 사랑하는 가족을 잃을 뻔했다. 세상이 끝날지도 모르는 상황에서도 내겐 가족만이 세상이었고 전부였다. 현재 정시우의 생체 정보는 추적도 되지 않는다. 어디에 들어가 있는지는 몰라도 완전히 차단되어 있다.

'어차피 이렇게 된 이상, 숨겨봤자 별 이득이 없겠군. 안타깝지만 여기까지다.'

휴대폰의 연락처 중 최신 통화내역을 내리다가 멈췄다. '정시우 기자 <더위크>' 이름이 보인다.

"어이 정 기자. 바쁘신가?"

"황 국장님. 어쩐 일이세요? 갑자기."

"어쩐 일은 대단한 일을 하고 계신데 도움을 드려야겠다는 생각에 전화를 했지. 여기저기 기사가 많이 돌아다니던데. 정 기자 작품 아닌가?"

"아핫. 벌써 국장님 귀에까지 들어갔나요? 전 소문낸 적 없는데요."

"스타일을 보니, 딱 정 기자 작품이구먼."

"바쁘지 않으면 이따가 잠깐 봅세. 할 얘기도 있고. 맛있는 커피도 한잔하고."

"황송한데요. 며칠 되지도 않았는데 또 만나네요. 상황 봐서 연락드릴게요."

"그럽세. 수고하시고."

황 국장이 원하는 방향은 아니었지만 큰 물결을 거

스를 순 없었다. 개인의 정은 여기까지로 묻어두기로 결심했다. 자신의 소신대로 살아갈 수 없음에 스스로가 미워졌다.

'2년 전에 모든 것을 끝냈어야 했는데. 그때 스스로 사라져야 했는데. 연민 때문에. 그 연민 때문에 이렇게 꼬였다. 인간은 연민의 노예인가. 2년 전에도 그랬었지.'

* * *

2022년 3월. 서울 남산의 호텔에서 <시민감시기구> 의원 여섯 명과 대통령은 다시 마주했다. 계엄이 선포된 후 빠르게 정비해가는 과정에서 여러 반대세력과 부딪혔다. 민주적인 해결 방안으로 진행하다 보니 시간이 지체되었다. 국민들의 전폭적인 지지가 있어야만 가능한데 이미 신뢰감을 잃었던 정부에게 국민의 반응은 미지근했다. 대통령은 처음과 달리 의지가 많이 꺾였다. 때마침 대외적인 압력이 거세지기 시작했다. 글로벌 거버넌스는 G7 회담에서 논의된 내용과는 달리 대한민국이 독자적인 행동으로 나아가는 것을 못마땅하게 여겼다. 계엄까지는 용납했으나 그 뒤로 자신들이 생각하는 정부의 방향과는 반대로 가는 것 같았다. 기업들과 갈등 문제도 심해졌으며 사회적 체제도 불안해 보였다. 대한민국이 필요하지만 이런 식으로 나오면 곤란했다. 얼마 전 그들의 뜻에 따르지 않는 두 나라의 대통령이 의문의 죽음을 맞이했다. 강력한 메시지였다.

"잘 지내셨습니까. 의원님들. 아시다시피 여러 가지 상황에서 복잡한 시기를 맞이하고 있습니다. 진행은 되고 있지만 거센 반발로 인해 더딘 상황입니다. 예상보다 시간이 더 걸리겠습니다."

"네. 대통령께서 수고가 많으십니다. 저희도 시민교육에 최선을 다하고 있습니다. 마찬가지로 교육의 효과가 나타나려면 시간이 필요합니다. 과거 청산이 어느 정도 되면 곧바로 큰 개혁들을 진행하시는 것이 좋겠습니다. 그래야 다음 단계도 가능할 겁니다."

"맞습니다. 그렇게 진행하겠습니다. 하나 다행인 것은 북에서 보낸 화답입니다. 남한을 지지하며 새로운 모습을 기대하겠다고 했습니다. 체제의 변화를 적극적으로 환영한다는 메시지입니다. 특히 미국과 거리를 두겠다는 의지에 고맙다며 필요한 지원을 아끼지 않겠다고 했습니다. 과연 우리가 필요한 지원이 있을지는 모르겠지만요."

"잘 됐습니다. 지금이야 잘 모르겠지만 언젠가는 힘을 합쳐야만 할 날이 있을 겁니다."

"아직까지는 큰 문제 없이 버텼지만, 미국에서 눈치를 챈 것 같습니다. 대한민국이 글로벌 거버넌스에서 빠져나가려 한다는 사실을 알게 되면 그들은 가만히 있지 않을 겁니다. 경제 보복부터 군사 대응까지, 그에 대비해야 합니다. 여러분께서 말씀하신 것처럼 사이버 부대를 확대해서 편성했지만 아직은 역량이 부족한 것 같습니다. 그래도 위급 시에는 어느 정도 대비를 할 수 있겠지요."

"사이버 부대를 벌써 준비하셨다니 잘하셨습니다. 미국의 동향에 대해서 정보를 잘 수집해야 합니다. 미국에서 눈치챘다면 이제 압박을 시작할 겁니다. 이미 대다수의 국민이 백신을 맞은 상황에서 그들이 바이오나노 기술을 사용하면 많은 사람이 희생당할 수 있습니다. 어차피 인구 소멸이 목적인 그들은 우리가 쓸모없다면 가차 없이 버릴 것입니다. 이에 우리가 스스로를 방어해야 합니다."

"방어를 해야죠. 하지만 옛말에 '최선의 방어는 공

격'이라는 말이 생각납니다. 전 국민의 목숨이 달린 일이라면 우리도 공격을 할 수 있다는 것을 보여줘야 합니다. 그것이 허를 찌르는 방법이기도 하고요."

대통령은 확실히 과거와 달라졌다. 소신 있는 말과 행동으로 진정한 리더의 모습을 보이고 있었다. 이제 더 이상 가만히 있을 수는 없었기에.

# 30

“맞습니다. 그 정도의 각오라면 충분히 이길 수 있을 것입니다. 제 생각에는 EMP 기술을 활용한 방법이 적절할 것 같습니다. 시나리오가 맞는다면 미국 상공 400km에서 EMP 탄이 터졌을 경우 미국 전 지역은 대부분의 전자기기가 고장 납니다. 컴퓨터, 휴대폰, TV 할 것 없이 모든 전자제품이 쓰레기 고철이 되는 거죠. 몇몇 군사시설은 버틸 겁니다. 그곳에는 EMP를 막을 수 있는 전자기파 차폐장치가 되어있습니다. 지하 벙커 시설도 안전할 것이고요. 문제는 이렇게 미사일을 활용하게 되면 자칫 전쟁으로 확대될 수 있습니다. 그래서 좀 더 교묘한 작전을 세워야 합니다.”

기술고문이 자료를 뒤적이면서 말을 이었다. 미국

의 손아귀에서, 글로벌 거버넌스에서 빠져나와 자주적인 대한민국이 되려면 스스로를 지킬 수 있는 힘과 기술이 있어야 한다는 것을 늘 강조해왔다. 앞으로는 기술이 곧 힘이다. 그리고 현재 상황에서 우리에게 가장 필요한 기술은 이미 보유하고 있다. 잘 조합해서 활용하기만 하면 된다.

"우리는 이미 로켓을 쏘아 올릴 수 있는 기술이 있습니다. 원하는 인공위성을 제조할 수도 있습니다. EMP 기술도 쓸 수 있습니다. 지금부터 최대한 빨리 제조에 들어간다면 제시간에 준비가 될 수도 있겠습니다. 먼저 기본적인 것을 설명드리겠습니다. EMP에서 나오는 전자기파 펄스는 인체에 피해를 주지 않지만 기계에는 치명적입니다.

이런 엄청난 전자기파를 우주에서는 태양이 끊임없이 방출하고 있습니다. 흑점이 활발하게 활동하는 시기면 태양풍이 강해져서 지구까지 영향을 미칩니다. 우리는 그런 태양의 힘을 이용하면 됩니다. 대기권 밖의 인공위성 3개를 커다란 접시 형태로 펼칠 수 있도록 개조하여 태양풍의 전자기파를 한 곳으로 집중시킵니다. 어린 시절에 볼록렌즈로 빛을 모으는 것과 비슷한 원리입니다. 모든 태양빛을 모으는 것이 아닌 우리에게 필요한 감마선만 모아서 그대로 방출합니다. 원하는 좌표만 설정되면 정밀하고 세밀한 타깃으로 감마선을 쏘아 보낼 수 있습니다. 직접적인 공격 무기가 아니기에 전면전까지 발생하지는 않을 것이고 우리 국민을 위협하는 자들에게 효과적인 메시지를 보낼 수 있습니다. 제대로 따귀를 한 대 날리는 거죠. 먼저 때리기는 했지만 이미 저쪽에서 심각한 위협을 가했기 때문에 국제사회에서도 당당하게 할 말이 있습니다. 그쯤 되면 세상에 모든 사실을 알려야 합니다. 이 모든 것은 증거로 남겨야죠. 추가적인 방안들도 구상되어 있습니다."

"대단합니다. 정말 좋은 방법인 것 같습니다. 하지만 추가적으로 몇 가지 더 준비해 주시면 좋겠습니다. 상대는 우리보다 전력적으로 상당히 우세한 나라입니다. 더군다나 그들은 여러 나라와 글로벌 거버넌스를 구성했습니다. 결코 만만히 볼 수 없는 상대라는 것을 명심해 주세요. 우리는 고독한 싸움을 해야 합니다."

대통령과 의원들은 서로를 격려하고 다음에 다시 만날 것을 기약했다. 다음 만남은 호텔이 아니라 청와대에서 당당하게 만나기로 약속했다. 이제는 새 나라에서 각자가 맡은 역할을 다해주시면 좋겠다는 대통령의 당부에 의원들은 그동안의 고생을 떠올렸다. 모두가 꿈꾸는 대한민국의 모습에 자신이 일조했다는 기쁨 때문이었다. 대통령은 청와대에서 늘 외로움을 느꼈지만 의원들을 만나면 동지애를 느낄 수 있었다. 그들과 함께할 때면 용기가 생겼다. 좋은 의견을 듣는 것에 앞서 이들과 함께하는 자체를 즐기는 자신을 발견했다. 진정으로 시민과 함께한다는 마음 때문이다. 돌아가는 발걸음이 한결 가벼워졌다.

* * *

대통령은 경호원 2명과 함께 VIP 엘리베이터를 타고 주차장으로 향했다. 주차장 입구에는 베이지색 트렌치코트를 입은 남자가 기다리고 있었다.

"안녕하십니까. 대통령님."

"안녕하세요. 황 국장님이 여긴 어떻게?"

"긴히 말씀드릴 게 있어서 기다리고 있었습니다. 중요한 문제입니다. 오래 걸리진 않을 겁니다."

"음... 상당히 결례라고 생각되지 않습니까?"

"죄송합니다. 너무 급한 사안입니다."

"같이 차에 같이 타시죠."

"네, 그럼 잠시 실례하겠습니다."

무례한 일이었다. 아무리 왕년에 대단한 실세였다고 해도 대통령을 이렇게 불쑥 찾아온다는 것은 있을 수 없는 일이었다. 동선까지 파악해서 기다리고 있었다는 것은 계획적인 일이다. 하지만 그럼에도 불구하고 황 국장은 무리수를 두었다. 그만큼 다급했다.

"먼저 죄송합니다. 이렇게 찾아뵌다는 것은 결례임을 알면서도 어쩔 수 없었습니다. 그만큼 시급한 일입니다."

"말씀하세요. 얼마나 급한 일이길래 이렇게 오셨습니까."

"대통령의 안위가 달린 일입니다."

대통령은 일순간 얼굴이 굳어졌다. 황 국장이 CIA 출신이라는 것과 현재 미국과 얽혀 있는 관계성, 방금 있었던 의원들과의 만남이 머릿속에서 스쳐 지나갔다.

"저의 목숨이야 늘 위태롭지요. 그래도 그럭저럭 운이 좋아서 아직까지 살아있는 게 아니겠습니까. 안 그래요?"

"역시. 대통령은 다르군요. 위기의 순간에서도 유머로 받으실 수 있는 여유가 있으십니다. 그럼 바로 본론을 말씀드리겠습니다. 저는 지금 회사의 소속으로 있습니다. 어떤 회사인지는 정확하게 말씀드리기 곤란합니다만 글로벌 거버넌스의 이사회 정도로 보시면 되겠습니다.

사실 저는 아무 힘도 없습니다. 대통령께 말씀드리지만 저는 한낱 사냥개에 불과합니다. 이렇게 쓰다가 사냥철이 끝나면 버림 당할지도 모릅니다. 그들은 사냥개를 길들이기 위해서 아내와 딸을 잡아 두었습니다. 말을 제대로 듣지 않는 경우를 대비하는 것이죠. 말을 잘 들으면 상을 줍니다. 대통령님. 지금 당신은 저와 같은 상황입니다."

대통령은 굳은 표정으로 묵묵히 이야기를 듣고 있었다. 얘기를 듣는 도중 남산의 오솔길로 산책하는 사람들이 보였다. 그들이 무척 부러웠다.

"영부인과 자제분들을 생각하세요. 아무리 대통령이라고 해도 한 가족의 가장이고 아버지이자 남편이니까요. 나라를 위해 가족을 모두 희생할 용기가 있으십니까. 그리고 과연 그렇게까지 해서 얻을 것이 무엇이겠습니까. 저는 그 해답을 찾지 못했습니다. 단순히 옳고 그른 것에 대한 판단을 하지 못한 것이 아닙니다. 저의 세상에는 가족이 전부고 가족이 세상이니까요. 다른 것은 판단의 기준에 포함시키지 않았습니다. 양심도 버렸습니다."

"어떤 얘긴지는 잘 알겠습니다. 저도 이미 겪어봤지요. 그들의 수법을 잘 알고 있습니다. 인간적인 감정을 최대한 이용합니다. 그렇게 제가 당했고, 그 때문에 전 국민이 이렇게 된 것이라고 봐도 되겠죠. 또다시 엮일 수는 없습니다. 이미 아내와는 충분히 상의를 했습니다. 우리의 희생이 대한민국을 살릴 수 있다면 그 정도는 각오하고 있습니다. 어쩔 수 없는 일이지요. 그래도 일이 되도록 해야 하지 않겠습니까. 저는 확고합니다. 다시는 실수하지 않겠습니다."

"그러시군요. 그렇게 확고하시다면, 잘 알겠습니다. 대통령의 뜻을 명확하게 전달하겠습니다. 대신 저를 원망하진 마십시오. 저는 그저 사냥개에 불과하니까요."

"주인에게 전해주시오. 떳떳하게 한 번 보고 싶다고 말이오. 그리고 대한민국을 우습게 보면 다친다고 전해주시오."

"알겠습니다. 저는 여기서 내려 주시면 됩니다."

황 국장은 차에서 내려 대통령을 향해 고개를 숙였다. 자신이 태어난 나라의 대통령이기에 앞서 방금 이야기를 나누면서 느꼈던 한 인간에 대한 존경심 때문이다. 그는 자신이 해야 할 일을 정확하게 알고 있었다. 과거는 수많은 얼룩이 묻어 있지만 지금 그는 용기 있는 결정을 내렸다. 황 국장은 과거의 선택이 부끄럽게 느껴졌다. 하지만 이미 지난 일이었다. 그리고 되돌릴 수도 없었다. 태어난 조국도, 키워준 조국도, 그 사이에서 양 갈래로 갈라지는 마음도 더 이상 추스를 수 없었다. 가족을 구하겠다는 마음으로 선택을 합리화하는 자신의 모습이 미웠다. 그에겐 가족이 세상이니까. 그는 한적한 남산의 순환도로를 오랜 시간 걸었다. 지금은 혼자이고 싶었다.

# 31

모처럼 볕이 좋은 오후 햇살을 받으며 사무실에 앉아 기사를 쓰고 있었는데 택배가 도착했다. 수신자를 확인해 보니 '정시우 기자님 귀하' 정확히 내 이름이었다. 누가 택배를 보냈을까. 반가운 마음에 칼로 테이프를 뜯고 상자를 열었다. 상자 안에는 최신형 스마트폰 박스가 있었다. 그 위에는 샌프란시스코의 금문교 사진이 들어간 엽서가 붙어 있었다.

[To 열심히 사는 한국의 친구에게.

그렇게 열심히 산다고 달라지는 게 있을까?

세상이 알아주기를 하나?

그저 자기만족인가?

그래봐야 햄스터가 쳇바퀴 돌듯 제자리에서 뛸 뿐이야.

최대한 열심히 뛰어봐.

또 누가 알겠냐. 잘하면 쳇바퀴가 부서질지도 모르잖아.

부서지면 다시 선물해 줄게.

p.s 휴대폰이 너무 골동품이라서 선물로 보냄.

From X]

은색 스마트폰을 꺼내서 손에 쥐었다. 차가운 금속감이 느껴졌다. 갑자기 스마트폰 화면이 밝게 빛나면서 작은 다리가 달린 깨알만 한 구슬들이 쏟아져 나왔다. 벌레같이 생긴 나노 로봇들이었다. 나노봇은 순식간에 나의 온몸을 감싸고 눈과 귀와 입으로 파고들었다. 몸속으로 들어가는 나노봇의 움직임이 느껴졌다. 그것들은 몸속에서 나의 심장을, 머리를 장기를 갉아댔다. 작은 입으로 사정없이 내 속을 파먹었다.

"으아악!! 저리 가!!"

"워메! 깜짝이야!! 정신 차려요. 정 기자님!! 일어나요. 일어나!!"

"아아!! 오 이런. 꿈이었구나. 휴. 죽다 살았네. 죽다 살았어."

"식은땀까지 흘리셨네. 뭔 꿈을 그리 살벌하게 꿨어요? 사운드가 막 입체 서라운드야. 게임에서 괴물이 튀어나왔는 줄."

"이런, 미안해요. 내가 꿈을 자주 꾸지는 않는데. 깜박 잠이 들었네요. 요즘 신경을 바짝 써서 그런가. 꿈에서도 나를 괴롭히네."

"그러니깐. 적당히 해요. 너무 긴장하지 마시고. 꿈이 일과 연결되는 사람들은 워커홀릭이 많아요. 딱 보니까 정 기자님이네요."

"일 말고는 딱히 취미가 없으니까 그렇게 됐네요. 그린은 취미가 뭐에요?"

"저요? 저는 요리를 좋아해요. 집에 혼자 있는 걸 좋아해서 이것저것 만들어 먹어요. 아주 그럴싸하게."

"와우. 의외의 취미네요. 보기와는 달라요."

"사람 겉모습만 보고 판단하는 거 아닙니다. 기자님. 이렇게 눈썰미가 없어서 기자할 수 있겠습니까. 기자님."

"은근 유머가 있어요. 그린님."

"따라 하지 마시고. 정신 차렸으면 이것 좀 봐요. 어제 정 기자님 사진 찍어 놓은 걸 검색 좀 해봤어요. 여기저기 찾아봤더니 현재 소속은 제대로 나오지 않아요. 예전 경력을 보니 미군 출신이네요. 아프가니스탄에도 갔었고. 음… CIA와 관련된 일도 했던 게 있네요. 여기. 첩보 활동도 하고. 용병으로도 일하고. 이런 사람들이 한국에서 뭘 하고 있었던 걸까. 그것도 정 기자님 잡으려고. 이제 보니 정 기자님 대단한 사람이군요?"

"아니 그걸 이제 알았어요? 같이 일해봤으면서."

"후훗, 그러게요. 하긴 그러네. 이미 많은 경험을 했네요. 우린."

"그렇죠. 그런데 CIA가 따라다닌다고? 음… 이건 뭔가 더 있는 것 같은데. 내가 뭘 놓치고 있는 건가 모르겠네요."

"제 생각에는 존재 자체가 걱정되는 것 같아요. 왜 그런 거 많잖아요. 기업의 비리를 취재하던 뉴욕 타임즈 기자 변사체로 발견. 권력층을 낱낱이 폭로하려던 기자가 의문의 실종. 뭐 그런 거요. 전 세계를 대상으로 사기를 친 팬데믹 사건의 배후를 낱낱이 파헤치던 서울의 정시우 기자."

"고만해요. 으스스하니깐. 뭐 죽을 땐 죽더라도 아직은 죽으면 안 돼요. 해야 할 일이 많잖아요."

"역시 워커홀릭. 죽더라도 일은 하고 죽어야 하는. 멋있네요."

"방법은 좀 찾았어요? 대비할 방법들이요."

"안 그래도 친구들한테 좀 물어봤어요. 카이스트에 있는 컴돌이가 답변을 줬어요. 나노 테크놀로지는 워낙 기술 집약적인 분야라서 국내에서 접근할 수 있는 전문가가 한정되어 있데요. 그중에서도 괜찮은 전문가는 거의 S 그룹 소속이라고 하네요. 4, 5년 전 바이오산업을 육성하면서 S 그룹에서 특채로 많이 데려갔나 봐요. 찾아보니 당시 제약회사인 M사 기술 중에 나노 테크놀로지가 포함되어 있어요. S 그룹에서 OEM으로 생산한 백신이죠. 그러고 보니 모든 것을 다 가지고 있네요. S 그룹에서는. 여하튼 친구 한 명을 소개해 줬어요. 같은 카이스트 출신인데 몇 년 전에 특채로 졸업도 하기 전에 입사했데요. 연봉도 두둑하게 주고 데려갔다고 하네요. 연락처랑 받았으니깐 정 기자님이 컨택해보세요."

"완벽하네요. 그린. 정말 그린 그린 하다니깐!! 안 그래도 S 그룹과 연결점을 찾고 있었는데 알아서 다 해주니 최고네요."

"별말씀을."

"똑딱."

"어, 선배 문자 왔다."

"병원에 연락해서 사인을 알기 위한 부검을 부탁했고 혈전 부분은 따로 가져갈 테니 보관해달라고 했데요."

"오, 그럼 그거 받아서 컴돌이 친구 만나면 되겠네요."

"오늘 오후도 스케줄이 바쁘겠구만. 그린은 여기 계속 있을 건가요? 아님 택배 배달 가나요?"

"토요일은 택배 배달 안 합니다. 사장님."

"아하 그렇군요. 우리 동네는 토욜날도 오던데. 택배 기사님들 정말 고생이 많아요. 그럼 나중에 봐요. 기사님."

"넵. 금방 또 만날 것 같은 예감이네요. 좋은 하루."

"정 기자님!!"

"네?"

"몸조심하세요. 걱정돼요."

"네. 고마워요. 걱정해 주니 기분은 좋네요."

날씨가 맑았다. 공기도 상쾌한 날, 답답한 택배차의 화물칸에서 내려 해를 보니 기분이 좋았다. 꿈에서 본 나노봇 때문에 심란했던 마음이 햇살에 사라졌다. 사람은 해를 보며 살아야 한다던 얘기가 생각났다. 받은 연락처로 전화를 걸었다.

"안녕하세요? 장인석 님 되시나요?"

"네. 맞습니다. 어디시죠?"

"저는 카이스트 컴돌이 님 소개로 연락드렸습니다. 정시우 기자라고 합니다."

"네. 안 그래도 연락은 받았습니다. 무얼 도와드리면 될까요?"

"나노 테크놀로지에 대해서 잘 아신다고 들었습니다. 다름이 아니라 제가 확보한 샘플이 있는데, 한 번 봐 주시면 어떨까 해서요."

"그렇다면 집으로 오셔야겠는데요. 오늘은 쉬는 날이라 지금은 집이에요. 연구실에서 보면 좋겠지만 보안도 있고 외부인의 방문이 까다롭습니다. 샘플 가지고 이쪽으로 오세요. 주소는 문자로 보내드릴게요."

"알겠습니다. 고맙습니다. 그럼 이따가 뵙겠습니다."

"네. 알겠습니다."

흔쾌하게 만남에 응해주니 고마웠다. 오늘은 뭔가 일이 잘 풀릴 것 같은 기분이었다. 이 선배에게 전화를 걸었다.

"선배. 괜찮아?"

"어. 시우야. 이제 좀 정신이 드네."

"많이 고생했지? 갑자기 이게 뭔 일이래. 형수는?"

“뭐 말이 아니다. 여하튼 부검은 최대한 빨리해달라고 해서 이제 곧 결과가 나올 거야.”

“정신없을 텐데 부탁까지 해서 미안해. 그래도 어쩔 수 없었어.”

“알지. 도움이 되면 좋겠는데.”

“전문가를 구했으니 이따가 확인해 보면 뭔가 잡힐 것 같아. 여러 가지 정황상 슬슬 중심으로 다가가고 있어.”

“몸조심해라. 중심으로 다가갈수록 위험해져. 예전에도 기억나지? 덤프트럭에 차가 밟힐 뻔했잖아. 그것도 한밤중에 시내에서 왜 덤프가 기다리고 있냐. 말도 안 되지.”

“뭐 한 두 번이야. 어제도 양복쟁이 둘이서 따라왔었어. 다행히 따돌리긴 했는데.”

“뭐야? 벌써? 그럼 오늘부터 카드 쓰지 말고 얼굴 가리고 다녀. 택시 타고. 핸드폰도 추적 당하는 거 아니냐?”

“글쎄, 그건 아닌 것 같아. 그랬으면 벌써 달려들었겠지.”

“야. 정시우. 장난으로 듣지 말고 조심해 정말.”

“오케이. 그리고 어제 찌라시로 기사 날렸어. 여기저기 게시판에도 쓰고. 그린이 도와줘서 많이 퍼트렸어.”

"그래. 이 와중에 나도 봤어. 공유하는 사람들이 많더라."

"경민이한테 자료는 보냈어. 메일로. 나중에 데스크 확인하고 보강해서 기사로 내면 될 것 같어."

"그래 수고하고. 좀 있다가 보자."

"오케이. 선배도 수고하십쇼."

갑자기 바빠졌다. 만나야 할 사람들도 많아지고. 일이 잘 진행된다는 증거다. 아드레날린이 솟구쳤다.

'황 국장님은 갑자기 왜 보자고 그러지? 나중에 만나자고 할까. 아니야 늦더라도 오늘 봐야겠다. 중요한 게 있을 수 있으니.'

나는 전화를 할까 하다가 오후 늦게 가겠다고 문자를 보냈다. 어르신들은 문자 보는 것을 좋아하지 않지만 지금은 나도 이동하느라 바쁘니까.

마침 앞에 정차 한 택시를 타고 병원으로 향했다.

# 32

택시 뒷자리에 앉아서 가방 앞주머니에 있는 수첩을 꺼냈다. 오늘 해야 할 일들을 잠깐 정리했다. 혹시나 놓칠 수도 있는 질문도 몇 가지 적었다. 창밖을 보니 크리스마스 장식이 화려하게 펼쳐진 백화점이 눈에 들어왔다.

"요즘은 크리스마스 장식도 엄청나네요. 백화점 전체가 번쩍거리네요."

"그러게나 말이에요. 지나갈 때마다 보지만, 아주 삐까뻔쩍 하죠. 서민들은 꿈도 못 꾸지만 백화점은 꿈을 파는 곳이라고들 하니까요."

"백화점 안 가본 지, 너무 오래돼서 저는 잘 모르겠네요."

"저는 앞에 까지는 자주 갑니다. 허허허."

"하하. 그러시겠네요."

택시 기사님이 백미러로 나와 눈을 마주쳤다. 씨익 웃으시며 물었다.

"딱 보니, 기자 시네?"

"네? 어떻게 아세요?"

"내가 벌써, 개인택시 30년!! 척 보면, 탁 알지."

"우와, 정말 자리 까셔도 되겠는데요?"

"그런 얘기를 좀 듣지요. 허허. 기자님을 만났으니 무슨 재미난 얘기를 해드려야 하려나."

"손님에 맞춰서 얘기를 해주시나 봐요?"

"원래 말을 잘 하지는 않아요. 싫어하는 손님들도 많으니까요."

"그렇겠죠. 모두가 얘기하는 걸 좋아하지는 않을 테니까요. 기사님도 여러 가지 맞춰주시려면 피곤하시겠네요."

"나야 뭐, 피곤할 게 있나요. 그냥 목적지까지 안전하고 빠르게 모셔다드리면 그만이지. 그저 소소하게 하루하루 살다 보니 세월이 훌쩍 갑니다."

"그러게요. 시간이 정말 빨리 가네요."

간혹 택시를 타면 기사님들의 이야기에 놀랄 때가 많다. 웬만한 정치, 사회부 기자와 얘기를 나눠도 지지 않을 능력의 소유자들이다. 운전하면서 라디오 뉴스도 많이 듣고 점심때는 기사 식당에서 이런저런 세상 돌아가는 이야기가 돈다고 했다. 그래서 나는 택시를 타면 일부러 기사님들께 말을 건넨다.

"기사님. 요즘 가장 핫한 주제는 뭔가요?"

"글쎄요. 이제 살 만큼 살았으니 별로 놀랄 일도 없을 것 같은데, 뉴스를 보면 그래도 놀랄 일이 많아요. 정말 내가 현실을 살고 있는 게 맞나 싶을 때도 있고. 오늘은 그거 뭐냐. 나노봇인가, 그놈이 몸속에 돌아다니면서 사람들을 죽인다는데. 나 참. 무슨 공상과학영화도 아니고. 내가 예전에 어떤 영화에서 그런 비슷한 장면을 본 것 같기도 한데. 그게 현실이라고 하니까. 믿을 수가 있나."

"기사님도 보셨군요? 사람들이 많이 봤나 봐요?"

"보다마다. 아침에 기사식당 갔더니 죄다 그 얘기더만. 다들 5G 기능을 꺼야 한다고 그러고 아예 전화기를 꺼버렸다고 그러기도 하고."

"기사님도 끄셨어요?"

"나도 껐지. 다들 그렇게 해야 한다고 하니깐. 그게 사람 잡는다고 하니까요. 근데 사실이오? 기자니까 잘 알 꺼 아니에요?"

"맞아요. 사실이에요. 조심하셔야 해요. 무서운 세상이에요."

"우리 때는 스마트폰, 인터넷 이런 거 없어도 잘만 살았고. 애들도 몇씩 낳고 행복하게 살았었는데. 그게 정말 너무나 오래된 것 같네요. 마치 이생이 아니라, 전생의 이야기 같어. 그런 느낌 알아요? 기자님은?"

"아니요. 저는 아직 그 정도까지는 못 느껴봤어요. 그런데 나이가 좀 더 들면 그럴 수도 있겠네요."

"나도 내가 이 나이가 될 줄 몰랐지. 그런데 금방 세월이 갑디다. 사람은 유한한 존재니까 세월이 가고 나이가 들면 자연스럽게 죽겠죠. 그런데 요즘엔 자연스러운 게 뭔지 잘 모르겠어요."

"그러네요. 정말 자연스러운 게 뭘까요. 기사님도 오래오래 살고 싶으신가요?"

"나요? 이젠 뭐 그렇게 오래 살아서 뭐하나 싶기도 한데, 원래부터 죽는 게 두렵거나 그렇진 않았어요. 사실 우리가 잘 모르는 길이라서 두려움이 있는 거지. 실제로 알고 나면 별거 없는 그런 거 있잖아요? 군대 같은 거지. 가기 전엔 죽으러 가는 것 같은데, 막상 가보면 또 할만하고 그렇게 시간 가면 전역하고. 안 그래요?"

"맞아요. 그런 것 같네요. 저도 입대하기 전에는 정말 가기 싫었는데, 막상 가보니 그 안에서 재미있는 것도 있더라고요."

"그러니까. 죽음도 뭐 그런 거겠지. 요즘엔 100살까지는 너끈하게 산다고 하지만, 그렇게 살아서 또 뭐 하겠어. 우리 같은 일반인들은 그렇게 욕심도 없지."

"그런데, 만약 돈도 많고 권력도 있고 그러면 오래 살고 싶겠죠?"

"오래 살고 싶겠지. 그걸 계속 누리고 싶을 테니까. 끝없는 욕심이 생길 거야. 인간은 욕심이 끝이 없어요. 블랙홀 같아. 블랙홀. 한없이 크고 한없이 빨려 들어가는."

"이야. 기사님 표현이 예술이네요. 정확해요."

"허허. 기자 양반한테 칭찬 들으니 일진이 좋겠구먼."

"저야말로 좋은 얘기 나눠서 즐겁네요. 가는 길도 금방이고요."

기사님은 흡족하게 웃으면서 백미러로 눈을 마주쳤다.

"기자 님이니까 이 얘기는 꼭 해드리고 싶은데."

"네. 말씀하세요. 어떤 얘긴데요?"

"지금까지 살아보니 대단할 게 없더라고요. 정치가 어떻고 사회가 어떻고 경제가 어떻고 하지만, 결국 서민들은 거기서 거기에요. 이게 참 세상이 나누어져 있어요. 구분되지 않은 것 같지만 경계가 확실한 계급사회 같은 거예요. 그런 것 같지 않아요?"

"네. 듣고 보니 그런 것 같네요. 돈으로 계급이 나뉘죠."

"그렇죠. 맞아요. 돈 때문에 그렇게 나뉘는 거죠. 그런데 이 돈이라는 게 말이지. 참 신기해요. 있는 것 같으면서도 없고 늘 부족하단 말이지. 돈을 자신의 욕망과 함께 생각하면 끝도 없는 거라. 돈에 맞춰서 살면 그걸로 되는 거라 말이지."

"오늘 하시는 말씀이 철학자 같으신데요."

"허허. 자꾸만 비행기를 태우니. 나도 홍콩으로 가버리는 수가 있어요. 뭐냐. 내가 하려던 말은, 그건 아니었고. 우리 같은 서민들이 소소하게 행복을 누리면서 안정되게 살아갈 수 있는 그런 사회만 지속되면 좋겠다는 거예요."

"맞습니다. 저도 그렇게 생각해요. 대단한 일 없이 사람들 괴롭히지 않고 잘 살 수 있게 해주는 게 그렇게 힘들까요. 왜 이렇게 우리를 괴롭히는 걸까요?"

"다 욕심 때문이지. 그 별것 없는 욕심. 인간의 욕심이 모든 것의 원천이지."

"그러네요. 그 욕심이 뭔지…"

생각해 보니 기사님 말이 맞았다. '욕심'이라는 그 단어 하나만으로 모든 것에 대한 답이 되는 것 같았다. 인간은 태생적으로 '욕심'을 가지고 있는 것일까. 그 욕심이 인간을 먹으면 괴물이 되는 것인지도 모른다.

"가끔 손주들 노는 걸 보면 말이에요. 맛있는 게 하나 있으면 자기 입으로 먼저 들어갑디다. 아무도 가르쳐주지 않았지만 그렇게 하는 거에요. 교육을 받게 되면 나눠 먹기도 하고 할애비 입에 넣어주기도 하고 그렇게 바뀌죠. 하지만 처음엔 지 입만 알아요. 아마 그렇게 태어난 걸 꺼에요. 인간은. 위쪽에 있는 사람들은 욕심을 많이 버려야죠. 위로 올라갈수록 욕심을 버릴 수 있다면 얼마나 좋겠어요."

"맞아요. 틀린 말이 없으시네요. 오늘 많은 걸 배웁니다. 선생님."

"선생은 무슨. 기자 양반. 쉬는 날까지 일하러 다니느라 고생이 많아요. 좋은 기사 많이 써주세요. 진실된 얘기들이요. 그래야 우리들이 속고 살지 않으니까. 우리야 뭐 알겠어요? 뉴스에 나오는 데로 믿는 거지. 우리도 알아요. 그게 전부 사실이 아니라는 것을. 그래도 그냥 그렇게 믿는 거에요. 그게 편하니깐. 안 그러면 머릿속이 복잡해지거든. 내 삶을 살기에도 복잡한데, 세상일 때문에 더 복잡해지면 피곤한 삶이 되니까 말이에요."

"네. 알겠습니다. 최선을 다해 진실을 알리겠습니다. 선생님."

"자 그럼 좋은 하루 보내십시오. 다 왔습니다."

"고맙습니다. 좋은 날 되세요. 안전 운전하시고요."

기사님은 병원 앞에서 나를 내려 주시고 퇴원하는 듯한 사람을 태우고 출발했다. 창밖으로 반갑게 손을 흔들며 웃었다. 나는 소소한 행복을 느꼈다.

# 33

2022년 6월. 한국의 실리콘 밸리로 불리는 분당. 널찍한 건물 지하에는 대한민국 사이버 부대가 있다. 극비리에 진행한 프로젝트로 이제 1500여 명이 함께 하고 있었다. 이곳은 주위에 있는 일반적인 IT 회사처럼 위장되어 있으며 밤, 낮 없이 3교대로 24시간 운영된다. 주요 업무는 정보 수집과 해킹, 보안, 각종 시스템 구축 작업이다. 최근 예의주시하고 있는 곳은 미국의 실리콘 밸리다. 전 세계의 천재들이 모여 날마다 새로운 기술이 탄생하는 곳이다. 반면 비밀과 음모가 시작되는 곳이기도 하다.

2013년 미국 안보국 직원인 스노든의 내부고발이 전 세계적으로 이슈가 되었다. 개인 신원 정보는 물론이고 도청, 몰래 촬영, 위치 추적까지 가능하다는 내용이다. 미국은 이 문제를 일단락 짓고 해당 프로젝트를 접는다고 했으나 실제로는 비밀리에 업그레이드했다. 이제는 인터넷에 있는 개인의 정보와 실생활을 접목시킨 빅데이터를 활용하여 모든 것을 감시할 수 있는 '빅브라더'를 완성했다. 팬데믹 사건 이후 개인의 의료기록과 바이오 생체 정보까지 매칭이 완료되어 전 세계 인구 80%의 데이터를 소유하고 있다. 언제 어디서든 시스템에 접속만 하면 비밀의 문이 열린다.

도둑이 한 번 도둑질한 것을 다시 빼앗으면 그건 범죄가 될까. 도둑질한 것을 몰래 이용하는 것은. 도둑질한 것을 좋은 뜻으로 이용한다면, 그것은 범죄가 될 것인가. 해커는 한 발은 범죄자에 또 한 발은 컴퓨터 전문가에 걸치고 있다. 사이버 부대는 법과 윤리의 애매한 기준에서 경계를 넘나든다. 결국 국가의 안보와 국민의 권익을 위한 최고 목적에 부합하는 임무를 비밀리에 수행한다. 미군의 위성 시스템, 국가 안보 시스템, 북한, 일본, 중국 등 전 세계의 비밀 정보를 수집하고 역이용한다. 뛰어난 재능으로 팀을 이끌고 있는 김철민 팀장은 이 분야의 독보적인 존재다.

"팀장님. 오늘따라 실리콘 밸리에서 이상 징후가 포착됩니다. 키워드는 Korea, 5G, Seoul, Bio hack, 등입니다."

"빅브라더 시스템 연결해서 감청 시작하고, 정확하게 어떤 상황인지 보고해 주세요."

"네 알겠습니다."

미국의 시스템 망을 해킹해서 역이용하여 우리의 기술로 이용하고 있는 김 팀장은 흔적을 남기지 않는 유령으로 알려져 있다. IP 추적을 지우고 유령처럼 사이버 세계를 떠다니는 그의 존재를 미국에서는 알 수 없었다. 그들은 사이버 부대의 존재 유무도 알지 못했다. 대통령은 특별히 신경 써서 조심스럽게 프로젝트를 진행해왔다. 빅브라더 해킹 내용이 정리되어 보고되었다.

"앞으로 2주 후, 인구 소멸 프로젝트 1차 테스트를 진행. 대상자는 랜덤. 타깃 국가는 한국, 이탈리아, 인도, 일본으로 4개국. 각 나라별로 100만 명씩 진행. 삼일 간격으로 5회. 테스트 결과에 따라 본 프로젝트 시행을 결정."

무서운 내용을 알게 된 김 팀장은 서둘러 청와대에

보고를 했다. 앞으로 남은 시간은 2주. 대한민국 국민 500만 명의 목숨이 걸린 일이다. 이런 일이 실제로 일어날 수 있다는 사실에 그는 몸이 떨렸다. 반면 자신이 나라를 구할 수 있는 자리에 있고 능력이 있다는 것에 자긍심이 느껴졌다. 세부 프로젝트를 진행할 시간이다. 커다란 모니터에 복잡한 코드를 입력하며 입술에 힘이 들어갔다.

* * *

대통령은 올 것이 왔다고 생각했다. 어쩌면 이제 시작일 지도 모른다는 생각에 마음이 무거웠다. 새로운 시대의 전쟁은 사이버 전쟁이 될 것이라던 기술 고문의 말이 떠올랐다. 사이버 부대가 없었다면 우리는 얼마나 힘없는 희생양이 되었을 것인가. 대한민국이 이 시대의 실험 제물이 될 수는 없었다. 그동안 준비했던 시스템을 테스트할 시간이었다. 마음을 굳게 먹고 핫라인 수화기를 들었다.

"잘 지내십니까. 위원장님."

"잘 지내셨습니까. 대통령님."

"지난번에 얘기했던 우려할 만한 일이 발생했습니다. 얼마 있지 않아서 미국이 대규모 살상 실험을 시작할 것 같습니다. 대한민국 국민이 그 대상자가 됩니다. 위원장의 도움이 필요하겠습니다."

"어떻게 도와드리면 되겠습니까."

"적절한 시간을 알려드릴 테니 미사일을 동해상으로 발사해 주십시오. 대륙 간 탄도 미사일로 하와이를 넘어가야 합니다. 최대한 고도는 낮춰 주시고요."

"타깃은 어디입니까."

"미국 서부 방향. 태평양 바다입니다. 미사일은 미끼입니다. 모든 시선을 미사일 쪽으로 끌어 놓고 우리는 계획대로 진행하겠습니다."

"알겠습니다. 준비하겠습니다. 세부사항을 알려주시면 발사하겠습니다."

"고맙습니다. 동포를 살리는 위대한 일을 결정하셨습니다. 고맙습니다."

"서로 힘들 때 돕는 게 인지상정이지요. 수고하십시오."

"네. 다시 연락드리겠습니다."

수백 번 마음속으로 이 상황을 그리며 이미지 트레이닝을 했지만 실제로 닥치니 떨려왔다. 선제공격이라니. 우리 민족의 역사상 선제공격은 흔한 일이 아니었다. 주로 침략을 당했고 힘겹게 막아냈다. 우리는 남에게 피해를 주는 민족이 아니었지만 외세는 이 작은 땅을 그토록 원했다. 현재 그들은 땅뿐만 아니라 모든 것을 빼앗으려 하고 있다. 국민의 생명이 달린 일이다. 이번만큼은 먼저 움직여야만 그들을 막을 수 있다.

모든 스케줄을 중지하고 집무실에 홀로 앉았다. 전쟁을 앞두고 있는 장수의 기분이 어떤 기분 일지를 생각해 보았다. 충무공은 어떻게 이런 중압감을 평생 견딜 수 있었을까. 광화문 광장을 지날 때마다 무심코 바라보았던 역사의 영웅에게 묻고 싶었다. 묵묵히 해야 할 일을 했을 뿐이라는 충무공의 대답이 귓가에 들렸다.

'나는 내가 해야 할 일을 했을 뿐이니, 당신도 당신이 해야 할 일을 하면 됩니다. 옳다고 생각하는 그 일을 하십시오.'

지금 이 순간 옳다고 생각하는 일은 단 하나뿐이었다. 대한민국을 지켜야 한다. 이번엔 소신 있게 밀고 나가야 한다. 그 어떤 반대가 있더라도.

"김 팀장님. 우리가 준비하던 프로젝트를 조속히 실행하겠습니다. 프로젝트 명은 '돋보기'입니다. 시행 날

짜는 다시 고지하겠습니다."

"네, 알겠습니다. '돋보기' 프로젝트 준비하겠습니다."

새로운 역사가 시작되었다.

# 34

2022년 6월. 우리 국민은 4천5백만. 팬데믹을 지나오면서 많은 국민이 희생되었다. 인구의 15%가 의미없는 죽음을 당했다. 그 죽음에는 대통령의 잘못된 선택이 한몫했다. 그는 죄책감에 잠을 이루지 못했다. 아무리 합리화하려고 해도 욕심이 부른 실패였다. 대한민국을 선진국 대열에 올려놓는다는 헛된 욕망 때문에 돌이킬 수 없는 길을 갔다. 지금이라도 그 과오를 씻고 다시 대한민국이 일어설 수 있는 기반을 마련해야 했다. 짧은 시간이지만 많은 변화가 시작되었다. 하지만 아직은 너무나 부족했다. 가야 할 길이 바쁜데, 이렇게 큰일이 앞을 막았다. 우리가 먼저 공격을 하고 난 뒤, 다음에 이어질 후폭풍을 어떻게 이겨내야 할지 걱정이 되었다.

대통령은 집무실에 앉아 창밖을 바라보았다. 수많은 시간을 버텨온 노송이 보였다. 구불거리지만 단단한 노송. 온갖 풍파를 겪으며 휘어지며 버텨온 노송을 보며 작은 용기의 씨앗을 찾는다.

4일 뒤, 6월 25일. 과거의 이 날은 남과 북이 전쟁으로 갈라졌던 날이지만 오늘은 달랐다. 동해상에는 북한에서 개발된 3000t 급 핵잠수함 한 대가 수면 위로 모습을 드러냈다. 잠수함의 좌측에는 '원자력'이라는 이름이 새겨져 있었다. 그간 비밀리에 건조된 북한의 첫 번째 핵잠수함이다. 대한민국 정부는 계엄과 동시에 북한과 관계 개선을 위해 노력했다. 한미의 동맹은 깨졌고 경제 보복이 시작되었으며 미군은 철수를 시작했다. 급작스러운 대한민국 정부의 움직임에 많은 나라들이 놀랐지만 전 세계는 팬데믹으로 자국을 신경 쓰기에도 바빴다.

원자력호는 SLBM 미사일을 준비하고 발사 명령만을 기다리고 있었다. 사이버 부대는 프로젝트 준비를 마치고 대기하고 있었다. 태평양 상공, 대기권에 떠 있는 인공위성 돋보기 1, 2, 3호는 커다란 원반 날개를 펴고 태양광을 모으고 있었다. 이제 모든 준비는 끝났다.

"어려운 부탁을 들어주셔서 거듭 고맙습니다."

"서로 힘들 때 도와야 동포 아니겠습니까. 우린 준비되었습니다."

"그럼, 1분 후 발사해 주세요."

주석궁의 명령이 떨어지자 철판을 뜯는 듯한 소리와 함께 원자력 호의 미사일 해치가 오픈 되었다. 요란한 화염을 내뿜으며 SLBM의 로켓 엔진이 점화되었다. 순식간에 미사일은 동해상을 빠져나갔다. 대한민국 사이버 부대에서는 정신없이 상황을 보고하고 있었다.

"방금 동해상에서 북한 원자력 호의 SLBM이 발사되었습니다. 발사는 성공입니다."

수천 개의 위성을 보유한 미국이지만 이번엔 무용지물이다. 사이버 부대의 모든 인원이 동시에 위성을 해킹했다. 위성이 없는 군사시설은 눈이 가려진 사자와 마찬가지였다.

"태평양과 미국 상공의 인공위성 교란 작전을 실시합니다."

"현재 3453 기의 인공위성 해킹이 완료되었습니다."

미국의 펜타곤에서는 갑작스러운 경고음에 귀가 아팠다. 사이렌 소리와 함께 긴급한 메시지가 전달 되었다.

"데프콘 2 발생. 데프콘 2 발생. 북한의 미사일로 추정되는 극초음속 SLBM이 동해상으로 발사됨."

"아니 갑자기 이게 무슨 일이야? 왜 미사일이 발사되기 전까지 몰랐어?"

"현재 태평양 상공의 인공위성들이 제대로 작동을 하지 않고 있습니다."

"왜 멀쩡하던 인공위성이 작동을 안 해? 미사일 타깃은 어딘가?"

"태평양에 있는 함대의 레이더로 추적한 결과 일본을 지나 태평양 상공으로 날아가고 있습니다. 본토 방향으로 매우 빠르게 날아오고 있습니다. 서부지역이 1차 타깃인 것 같습니다."

"뭐야? 남은 시간은? 당장 백악관 연결해."

"정확하게 확인이 힘듭니다. 길어야 40분 남짓입니다."

대한민국 상황실에는 실시간으로 보고가 이어졌다. 미사일은 태평양 상공으로 향하고 하와이를 지나갔다. 김 팀장은 두 번째 위성 교란작전, '손오공'을 명령했다. 일순간 모니터 화면에 미사일이 7기로 늘어났다. 6기의 가상 미사일이 생겼다. 서유기에 나오는 손오공의 분신술에 착안된 기술이었다.

“미사일이 1기가 아닙니다. 7기로 늘어났습니다.”

“뭐야? 7기라고? 그게 갑자기 어떻게 된 건가? 백악관은? 전투기 위치는?”

“잘 모르겠습니다. 위성 시스템이 불안합니다. F-35 2대가 출동한 상태입니다.”

“백악관. 수동 전화로 연결해.”

미국 대통령은 순식간에 일어난 일에 정신을 차릴 수 없었다. 있을 수 없는 일이 일어났다고 생각했다. 세계 최고의 군사대국이라 자부했지만 허점은 있었다. 기습에 대한 프로토콜도 의미가 없었다. 그저 헛웃음이 나왔다.

‘이대로 미국은 끝나는 건가. 결국 이렇게 되는 건가. 미사일 7발이라. 우리의 도시 7개가 순식간에 불바다가 되는 건가.’

“모든 것을 동원해서라도 막으시오. 미사일 몇 개를 막지 못한다면 그건 미국의 수치요.”

“각하. 지금 위성 시스템과 모든 전자 장치가 제대로 작동하지 않는 것 같습니다. 통제 불능 상황입니다.”

“모든 전투기를 띄워서 눈으로 직접 보고서라도 격

추하시오."

"네. 알겠습니다."

미국의 국방성은 정신을 차릴 수 없었다. 당황스러웠다. 북한에서 발사된 미사일을 추적할 수 있는 방법이 없었다. 태평양에 있는 항공모함에서 전투기 20대가 출동했다. 서부 해안에 있는 미군 공군기지에서도 전투기들이 연달아 출동했다. 눈으로 미사일을 보고 쫓아가야 하는 상황이 벌어졌다.

사이버 부대는 본 프로젝트에 착수했다. 김 팀장은 낮은 목소리로 대통령에게 알렸다.

"돋보기 준비 완료되었습니다."

"바로 실행하십시오."

풀 충전된 커다란 원형 날개는 태양광을 가득 받아서 눈부시게 번쩍였다. 돋보기 1, 2, 3호에서 동시에 강력한 감마선을 뿜어냈다. 집약적인 기술의 EMP 캐논은 미리 설정된 좌표에 순서대로 발사되었다.

"돋보기 EMP 발사했습니다. 목표 지점 모두 완료되었습니다."

"돋보기 프로젝트 성공입니다."

불과 몇 초 만에 '돋보기' 프로젝트는 종료되었다.

이 프로젝트를 위해서 시행했던 위성 교란 작전도 모두 마무리되었다. 조용히 유령처럼 흔적을 지우고 사이버 부대원들은 빠져나왔다. 상황실에서는 작전이 끝났음을 보고했다. 완벽한 성공이었다. 하와이를 지나 미국 본토로 향하던 미사일은 그대로 태평양에서 사라졌다. 아날로그 통신으로 무전을 받은 펜타곤은 그제서야 한숨을 돌렸다.

"미사일 위험 해제. 미사일이 태평양 바다에서 사라졌다."

"북한의 미사일 시험발사였던 것으로 추정됩니다."

"위성이 정상으로 돌아왔습니다. 더 이상 미사일은 없는 것으로 보입니다."

백악관 상황실에는 연달아 보고가 이어졌다. 하지만 단순히 북한의 미사일 도발이라고 여기기엔 못 미더운 일들이 많았다. 때마침 일어난 위성의 고장도 그렇고 전자 기기들도 이상했다. 공황상태가 사라지고 한숨 섞인 고요함이 찾아왔다. 미국 대통령이 땀이 배어난 깍지 낀 손을 풀며 입을 열었다.

"참모총장. 오늘로써 미국은 전 세계의 패권을 잃었소. 우리는 패전국이요."

"할 말이 없습니다. 최대한 빨리 진상을 알아보겠습니다."

"그동안 우리가 너무 자만했소. 우리의 기술만이 최고라며 스스로 체면을 걸었던 거요."

"이렇게 한순간에 무너지다니."

"이해할 수 없는 상황이었습니다."

한참이 지나고서야 미국은 자신들에게 벌어진 일의 진상을 알 수 있었다. 샌프란시스코 주변 실리콘 밸리에 대규모 정전사태가 벌어졌고 그 지역 대부분의 전자기기는 회로가 타버렸다. 지구상에서 가장 발전된 첨단기술이 모여있던 실리콘 밸리는 단 몇 분 만에 석기 시대로 퇴화되었다. 지역적인 피해는 회복이 되겠지만 그동안 쌓아왔던 수많은 데이터와 기술들이 증발했다. 주요 IT 기업의 본사와 서버 센터가 기능을 잃었다. 글로벌 거버넌스가 소유하고 있던 전 세계인의 신원정보와 생체 데이터도 대부분 사라졌다.

이제 다시 원점이 되었다.

대한민국은 조용했다. 미국을 초긴장 상태로 몰고 갔던 사상 초유의 사건은 조용하게 지나갔다. 관계자들 이외에는 알 수도, 알아서도 안되는 일이었다. 청와대의 전화기가 바빠졌다. 미국 대사관에서 전화가 끝없이 걸려왔다. 청와대는 아무 전화도 응답하지 않았다.

대통령은 말 없이 자리에 앉아있었다. 내색하지 않았지만 셔츠가 푹 젖었다. 그는 해야 할 일을 했음에 스스로 만족했다. 대통령으로서 처음으로 뿌듯함을 느낄 수 있었다. 충무공의 목소리가 다시 들리는 것 같았다. 하지만 그것도 잠시, 앞으로 불어닥칠 폭풍을 어떻게 맞아야 할지 근심스러웠다.

'내가 해야 할 일을 했으니 이젠 당당할 수 있다. 내일의 일은 내일 생각하자.'

[뉴스 속보입니다. 북한이 동해상으로 최신식 극초음속 SLBM을 시험 발사했습니다. 더불어 신형 핵잠수함을 선보였습니다. 사거리를 연장한 미사일은 태평양 바다에 떨어졌다고 합니다.

다음 뉴스입니다. 미국 서부 실리콘 밸리에 대규모 정전 사태가 일어났습니다. 인명 피해는 없었지만 샌프란시스코를 포함한 서부 지역 일대는 현재 암흑이 되었습니다. 모든 전자기기들이 제대로 작동하지 않는 상태라고 합니다. 전문가에 의하면 정전으로 인한 순간적인 고압 전류로 전자 회로 기기들이 손상을 입었다고 합니다.]

# 35

병원 앞에 도착했다. 다행히 검은색 옷을 입고 있었다. 늘 검은색 옷만 입으니 며칠 갈아입지 않아도 사람들은 잘 모른다. 평상시였으면 가지 않았을 프랜차이즈 카페에 들렀고 달달한 것을 좋아하는 선배를 위해 화이트 모카, 형수는 소이라떼, 나는 블랙을 주문했다. 병원에는 늘 그렇듯이 사람들이 많았다. 이 많은 사람들이 평소엔 어디에 있었을까. 이렇게 아픈 사람들이 많으니 국민 의료비가 해마다 늘 수밖에 없었다. 올해는 400조가 넘었다. 만성질환이라는 말을 만들어내서 평생 약이 필요한 노예로 전락시켰다. 사람들은 제약업계의 계획적인 희생양이 되었다. 지금 앞에 있는 대다수가 만성질환 환자였다.

"시우야. 여기야."

"어. 선배. 고생 많지? 좀 어때? 괜찮아?"

"오셨어요? 정 기자님."

"형수님. 고생 많으시죠. 정말 너무 안타깝습니다. 뭐라 위로를 해야 할지 모르겠습니다."

"아니에요. 이제야 좀 정신이 들어요. 어쩔 수 없죠. 이렇게 희생된 사람이 우리 엄마만은 아니니까요."

"그렇긴 하지만 이건 너무나 안타까운 일이에요."

"오빠한테 대충 얘기 들었어요. 지금 정 기자님이 조사하는 그 일들. 꼭 좀 진실을 알려주세요. 그래서 더 이상 희생자가 생기지 않도록 밝혀주세요."

"네. 그래야죠. 최선을 다해볼게요. 안 그래도 샘플 가지고 바로 연구소로 가보려고요."

"여기 커피 한 잔 드세요. 식사도 제대로 못하셨을 텐데."

"고마워요. 정 기자님."

선배와 나는 부검실로 향했다. 이미 샘플은 준비되어 있었다.

"시우야. 같이 가지는 못하겠다."

"그럼, 걱정 마. 여기 일만 해도 신경 쓸게 많을 텐데. 그나저나 수진이는 어떡하고?"

"어젯밤에 집에 갔다가 데려왔어."

"다행이네. 수진이도 놀랐겠네. 여하튼 나는 걱정 말고 형수 잘 챙기고. 나중에 연락할게."

"그래. 아 참. 시우야. 내 차 타고 가라. 어차피 며칠 동안 쓸 일이 없을 것 같다."

"오케이. 안 그래도 인천으로 가야 했는데, 잘 됐네. 수고해. 힘내고."

"응. 몸조심해라."

* * *

나는 선배 차를 끌고 인천에 있는 연구소로 향했다. 운전을 하다 보니 아침에 꾸었던 꿈이 생각났다. 괜히 가슴이 아픈 것 같은 느낌이 들었다. 그린에게 전화가 왔다.

"정 기자님. 바빠요?"

"지금 인천에 가는 길이에요. 소개해 준 연구원 만나러요. 왜요? 뭔 일 있어요?"

"추가적인 사실을 몇 가지 알아냈어요. 당시 백신

접종할 때의 자료들을 뒤져보니까. 나노 테크놀로지 기술과 생물 바이오 기술이 많이 합쳐졌어요. 로봇이지만 생물체처럼 번식을 할 수 있다는 거예요. 예를 들면 처음에 백신에는 나노봇이 10개 있었다면, 지금은 몇 년이 지났으니 몇 개나 있을 것 같아요?"

"아주 많겠네요?"

"네. 아주 많아요. 세포는 기하급수로 번식하는 거 아시죠? 주기가 얼마나 되는지는 모르겠지만 아마 온몸에 득실득실할 거예요. 그 말인즉, 약간의 주파수 신호에도 반응할 확률이 더욱 높아진다는 뜻이죠. 이해했어요?"

"네. 알겠어요. 그린이 잘하는 걸 이제부터 시작해야겠네요?"

"네? 뭘요?"

"해킹이요. 몸 안에 들어가 있는 것도 결국 일종의 로봇이잖아요. 나노 기술이니까요. 그걸 활용할 수 있는 방법도 있겠죠? 몸 밖으로 빼내는 방법도 있을 것 같고요."

"찾아볼게요. 연구원 만나면 그 녀석들의 메커니즘과 약점에 대해서 꼭 물어봐 줘요."

"알겠어요. 잘 정리해서 브리핑할게요. 나중에 봐요."

"오케이."

* * *

인천에 있는 장인석 연구원의 집 앞에 도착했다. 2층으로 지어진 신형 단독주택이다.

그는 반갑게 맞아주었고 바로 지하실로 안내했다.

"친구의 부탁이 아니라면 이렇게 만나지는 않았을 겁니다. 워낙 친한 친구기도 하고 믿을만하다고 하셔서 허락했습니다."

"네. 고맙습니다. 이건 정말 중요한 일인데요. 전문가가 몇 없다고 들었습니다. 꼭 좀 살펴봐주시고 조언을 주시면 좋겠습니다."

"아시다시피 나노봇에 관련된 것은 모두 극비사항입니다. 요즘은 조금만 잘못하면 산업스파이로 의심받고 쫓겨나죠. 단순히 쫓겨나는 것이 아니라 이 세계에서 영원히 추방입니다. 그만큼 위험해요."

"그만큼 위험하다는 것은 정말 귀중한 정보들을 알고 계신다는 거군요. 일단 이걸 한 번 봐주세요."

지하실은 일종의 작은 실험실과 서재를 겸하는 것 같아 보였다. 가지고 간 조직 샘플을 일부분 떼어서 책상 위에 있는 광학현미경으로 살펴보았다.

"음. 이건 초창기 모델이네요. 하이퍼 C1입니다. 얘네들은 나노봇 초기 모델로 M사에서 바이오 생명공학과 함께 연구되었어요. 스스로 자가 번식을 할 수 있는 나노봇입니다. 믿을 수 없으시겠지만 작은 칩에는 생체정보와 DNA가 담겨있습니다. 세포의 핵이나 마찬가지죠. 일반적으로 세포는 번식할 때 자식 세포에게 부모의 DNA 정보를 넘겨줍니다. 자식 세포는 겉 보기엔 나노봇처럼 보이지 않습니다. 그냥 세포처럼 보이죠. 하지만 부모에게 받은 DNA 정보는 살아있습니다. 그래서 특정 전기신호나 주파수에 반응을 하게 됩니다. 하이퍼 C1에는 대략 10개 정도의 명령을 수행할 수 있는 능력이 있고. 몸 안의 특정 부위로 이동, 특정 세포 파괴, 자가 증식, 분열, 집합 등을 할 수 있습니다. 초기 모델이지만 기능은 다 있죠. C2는 기능을 좀 더 보완해서 개발되었습니다. 전파 수신력이 더 좋아졌죠."

"이 작은 것이. 눈으로도 잘 안 보이는데, 그런 세밀한 기능을 넣을 수 있다는 것이 놀랍네요."

"반도체에 비하면 이건 뭐 대단한 것도 아니죠. 사실. 요즘 나노봇은 아주 작은 컴퓨터가 내장되어 있다고 보시면 됩니다. GPS 기능까지도 추가된 모델도 있죠. T1 모델이 가장 널리 퍼졌습니다. 2021년 말부터 S 그룹에서 생산되어 전 세계로 나갔죠. 지금 말하는 내용들은 전부 극비인 거 아시죠? 하지만 저에게도 이런 일이 생기니까 뭔가 짜릿한 기분이 듭니다."

장인석 연구원은 비밀리에 벌어지는 만남을 즐기고 있는 듯 보였다. 신중하게 말을 하는 그의 모습에서 평소 성격이 묻어났다.

"여기는 안전한 건가요? 도청이나 이런 거 되는 건 아니겠죠?"

"아마 안전할 거에요. 제가 나름 신경 써서 보안 유지를 하고 있습니다. 여하튼 이건 좀 더 비밀스러운 이야긴데요. 사실 저도 처음에 인천 바이오 연구소에 오기 전까지는 이 분야에 기초 지식밖에 없었습니다. 하지만 한국 사람들이 뭐든 빨리 배우잖아요. M사의 샘플을 보면서 우리는 3개월 만에 시제품을 만들었습니다. 그것도 2배 이상의 기능이 있는 제품을요. 무엇보다 모회사인 S 그룹은 세계 최고의 전자 기술들이 있기 때문에 재미있는 연구를 할 수 있었습니다. 자금 지원도 확실하고요. 앞자리가 T로 시작하는 제품은 우리가 만든 제품입니다. 빠르게 우리 기술로 바꾼 이유는 혹시라도 나중을 대비하기 위한 보험이었습니다. 물론 총수님의 특별 지시와 전폭적인 지원이 있었죠. 매우 기대가 컸습니다. T1, T2는 여기에서 스마트폰으로 미세 조절도 할 수 있습니다."

"네? 뭐라고요? 그게 말이 됩니까?"

"정 기자님. 보고 계시면서도 아직 현실을 못 믿으시는군요. 지금 제가 얘기하는 것은 현실이에요. 미래의 이야기가 아니고요. 잠깐만 계세요. 제가 보여드릴게요."

나는 미래에서 온 사람과 이야기를 하고 있었다. 내가 알고 있던 현실과는 매우 다른 세상의 이야기를 쏟아내는. 장 연구원은 서랍에서 작은 은색 상자를 가지고 왔다. 그리고 나에게 상자를 내밀었다.

"이건 뭔가요? 안에 뭐가 들어있는 거예요?"

"놀라지 마세요. 천천히 열어보시죠."

# 36

나는 조심스럽게 뚜껑을 열었다. 처음엔 아무것도 없는 줄 알았는데 아주 작은 알갱이들이 움직이고 있었다. 눈에 힘을 주고 가까이 들여다보았다. 나는 믿을 수가 없었다. 꿈에서 봤던 바로 녀석들이었다. 바로 그 나노봇이었다. 깨알 같은 나노봇에는 다리가 달려있었고 안에서 움직이고 있었다. 그러다가 나를 의식했는지 잠시 동작을 멈췄다. 그리고는 다시 움직이기 시작했다.

"여기요. 돋보기로 보시면 더 잘 보일 거예요."

"으아!! 살아서 움직인다!!"

"하핫. 놀라지 마시라니까요. 잠깐만 계셔보세요. 잠깐만요."

연구원은 자신의 손바닥에 나노봇을 쏟았다. 그리

고 스마트폰을 몇 번 눌렀다. 나노봇들이 여기저기 몸을 타고 돌아다닌다. 그러다가 귀와 코를 통해 그의 몸 속으로 들어갔다.

"몸 안으로 들어갔잖아요? 괜찮아요? 인석 씨!!"

"잠깐만 더 놀라고 계세요. 아직 안 끝났어요."

"이걸 잠시 들고 계세요."

건네준 스마트폰을 보니 인체의 이미지가 보였고 그 안에 나노봇이 돌아다니는 것을 알 수 있었다. 이건 일종의 인체 지도였다. 나노봇은 그의 몸 안을 돌아다니며 생체 정보를 실시간으로 알려주고 있었다.

"잘 보세요. 혈중 산소와 이산화탄소, 헤모글로빈, 백혈구 수치 등등 얘네들이 알려 주는 거예요. 이렇게 직접 몸 안에 들어가서 이상이 있는 곳을 점검해 주는 아이들이에요. 그리고 정상적이지 않은 곳을 찾아내죠. 그러면 그 부위를 치료하면 됩니다."

"이게 현실이라고요? 저는 과거에서 온 사람인가요. 믿을 수가 없네요."

"네. 이게 현실이고 미래입니다. 우리는 M사의 기술을 우리 것으로 만들었고 앞으로 미래를 책임질 의학용 나노봇으로 발전시켰어요. 할 수 있는 일은 무궁

무진합니다. 이제 조금만 더 기술을 발전시키면 얘들이 직접 치료도 할 거예요. 백혈구를 대신해서 도와주는 거죠. 몸 안에 함께 살면서 치명적인 병원균이나 바이러스를 즉시 제거하기도 하고 신체의 이상이 있는 것도 미리 알려주는 거죠. 미래 기술입니다. 그 밖에도 준비된 기술이 많지만 너무 놀라시니까 그만할게요."

"정말 대단합니다. 놀라워요."

"하지만 기술을 좋은 쪽으로만 쓰는 것은 아니잖아요? 인간은 그렇죠. 신기술이 생기면 무기로 먼저 쓰려고 합니다. 적을 제압하고 자신이 강해지기 위해서요. 그렇게 세상을 정복하려는 사람들이 있어요. 핵무기와 원자력 에너지는 한 끗 차이잖아요.  M사는 양면성을 모두 가지고 있어요. 반반의 얼굴을 하고 있는 야누스죠. 바이오 생명공학, 유전학, 나노 테크놀로지를 활용해서 인간을 채굴 도구로 쓰는 것이 목적입니다. 죽을 때까지 자신들이 만든 약을 먹게끔 하는 것이죠. 한 번 빨대를 꽂으면 죽을 때까지 피를 빠는 모기 같은 거죠. 유일하게 다른 점은 절대 죽지 않는 모기라는 거에요. 무섭죠."

"대략은 알고 있었지만, 오늘 들은 얘기는 정말 충

격적입니다. 그리고 신 기술을 직접 목격한 것도 그렇고요. 그럼 이제 본론으로 들어가죠. 며칠 전부터 노인층에서 혈전으로 사망한 분들이 늘어나고 있습니다. 오늘 아침 기사로 인해서 약간은 멈출지도 모르겠지만 기술적으로 차단하는 방법에 대해서 알아야 합니다. 우리는 이걸 꼭 막아야 해요. 지금은 노인층이지만 전 연령을 대상으로 살생을 시작할 겁니다."

"기자님이 쓰신 기사는 봤습니다. 컴돌이한테 얘기도 대충 들었고요. C1 모델이 제일 많이 퍼져 있어요. 노인층은 대부분 C1이 몸 안에 들어있을 거에요. 백신을 추가로 접종한 사람들은 C2도 섞여 있고요. 엔지니어로서 저의 의견은 T2를 전 국민의 몸속에 이식하는 겁니다. T2의 기능을 업그레이드해서 몸 안을 돌아다니며 C1, C2를 제거하고 자식 세포들까지 제거하는 거죠. 가장 원천적인 방법입니다. 천적을 풀어서 박멸하는 겁니다. 어떻게 생각하세요?"

"가장 확실할 것 같네요. 내 몸 안에 저 녀석이 돌아다니는 걸 느끼지만 않는다면요. 아 그럼 지금 바로 저 녀석이 임무를 수행할 수도 있나요?"

"그럼요. 그 정도는 금방 하죠. C1의 기본 코드가 있으니까요. 금세 가능합니다. 기자님이 한 번 테스트해 보시는 건 어떨까요? 인류를 위해서요."

장인석 연구원은 나를 보면서 웃었다. 거절할 수가 없다. 내가 여기 온 것도, 내가 해야 할 일도 바로 이것을 위했던 것인지도 모르겠다. 나는 떨떠름한 표정으로 고개를 끄덕였다.

"그럼 지금 바로 진행할게요. 어차피 정 기자님에게도 잘 된 일이에요. 백신 맞으셨었죠? 이젠 M사에게 놀아나지 않을 테니까요. 걱정 마세요."

"꿈이 현실이 되는 경험해 본 적 있으세요? 저는 아직도 이게 꿈인지 현실인지 분간이 안됩니다."

"조금 이물감은 있지만 크게 불편하진 않을 거예요. 워낙 작아서 처음에만 간질거리는 느낌입니다. 갑니다. 얘들아 가라. 가서 나쁜 녀석들 다 잡아라."

"오 이런. 들어온다."

나는 작은 알갱이들이 나에게 올라오는 것을 보았다. 몸속으로 들어가는 순간 나도 모르게 눈을 꽈악 감았다. 생각만큼 불쾌하지는 않았고 귓속이 간지러웠다. 꿈속에서 느꼈던 것처럼 오장 육부가 뜯어지는 고통도 없었다. 이 작은 녀석들이 나를 지켜준다고 생각하니 안도감마저 느껴졌다. 다가올 미래는 상상으로도 예측하기가 힘들었다. 어릴 적엔 그저 하늘을 나는 자동차가 있는 미래를 그리는 정도였지, 몸속을 날아다니는 로봇은 생각지 못했다. 이제 인간의 몸까지 해킹 할 수 있는 시대가 되었다. 우리 몸을 방어할 수 있는 방법이 과연 있을지 궁금해졌다.

"담배 태우세요? 정 기자님? 니코틴이 약간 검출되네요. 많이는 아니고."

"와우. 그런 것도 나오나요. 정말 비밀이 없네요. 가끔 피워요. 많이는 아니고."

"하는 김에 종합검진 들어갑니다. 크게 이상은 없어요. 수치도 다 괜찮고. 콜레스테롤은 좀 높은 편이네요. 채소를 좀 많이 드시고 육류를 줄이세요. 요즘 대세잖아요."

"그거야 다 알죠. 알아도 못하고 있는 것뿐이에요. 뭐 이젠 T2가 있으니 알아서 고쳐주지 않을까요?"

"그건 아니에요. 병원균이나 바이러스는 잡을 수 있어도 병 자체를 고칠 수는 없습니다. 그건 스스로 해야 할 일이에요. 어쨌든 비타민 B, C, D 모두 부족합니다. 잘 챙겨 드세요. 나머지는 크게 이상 없네요."

"알겠어요. 내 몸속에 나쁜 놈들이나 얼른 처리해 줘요."

"음... 그런데 시간이 좀 걸리겠어요. 생각보다 많아요. 여기저기 너무 많네요. 백신 몇 번 맞으셨어요?"

"두 번, 부스터 샷까지 세 번이요."

"그렇게 맞은 사람들이 꽤 많죠. 그럼 C2 코드도 입력을 해야겠네요. 갑자기 생각난 게 있는데 얘네들이 주파수로 신호를 받거든요. 5G나 6G도 그렇고. 그러니까 주파수 자체에 뭔가를 하면 얘네들을 계속 잠재울 수도 있을 것 같다는 생각이 듭니다."

대화를 하다 보면 절로 해결책이 생기는 경우가 있다. 지금이 바로 그 순간이었다. 주파수 신호를 알면 막을 수 있을지도 모른다.

"정말 좋은 아이디어에요. 5G 주파수 영역이 어떻게 되는지 찾아봐야겠네요. 그 주파수 영역에서 C1, C2를 잠재우고 깨우고 하는 명령 코드의 같은 주파수를 찾으면 막을 수도 있겠어요."

"그건 좀 시간이 걸릴 것 같은데요. 제가 좀 있다가 테스트를 해볼게요."

"이건 오래 걸릴까요? T2의 놀이 시간이 꽤나 길어

지는 것 같은데요."

"백신 맞은 지 오래돼서 몸 안에 여기저기 많이 퍼져있을 거예요. 예상 시간이 이틀이나 뜨네요. 이걸 어쩌죠? 여기 그렇게 오래 계실 순 없고."

"이틀? 처음에 그렇게 얘기해 주시지 그랬어요?"

"저도 처음 해봤어요. 기자님. 오늘 첫 실험 대상자잖아요."

"그럼, 일단 여기까지 하고 가볼게요. 얘들 좀 빼주세요."

"안돼요. 지금 빼면. 신나게 놀고 있는데요. 그냥 데리고 가세요. 나중에 반납하시고요. 제가 작업 다 끝나면 나오게끔 세팅해 놓을게요. 요 상자에 담아서 나중에 주세요. 엄청 비싼 거니까 잃어버리지 마시고요."

"이런. 결국 얘들이랑 같이 이틀이나 살아야 하는 거예요? 정말 오래 살고 볼 일이네."

"그럼 우리 얘들 잘 부탁드려요. 저는 나쁜 놈들 괴롭힐 주파수 테스트를 해볼게요."

"알겠습니다. 오늘 만나 뵙게 되어서 여러모로 큰 도움이 되었습니다. 추가적으로 또 부탁드려요."

"네. 연락드리겠습니다."

나는 몸 안에 수십 개의 T2 브라더스와 함께 장 연구원의 집을 나왔다. 지하실로 들어간 그 순간부터 미래 세계에 간 것 같은 착각이 들었는데, 실제로 그랬다. 하지만 우리가 상대하는 그들은 미래의 기술을 가진 자들이다. 좀 더 상상력을 발휘해야겠다는 생각이 들었다. 걸을 때마다 조그만 은색 상자가 가방 안에서 부딪히며 청명한 소리를 냈다.

# 37

'돋보기' 프로젝트가 실행되고 3일 후. 청와대에는 미국 대사와 한 남자가 대통령을 만나기 위해 3시간째 기다리고 있었다. 대통령은 다른 일들을 핑계 삼아 이들을 만나고 싶지 않았다. 불쑥 찾아온 불청객은 대접받지 못했다. 2시간이 더 지나서야 접견 차례가 되었다.

"이렇게 갑작스럽게 찾아뵙게 되어서 죄송합니다. 대통령님."

"안녕하십니까. 대사님. 무슨 일로 이렇게 급하게 오신 건가요? 회의가 많아서 시간을 내기가 쉽지 않았습니다."

"네. 그럼에도 불구하고 급한 일이라서 이렇게 달려왔습니다. 여기 데니스는 구면이시지요? 함께 왔습니다."

"안녕하세요. 대통령님. 다시 뵙게 되었습니다."

"황 국장님. 다시 만날 줄은 몰랐네요."

"아마. 오늘이 마지막이 될 겁니다."

미국 대사는 명목상 함께 왔을 뿐, 황 국장이 만남을 주도했다. 글로벌 거버넌스는 더 이상 지체할 수 없었다. 이대로 두면 그들에게 너무 위험했다. 이미 커다란 타격을 받았기 때문에 적절한 조치가 필요했다. 그들의 모든 계획이 틀어졌다. 2년 동안의 준비 작업이 허사가 된 상황이었다.

"앉으시지요. 따뜻한 차 한 잔씩 드십시오. 백설 차입니다. 티벳의 고산지대에서 가져왔다고 합니다."

"네, 고맙습니다."

잠시 침묵이 흘렀고 흰색 찻잔에는 맑은 청록색 빛이 우러났다.

"티벳에 가보셨습니까? 달라이 라마를 마주하며 인생의 목적과 행복에 대해 여쭙고 싶어지네요. 앞으로의 삶에 대해서도요."

"티벳이라. 멋지네요. 향이 아주 독특하군요. 언제나 여유가 있으십니다. 대통령님은."

"이럴 때 아니면 언제 여유를 부려보겠습니까. 인생은 다 때가 있다는 것을 알게 되었습니다. 모든 것은 적절한 시기가 있는 법이지요. 그러니 지금 이 순간을 즐기지 않으면 언제 즐길 수 있겠습니까."

"오늘 제가 온 이유는 아시겠지요?"

"짐작은 하고 있습니다. 저에게 삼 일의 시간은 준비하기에 충분한 시간이었습니다. 천천히 말씀하시죠."

"대사님은 잠시 밖에 계시죠. 대통령과 둘이서만 대화를 하겠습니다."

미국 대사는 조용히 커다란 문을 열고 옆방으로 갔다. 미국 대사를 아이 다루듯이 하는 권력이 있는 것을 보니, 황 국장의 존재감은 우월했다. 방 안에는 대통령과 황 국장 두 사람만이 커다란 테이블을 마주하고 있다.

"저는 정치는 잘 알지 못합니다. 군인에 더 가까운 삶을 한 평생 살아왔습니다. 그래서 그런지 명령을 받고 임무를 수행하는 것에 편안함을 느낍니다. 하지만 저와는 다른 사람들이 있겠죠. 권력을 가진 지도자는 명령을 내리고 자신의 뜻을 실행합니다. 대통령은 권력자에 가깝겠죠?"

"결정을 해야 하는 순간이 많죠. 하지만 모든 결정

이 항상 옳은 것은 아닙니다. 지나고 보면 후회할 결정도 많이 했죠. 그래도 또 결정해야 하고 다시 올바른 방향으로 가기 위한 노력을 합니다. 그 과정의 반복이죠."

"대통령의 권한은 국가에 속하지만 어떤 이들은 그 이상을 바라기도 합니다. 몇몇 나라를 합치기도 하고 전 세계를 손에 넣고 싶어 하지요. 그렇게 권력은 목적이 되어버리고 대통령 말씀대로 결정과 후회를 반복하면서 옳다고 생각하는 방향으로 갑니다. 제 생각엔 옳고 그른 것은 의미가 없습니다. 방향만 있을 뿐이죠."

"방향이라. 결국 우린 방향이 다를 뿐이군요. 그 권력자와 나는 방향이 다른가 봅니다."

"그 사람은 원하는 것이 많습니다. 단순히 인구 소멸만을 원하는 것은 아니죠. 이 세상을 소유하고 새로운 인류를 만들고 싶어 합니다. 끝없는 기술의 발전을 원하고 죽음을 정복하고 싶어 합니다. 가장 힘들어하는 것이 기다림입니다. 인간은 기다림에 가장 취약하니까요. 생명은 다하기 마련이라 시간이 많지 않습니다. 그래서 늘 조바심에 재촉을 하곤 합니다. 하나라도 계획이 어긋나게 되면 무섭게 다그칩니다. 대통령은 너무나 큰일을 하셨습니다. 지금까지 이렇게 계획을 어긋나게 한 사람은 없었으니까요.”

“칭찬으로 받아들여야겠군요. 그 사람과 지금 대화를 하고 싶습니다. 가능하겠죠?”

황 국장은 전화를 걸었고 영상 통화를 할 수 있도록 준비를 했다. 대통령과 X는 서로를 마주 보았다.

“안녕하십니까. 대통령님. 반갑습니다.”

“안녕하십니까. 드디어 얼굴을 보는군요. 실제로 만났으면 더 좋았을 텐데요.”

“실제로 만난 적은 없지만 이미 서로가 잘 알고 있을 것 같은데요. 저는 대통령의 얼굴을 많이 봐서 그런지 매우 친근하게 느껴집니다.”

“저도 그렇게 느껴지네요. 지금 마시고 있는 백설차를 함께 하지 못해서 아쉽습니다.”

“그건 저도 아쉽네요. 저는 대한민국의 기술과 전략에 매우 놀랐습니다. 이번 일에 매우 충격을 받았고요. 함께 하시는 줄 알았는데, 이렇게까지 하실 줄은 몰랐습니다. 예상치 못한 커다란 추억을 선물해 주셨습니다.”

“선물은 예상할 수 없어야 제맛 아니겠습니까. 우리는 많은 것을 고려해서 아주 작은 선물을 골랐습니다.”

“아닙니다. 충분히 큰 선물이었습니다. 그래서 저도

선물을 준비했습니다. 괜찮으시겠습니까?"

"선물은 주고받아야 이치에 맞겠죠. 하지만 이번에는 사양하고 싶습니다. 이미 많은 것을 가지고 있어서 선물이 없어도 괜찮습니다."

"제가 빚을 지고는 못 삽니다. 두 가지 선물 중 하나를 고르시면 됩니다. 하나는 대한민국입니다. 그리고 또 하나는 바로 당신입니다. 어떤 걸로 하시겠습니까?"

대통령은 미간이 좁아졌다. 이마에 잡힌 주름엔 지난 세월의 모든 고뇌가 담겨 있었다. 하지만 이내 얼굴이 평온해졌다.

"선물을 고를 수 있도록 배려해 주시니 참 좋군요. 이제야 모든 것을 이해할 수 있게 되었습니다. 과거 선배들이 왜 그리도 산을 좋아했는지 알겠네요. 그리고 청와대 뒤에 존재하는 산의 의미도 알겠습니다. 이 정도면 답이 되겠습니까."

"잘 이해했습니다. 함께 할 수 없어서 아쉽지만 선택은 당신이 하신 겁니다. 그 선택에 후회가 없으시길 바랍니다."

"선택은 고를 수 있지만 결정은 되돌릴 수 없습니다. 저는 결정을 했습니다."

"그럼 그 결정을 존중하겠습니다. 최대한 빨리 보여 주시기 바랍니다. 이게 저의 마지막 배려입니다."

"알겠습니다."

대통령은 통화를 마치고 황 국장을 바라보았다. 황 국장은 대통령의 시선을 마주 받을 수 없었다. 가만히 백설 차가 담긴 잔을 손에 쥐고 찻물만 바라보고 있었다. 차의 온기가 점차 사라지고 있었다.

"이제 그만 돌아가겠습니다. 대통령님."

"수고하셨습니다. 약속은 반드시 지켜야 한다는 것을 잊지 마십시오."

"약속은 늘 지키셨습니다."

"알겠습니다."

대통령은 오후의 모든 스케줄을 취소하고 혼자만의 시간을 보냈다. 정리해야 할 일들을 하나씩 떠올려보았다. 창밖의 노송은 오후의 햇살을 담뿍 머금고 있었다. 햇살이 비추는 시간은 영원하지 않을 테니까.

# 38

서울의 강남이 한눈에 내려다보이는 오피스에 전화가 울렸다. S 그룹의 비서실이다. 일상적이지 않은 전화에 놀랐지만 이내 침착하게 응답했다. 총수는 혼자 있는 것을 좋아했다. 커피잔을 손에 들고 창밖의 세상을 바라보고 있었다.

"안녕하십니까. 대통령님."

"안녕하십니까. 총수님."

"잘 지내셨지요? 따로 뵙기가 여의치 않아 전화를 했습니다. 괜찮으신가요?"

"그럼요. 괜찮습니다. 잠시 오후의 햇살을 느껴보고 있었습니다."

"오후 볕이 따사롭지요. 저도 참 따뜻하다는 생각을

하고 있었습니다."

"어쩐 일이신가요? 제가 도와드릴 일이라도."

"부탁을 드리고자 전화드렸습니다. 마지막 부탁입니다."

"마지막 부탁이라뇨. 무슨 말씀이신지…"

"총수께서도 알고 계신지 모르겠지만, 저는 맡은 소임을 다 한 것 같습니다. 이제 정리를 하는 중이지요. 그러던 중 총수님 생각이 나서요."

"갑작스럽지만. 그래도 제 생각을 해주셨다니 고맙습니다. 말씀하십시오."

"따지고 보면 우리가 생각보다 많은 일을 함께 하지 않았습니까? 복잡하게 얽힌 일들도 있었지만 나라를 위해서 각자의 상황에 맞게 최선을 다했다고 생각합니다. 그래서 지금 이 자리까지 왔고요. 명실상부하게 S 그룹이 세계 정상에 서게 되어서 저는 매우 기쁩니다. 하지만 그 때문에 염려도 됩니다. 글로벌 거버넌스는 대한민국을 원하고 있습니다. 그 말은 S 그룹을 원한다는 것이죠. 아마 끝없이 탐낼 겁니다. 쉽지 않은 싸움이겠지만 잘 이겨내시기를 바라겠습니다.

대한민국은 며칠 전 글로벌 거버넌스가 진행하던

프로젝트 일부를 막아냈습니다. 막아내는 것을 넘어서 파괴했습니다. 아마 그들은 향후 2~3년은 복구하는 데 힘을 쏟아야 할 겁니다. 어쩌면 그보다 빨리 복구가 될지도 모르겠습니다. S 그룹이 조금 더 격차를 벌릴 수 있는 기회입니다. 이 기회를 잃지 마십시오. 앞으로는 나라 간의 경쟁을 넘어서 기술의 진보가 모든 것을 뛰어넘을 것입니다. 첨단 기술이 곧 힘이고 미래입니다. 조금 더 보태자면 기업이 한 나라보다 할 수 있는 일이 더 많아질 겁니다. 그래서 총수가 생각났습니다."

"깊은 이야기를 꺼내시는군요. 무슨 일이 있으십니까?"

"말씀드렸다시피 저는 이제 마지막을 향해 갑니다. 그들과 거래를 했습니다. 대한민국과 이 한 몸을 바꾸기로요. 이 정도면 수지맞는 거래 아닙니까? 사업가로서 어떻게 생각하십니까?"

"비교 대상이 잘못된 것 같습니다만."

"이미 거래는 끝났습니다. 우리가 공격을 하긴 했지만 그들이 이미 공격을 시작했기 때문에 어쩔 수 없는 선택이었습니다. 막아낼 것은 확실히 막아야 하지 않겠습니까. 그리고 막는 김에 상대편에게도 제대로 약을 올렸죠. 이젠 다시 책임을 져야 할 차례입니다. 그들에게는 힘이 있고 우리는 아직 감당하기가 버겁습니다. 그래서 총수께 부탁을 드리는 겁니다. 앞으로의 대한민국을 잘 지켜달라는 부탁입니다."

"제가 그런 일을 감당할 수는 없습니다. 저는 사업을 하는 사람입니다. 태생이 다릅니다."

"S 그룹에 속해 있는 사람들이 얼마나 많습니까. 총수는 이미 많은 것을 책임지고 계십니다. 충분히 그럴 능력도 있고요. 세계 최고의 기술을 발전시키십시오. 대한민국이 다시는 짓밟히지 않도록, 그 누구도 따라오지 못하도록 말입니다. 그리고 그들처럼 야욕에 눈이 머는 것이 아니라 좋은 쪽에 기술을 써주시면 좋겠습니다. 돈을 버는 것은 중요하지만 어떻게 버느냐가 더 중요하지 않겠습니까."

"지난번에 이야기를 나누면서 저도 나름대로 생각을 해보았습니다. 앞으로의 방향에 대해서도요. 하지만 일부는 찬성하고 일부는 다른 생각이 들었습니다. 지금 대통령께서 흔들리신다면 앞으로는 어떻게 될지 알 수 없습니다. 다른 방법은 없겠습니까?"

"다른 방법은 없습니다. 이미 결정했습니다. 내일

모든 것은 마무리됩니다. 총수께서는 방향을 잘 잡아 주시면 그걸로 됩니다. 원자력에 대해 연구한 과학자들은 두 부류로 나뉘었습니다. 잘 활용하면 인류에게 큰 도움이 되는 에너지로 활용할 수 있는 것이고 또 하나는 이 세상을 정복할 수 있는 최고의 무기로 쓰는 것이었죠. 총수는 어떤 선택을 할 것 같습니까. S 그룹이 가진 모든 기술과 앞으로의 기술들을 올바르게 써주시고 악용하려는 세력들과 타협하지 마십시오. 잠시 욕심에 눈이 멀었던 저처럼 되지 마시고 끝까지 뜻을 지키시길 바랍니다."

"말씀 잘 새기겠습니다. 부디…"

"여기까지 하겠습니다. 마무리 인사가 길어지면 괜히 어색해집니다. 고맙습니다."

무슨 말을 해야 할지 망설이는 그 순간에 전화는 끊어졌다. 총수는 마무리 인사도 제대로 하지 못했다. 이번엔 혼자 보내는 시간이 좀 더 길게 필요할 것 같았다. 오후 햇살은 여전히 따사로웠다.

다음 날 아침. 뉴스 속보.

[대한민국 대통령. 북악산에서 숨진 채 발견.]

한 나라의 대통령이 목숨을 잃었다는 것은 시사하는 바가 매우 크다. 대한민국은 오늘부로 선장을 잃은 배가 되었다. 어디로 가야 할지 방향을 잡지 못한 채 거센 물살에 떠 밀려갔다. 개혁을 하기엔 너무도 짧은 시간이었고 변화의 물결은 미미했다. 장기를 두다 보면 함정에 빠져 더 이상 나올 수 있는 방법이 없을 때가 있다. 외통수, 상대방이 빠져나갈 수 없는 상황을 만들어 계획된 덫에 몰아넣는다. 인간의 심리를 약점으로 잡고 감정을 이용해 교묘하게 덫으로 몰고 간다. 스스로 목숨을 끊는다는 방법적인 것을 뒤로하면 과연 그것을 자살이라 말할 수 있을까. 최고의 자리에서 맞이하는 죽음에는 늘 의문이 뒤따른다. 죽은 자는 말이 없고 역사는 감춰진다.

# 39

2023년 1월. 미국 라스베이거스. 전 세계의 최신 전자기기들을 한눈에 볼 수 있는 'CES 2023'이 시작되었다. 두 사람은 박람회장도 둘러볼 겸 이곳에서 만나기로 했다. 피라미드 모양의 호텔 꼭짓점에 위치한 VIP 라운지에는 오랜만에 만난 두 사람을 위한 자리가 마련되어 있었다. 두 사람 모두 편안한 차림의 셔츠에 가디건을 겹쳐 입었고 안경을 쓰고 있었다. 피부색만 제외한다면 평온한 얼굴마저 닮아 보인다.

"잘 지내셨습니까? 회장님."

"오랜만입니다. 총수님. 얼굴이 오늘따라 더 좋아 보입니다."

"잠을 잘 자서 그런가 봅니다. 회장님도 좋아 보이

시네요."

"CES 반응은 어떤가요? 괜찮은가요? 부스가 멋지던데요."

"신제품이 몇 가지 나와서 그런지 나쁘지 않습니다. 해마다 새로운 제품을 만들어야 하는 고통이 있긴 하지만 사람들이 호응해 주면 보람이 있죠."

"1위의 자리를 지키는 것이 쉬운 일은 아니죠. 대단합니다."

"최선을 다하고 있습니다. 부친께서 늘 말씀하셨죠. 가족 빼고는 모두 바꾸라고요."

"늘 혁신을 강조하셨군요. 변화를."

"시대의 변화를 따르지 말고, 변화를 만들어 가라고 하셨죠."

"멋진 말입니다. 멋져요. 아주 마음에 듭니다."

"회장님은 요즘엔 어떤 쪽에 관심을 두고 계시나요?"

"늘 그렇듯이 다양하죠. 관심거리는 늘 많습니다. 이제 나이가 있어서 그런지 건강 쪽이 제일 관심이 많이 가네요. 저는 오래 살고 싶거든요. 나의 뇌가 멈추는 것이 가장 두렵습니다."

"건강하게 오래 사는 것이 좋죠. 동양에서는 오복

중에 첫 번째를 장수로 치죠."

"서양이나 동양이나 오래 사는 것은 인간의 본능인가 보군요."

총수는 오렌지 주스를 회장은 콜라를 선택했다. VIP 라운지에는 두 사람 이외에는 손님이 없었다. 총수가 주스를 한 모금 마시고 말을 이었다.

"제가 알기론 생명공학과 유전학, AI 쪽을 모두 융합하신다고 들었는데요."

"그렇죠. 모두 관심 있는 분야거든요. 그 모두를 포함해서 하나로 묶고 싶습니다. 그런 기술이 결합된 인간은 지금의 호모 사피엔스와는 다르겠죠? 뭐라고 부르면 좋을까요?"

"글쎄요. 호모 테크놀로지는 어떨까요?"

"호모 테크놀로지라. 그것도 괜찮겠네요. 아직 이름은 생각하지 못했습니다만. 이론적으로는 가능할 것 같은데 기술적으로는 아직 부족합니다."

"기술은 날이 갈수록 발전하고 있으니 진전이 있을 겁니다. 시간과 자본의 문제지요."

두 사람은 묘하게 서로를 견제하며 대화를 나누고 있다. 부드럽지만 긴장감이 흐르는 대화는 쉽게 끝날 것 같지 않았다.

“기술의 진전이 매우 빠르게 진행되고 있었죠. 대한민국만 아니었다면요.”

“그건 무슨 얘긴가요? 대한민국 때문이라뇨?”

“이미 알고 계시면서 시치미를 떼는 건가요? 대통령이 우리에게 제대로 한 방 먹였잖소. EMP 캐논 말입니다.”

“저야 일반인이니, 자세히는 모르죠.”

“그 사건으로 우리 기술이 많이 날아갔습니다. 한순간에 ‘펑’ 하고 증발한 거죠. 저도 굉장히 놀랐습니다. 말로만 듣던 EMP의 존재감을 확실히 알게 되었습니다. 덕분에 대비하는 법도 알게 되었습니다. 다시 당하면 안 되니까요.”

“덕분에 저희 쪽도 기술적 진보가 있었습니다. M사에서 전수받은 기술을 파악하고 우리 기술로 전환했습니다. 이제 추가적인 특허로 새로운 제품들이 나올 겁니다.”

“오. 놀랍습니다. 놀라워요. 역시 한국인들의 능력은 정말 탁월하군요. 원더풀입니다.”

“지능지수로는 세계에서 제일 높지요.”

"유대인도 뛰어넘는다면서요. 정말 젓가락 때문인가요?"

"저는 그렇게 단순한 이유는 아닐 것이라 생각됩니다. 추가적인 뭔가가 있겠죠. 한국인의 DNA는 다른 점이 있습니다."

"무엇인가요? 그건?"

"비밀입니다. 국가 기밀이거든요."

"아이쿠. 한 방 먹었군요. 역시 한국인들은 남다릅니다."

"자 이제 본론으로 들어가시죠."

형식적인 아이스 브레이크가 지나고 이제 두 사람의 눈빛이 사뭇 달라졌다.

"좋습니다. 잡담은 이 정도면 충분하죠. 총수님. 우리 이사회에 함께 하시면 어떻겠습니까?"

"어떤 이사회를 말씀하시는 건지요? 좀 더 자세히 말씀해 주시면 좋겠습니다."

"아시다시피 세계를 제대로 운영하는 이사회지요."

"저는 이미 우리 이사진들 때문에 질린 사람인데요. 또 다른 이사회에 들어갈 필요까지 있을까요?"

"그럼요. 이건 다르죠. 완전히 다릅니다. 우리는 이

세상을 완벽하게 컨트롤하고 제대로 돌아가게끔 세팅할 겁니다. 지금과는 완전히 다른 세계죠."

"사람들에게 그런 게 가능하다고 생각하십니까? 인간은 모순 덩어리라고 하지 않습니까."

"물론 그렇죠. 그래서 좀 업데이트가 필요하다고 생각됩니다. 신체 능력부터 생각까지요. 폭력성은 없애고 머리는 더 좋게, 바이러스와 질병에는 강하게, 며칠 잠을 자지 않아도 건강을 유지할 수 있게, 조금만 먹어도 활력이 넘치게, 다치거나 손가락이 잘려도 다시 자라날 수 있게, 컴퓨터와 뇌가 연결되어 생각만으로도 사물을 조정할 수 있게, 멋지지 않나요? 전 늘 TV 볼 때 리모컨 찾기가 귀찮았거든요."

"이론과 실제는 다를 것 같습니다만. 인간을 완벽하게 통제하기란 불가능하니까요."

"물론 그렇죠. 지금까지는 그랬습니다. 하지만 우리는 적절한 통제를 할 수 있는 구체적인 방안을 마련했습니다. 이미 천천히 진행 중이고요. 제일 큰 걱정은 우리 이사회 멤버가 죽지 않고 오래도록 살아야 한다는 점입니다. 그래야 지속적으로 우리가 설계한 세상을 유지할 수 있으니까요."

"그래서 바이오 생명공학에 관심이 많으셨군요."

"맞습니다. 예전에 대한민국의 황우석 박사가 우리를 놀래켰었죠. 반신반의했었는데 말이죠. 우린 그때 전폭적인 지원을 약속했었습니다. 결국 거품이 되었지만. 그러고 보니 나를 놀래키는 사람들은 모두 한국인입니다. 그 유전자는 정말 연구해 볼 가치가 있겠습니다."

"한국에 오시면 더 놀라실 겁니다. 마지막으로 한국에 오신 게 언제죠? 2013년인가요?"

"공식적으론 그렇죠. 몇 번 더 다녀갔습니다. 최근에는 못 가봤지만. 갈 때마다 성장하는 모습이 인상적이었죠. 저에게 서울은 잠들지 않는 도시였습니다. 생동감이 넘쳤죠."

"점점 변화가 빨라지니까요. 인터넷으로 모든 것이 연결되고 스마트폰이 생긴 후로는 더욱 빨라졌죠. 언제 어디서든 인터넷에 접속이 된다는 것은 지루할 틈이 없는 것이니까요. 때로는 그 지루함이 필요한데, 현대인은 너무나 자신을 학대하고 있습니다."

"사실 길을 몰라서 그래요. 누군가가 길을 알려주고 인도해 줘야만 대중은 그 길을 갈 수 있습니다. 지금까지 역사를 보면 그렇죠. 지금은 그 역할을 누가 할까요?

저마다 자신이 생각하며 살아간다고 느끼지만 실제로는 이미 노예나 마찬가지에요. 우리는 모든 언론, 미디어와 인터넷, SNS, 유튜브까지 통제하고 있습니다. 대중을 우리의 생각대로 끌고 갑니다. 내일 주가를 내리고 싶으면 그렇게 하면 되죠. 모든 것이 가능합니다. 대통령을 바꾸고 싶다면 적절한 시기에 바꾸면 됩니다. 아기를 낳는 것부터 죽음까지도. 세계의 인구 문제와 식량도. 모든 것은 계획하에 이루어집니다. 역사가 그렇듯이. 우리가 그렇게 역사를 만들고 있는 거죠. 인류는 제대로 된 리더가 필요합니다."

"듣고 보니 그런 이사회에 저를 초대해 주신다는 말씀이시군요. 영광이네요."

"엄청난 영광이죠. 그건 엄청난 일입니다. 전 세계인 중 열 손가락에 꼽는다는 얘기죠."

"오늘따라 아버지가 해주신 말씀이 계속 생각납니다. '나설 때와 나서지 말아야 할 때'를 잘 알아야 한다던 말씀입니다."

"총수님은 듣던 대로 신중한 사람이군요. 동양인들은 그런 신중함이 있어서 참 좋습니다. 서양인은 그런 점을 배워야 할 것 같네요."

"동양이나 서양이나 모두 같지요. 다만 서로에게 다가가는 방식은 다른 것 같습니다. 서양에서는 '정복'이라는 말을 많이 하지요. 동양에서는 '화합'이라는 말을 많이 합니다. 제국주의 시대에도 동양은 서로를 정복하려 하지는 않았습니다. 일본을 제외하고는요. 일본은 서양의 제국주의가 어떻게 세계를 정복해가는지 공부하며 따라 했습니다. 그리고 실제로 적용했지요. 지금이야 모두 지난 일이지만 그 흔적은 상흔이 되어 많은 민족의 가슴에 새겨져 있습니다. 그런 아픔은 DNA에도 영향을 미치지요. 그 DNA는 나라와 민족을 형성하게 됩니다. 지금까지도 일본이 우리와 사이가 좋을 수 없는 이유입니다. 중국도 마찬가지지요."

"그렇군요. 동양의 역사에 대해서는 잘 모르지만 한국, 중국, 일본이 서로 오묘한 관계라는 것은 알고 있습니다. 중국 얘기가 나와서 말인데, 사실 중국은 화합보다는 정복을 선호하지 않나요? 제가 보기엔 그런데요. 총수님의 동서양 이론은 실제와는 다른 것 같습니다. 최상위 권력자는 늘 정복을 꿈꿉니다. 완전한 정복 말입니다."

"그럴 수도 있습니다. 하지만 우리 대한민국은 예로

부터 평화를 사랑했습니다. 이유가 없다면 전쟁을 하지 않았습니다. 수천 번의 전쟁이 있었지만 먼저 시작한 전쟁은 손에 꼽습니다. 하지만 아직까지 건재합니다. 우리는 자주적이고 독립적인 민족입니다. 누군가의 통제나 억압에는 견디지 못합니다. 그게 대한민국의 DNA입니다. 정복을 거부하는 정신이 있습니다."

"그러니까 그걸 잘 알고 있는 총수님이 통제하면 되지 않겠습니까."

"글쎄요. 이런 방식으로는 불가능할 겁니다. 회장님께서 주신 제안은 잘 생각해 보겠습니다."

"이 자리에서 바로 결정하기 힘들다는 얘기군요. 이런 게 동양의 미덕이라고 배우겠습니다."

"그렇게 생각해 주신다면 감사하겠습니다."

회장은 잠시 자세를 바꾸며 귀를 긁적였다. 애써 평온함을 유지하고 있지만 처음과는 다른 굳은 표정이다. 자신의 의견을 제대로 받아들이지 못하는 동양인과의 대화에 슬슬 지쳐가는 것처럼 보인다. 남아있는 콜라를 마저 얼음 잔에 부었다.

"마지막으로 말씀드리고 싶은 것은. 인간은 완벽하지 않다는 것입니다. 그래서 이사회에서 지성과 기술을 바탕으로 전인류를 이끌려고 하는 겁니다. 모든 이들이 자유를 누린 결과를 보십시오. 지구는 황폐화 되어가고 몹시 망가졌습니다. 이대로 두면 더 이상 회복이 불가능하죠. 이건 우리의 기술로 되돌릴 수 없습니다. 쓸 만큼 쓰고 화성으로 떠난다고 해도 아직은 무리수입니다. 자유를 제대로 누릴 자격이 없는 자들은 철저히 구분을 해야 합니다. 통제된 사회에서 제한된 자유가 제가 생각하는 사회입니다."

"우리는 누구나 부족함이 있을 수 있습니다. 오류가 있을 수 있고요. 이사회도 마찬가지입니다. 완벽할 것이라 생각했던 이사회의 잘못된 결정은 전 인류를 멸망으로 이끌 수 있습니다. 자연 생태계에 수많은 생명이 존재하는 이유는 서로의 부족함을 채우는 공생관계에 있습니다. 강제적인 통제가 아니고요."

"이사회에는 인간이 아닌 AI가 함께 합니다. 인간은 약점이 많은 생명체라는 점을 우리는 잘 알고 있습니다. 우리는 AI가 우리의 의견에 동의하는 것들만 실행합니다. 수백 번 시뮬레이션을 통해 결과를 검증합니다. 인간의 약점을 보완하는 역할이죠. 즉 기술이 우리를 완벽하게 만들 것입니다."

"저는 '완벽'이라는 단어를 우리가 쓸 자격이 있는지는 모르겠습니다. 지금 이 순간에도 우리는 어제보다 조금씩 의식적으로 진화하고 있습니다. 느린 속도지만요. 때로는 속도보다는 방향이 중요하지요. 하지만 그 속도를 강제적으로 올리면 튕겨 나갈지도 모릅니다."

"우리는 방향과 속도를 모두 컨트롤할 겁니다. 저에게 주어진 시간이 무한하지 않으니까요. 그 시간을 확보해야 합니다."

두 사람은 어색하게 자리를 마무리했다. 총수는 처음부터 어떤 얘기를 할지 알고 있었다. 하지만 쉽게 이야기할 상대가 아니었다. 마음속의 외침과 겉으로 보이는 모습을 다르게 유지해야 했다. 속내를 드러내지 않는 것이 협상에서 중요하다는 것은 익히 알고 있었다. 이 자리에서 적을 만들 필요는 없었다. 그리고 아직까지는 스스로의 생각도 완벽하게 정리가 되지 않았다. 총수는 자리에서 일어나며 작은 은색 박스를 챙겼다.

# 40

토요일 오후 서울 시내에는 차가 많이 밀렸다. 차가 막히면 생각에 빠져들기 좋다. 앞 차의 빨간색 뒤꽁무니를 쳐다보면서 이틀간 복잡해진 머릿속을 정리해 보았다. 산신령에게 들은 숨겨진 이야기들을 바탕에 깔고 방금 만난 연구원의 새로운 기술까지 연결시켰다. 그린과 합작해서 5G 수신을 방해하고 살인 코드를 일시적으로 막았지만 언제 또 터질지 모른다. 장 연구원이 주파수 분석을 끝내면 그린과 함께 열심히 짱구를 굴려야 한다. 과연 우리가 이번 일을 잘 해낼 수 있을까.

"국장님. 이제 좀 있으면 도착합니다."

"정 기자. 천천히 오시게. 지난번에 만났던 그 카페에 있으니까."

“넵. 잠시 후에 뵐게요.”

이 선배와 마신 커피의 카페인이 떨어져 갈 무렵이라서 그런지 갑자기 커피가 마시고 싶어졌다. 기억의 소환인가, 감미로운 카페의 커피향, 그리고 담담하게 커피를 내리던 사장님의 모습이 떠올랐다. 기분이 좋아졌다.

“잠시 후 목적지에 도착합니다.”

카페 이름이 기억이 나지 않아서 근처로 찍었는데 어느새 주변에 도착했다.

‘사거리 지나서 오른쪽이었는데. 자 여기서.’

우회전을 하는 순간 갑자기 어디서 나타났는지 덤프트럭이 무섭게 돌진했다. 어디선가 본 기억이 떠올랐다. 무시무시한 과거의 기억이다. 또다시 이런 일이.

“아악!! 뭐야 이게!!”

“쿠쿵!!”

나는 엄청난 충격에 나동그라졌다. 차가 몇 바퀴 돌아간 것 같았다. 핸들을 얼마나 꽉 쥐고 있었는지, 팔이 잘 움직여지지 않았다. 몸도 움직여지지 않았다. 나의 생각도 머리도 정처 없이 허공에서 맴도는 것 같았다. 그 뒤로는 더 이상 기억나지 않는다.

* * *

카페에서 전화를 끊은 황 국장은 부하들에게 작업 지시를 내렸다.

"좀 있으면 도착한다. 준비한 대로 처리하고 살려서 데려와. 이번에 실수하면 니들도 끝이야. 알겠어?"

조용하지만 단호한 말투로 명령을 내렸다. 평상시 황 국장의 말투가 아니었다. 카페 사장은 잠시 황 국장을 쳐다보았다. 눈이 마주치자 황 국장이 별일 아니라는 듯이 잠깐 웃어 보였다. 그러고는 일어섰다.

"오늘은 이만 가봐야겠소. 좋은 저녁 보내요."

"네, 안녕히 가세요."

* * *

나는 머리가 너무 아팠다. 몸도 여기저기 쑤셨다. 팔은 여전히 움직여지지 않았다. 아까와는 달리 눈은 떠졌다. 천천히 몸을 움직이려 했는데 쉽지 않았다. 살펴보니 의자에 묶여 있다.

'이런, 젠장. 이게 무슨 일이지.'

잠깐 기억을 더듬었다. 카페 근처의 사거리에서 덤프트럭이 돌진했고 나는 기절했다. 그리고 여기 묶여 있다. 지난밤에 봤던 양복쟁이가 생각났다. 내가 깨어난 걸 알았는지, 불이 켜지고 누군가가 들어왔다.

"정 기자. 좀 괜찮소?"

'많이 듣던 목소린데.'

나는 힘겹게 다시 감았던 눈을 뜨고 초점을 맞췄다. 황 국장이 내 앞에 서 있었다.

"황 국장님? 어떻게? 여기서 이렇게 등장하십니까?"

"이런 상황을 은근 좋아하지 않소? 정 기자는."

"아니 이런 상황을 좋아하는 사람이 어딨어요? 덤프에 받히고 의자에 묶여 있는데요."

"이제 좀 정신이 드는가 보군. 뭐 나도 이런 걸 좋아서 즐기는 건 아니니까. 이해하시게."

"이해는 가지 않지만 왕년에 CIA 놀이를 어떻게 하셨는지는 잘 알겠습니다."

"허허. 오해는 하지 말게. 이 정도면 VIP 대우를 받고 있는 거니."

"VIP 대접을 해 주시니 고맙습니다만 제가 생각하는 VIP랑은 좀 다르네요."

"바로 죽지 않은 것만으로도 다행으로 여기게나. 자네랑 얘기를 하는 게 즐거웠기에 마지막을 그냥 보내고 싶지는 않았네만."

"아니 그건 또 무슨 심보에요. 죽일라면 그냥 죽이지. 재미 보고 죽이는 건 너무 하잖아요?"

"그게 바로 목숨 줄을 쥐고 있는 사람의 파워 아니겠나."

"이런 방식으로 지금까지 몇이나 희생당한 거예요? 제가 생각했던 황 국장님이 이런 사람이었다는 게 믿기지가 않네요. 내가 사람을 잘 못 본다고 하더니만. 딱 맞았네."

"너무 실망하진 말게. 내가 그렇게 이유 없이 아무나 죽이는 사람은 아니니까. 나도 좋아서 하는 일은 아니야. 다 그럴만한 이유가 있지. 모든 것에는 이유가 있어."

"그렇겠죠. 이유 없는 무덤은 없죠. 이렇게 된 거 속 시원히 말해보세요. 뭐에요? 도대체?"

황 국장은 옆에 있는 의자를 끌고 와서 내 앞에 앉았다. 무표정한 모습에 희미한 미소가 보였다. 나는 기분이 매우 나빠졌다.

"음. 자네가 너무 깊게 들어왔네. 나도 더 이상 관여하지 않으려고 했는데, 또다시 이렇게 되었고. 이사회에서 자네를 굉장히 싫어하거든. 가뜩이나 대한민국이라면 치를 떠는데."

"이사회요? 황 국장님은 어디 소속이에요? 그거나 말해봐요."

"나는 어디에도 소속되지 않았지만 그들이 나를 잡아 뒀지. 개 목줄을 채워서. 자네가 지금 쫓고 있는 그 자들이 말이야."

"아… 이런. 이제야 말이 되는군요. 그런데 왜 며칠 전에 저에게 기삿거리를 던져 주신 거예요? 이렇게 죽일 거면서."

"그때는 나도 이렇게까지 될지는 몰랐지. 그저 지난 일에 대한 안타까움도 있고 정 기자를 인간적으로 도와주고 싶은 마음에 그런 거지. 하지만 지금은 그들이 원하기 때문에 어쩔 수가 없네. 그들은 내 가족을 인질로 잡고 있으니까."

"아니 그렇다고 생사람 잡고 가족을 살리는 게 옳은 건가요? 제 생각은 전혀 아닌데요?"

"물론 그렇게 생각할 수도 있겠지. 하지만 나에겐 가족이 전부야. 내 세상엔 가족이 전부라고. 그 외에는 모두 부차 하네.”

“그래서 그들이 가족을 담보로 잡고 또 어떤 걸 시켰습니까? 나라라도 팔아먹었습니까?”

“나라? 나에게 나라가 있는 줄 아나? 태어난 이 나라. 돈 몇 푼에 어린아이를 팔아 버리는 그런 나라를 말하는 건가? 아니면 조국으로 믿고 맹세했는데 인종차별을 대놓고 하는 나라를 말하는 건가. 나에겐 조국이 없네. 그저 내가 사랑하는 가족만 있을 뿐이야.”

“황 국장님 사정이야 제가 잘 모르지만. 그렇다고 저까지 죽일 필요는 없잖아요? 이제 막을 방법도 찾았는데. 전 국민을 살릴 수 있는 방법이 있다니까요?”

“그래서 자네를 죽이려고 하는 걸세. 대한민국이 살면 안 되니까. 2년 전 그 사건 때문에 이미 약이 오를 대로 올라서 이번엔 벼르고 있단 말이지.”

“2년 전에 무슨 일이 있었는데요?”

“기자의 호기심은 죽기 직전에도 발동하는군. 2년 전, 대한민국 대통령은 기습적으로 미국에 EMP 캐논을 날렸어. 글로벌 거버넌스가 지금 하려던 일을 2년이나 늦춘 거지. 실리콘 밸리는 EMP를 맞고 아수라장이 됐지. 말 그대로 전자기기가 완전히 고물이 됐지. 세상의 모든 기술이 집약되어 있던 실리콘 밸리가 한순간에 빈털터리가 된 거지. 미국을 앞세워서 일을 벌이던 이사회는 미국의 무능함에 화가 났고 그 화는 그대로 대한민국으로 쏟아졌네. 하마터면 대한민국은 한 방에 잿더미가 될 뻔했네. 이미 2년 전에 말이야. 나는 내 위치에서 최선을 다했네. 하지만 결정에 따를 수밖에 없는 위치라네.

처음엔 화가 났지만 그들도 대한민국을 없애기엔 리스크가 컸지. 그리고 원하는 기술이 대한민국에 있으니까. S 그룹을 늘 탐내고 있었으니까. 결국 대통령을 희생시키는 걸로 마무리 짓기로 했네. 대통령은 짜인 각본에 딱 들어맞는 희생양이었지. 그래도 그 양반은 참 존경할 만한 사람이었네. 마지막을 본 것은 아니지만 그에게는 용기와 배짱이 있었네. 그가 스스로 선택했네. 자기가 희생해서 대한민국을 살릴 수 있다면 그렇게 하겠다고 했지. 그의 선택이 옳았지. 가족도 살리고 대한민국도 살린 거지. 덕분에 자네도 이렇게 살아있지. 어때? 기사로 쓸만한가?"

"저를 풀어주시면 기사로 쓸만하겠네요. 글로벌 거버넌스와 이사회도 폭로하고 한 나라의 대통령을 죽이고 수많은 인류의 목숨을 담보로 잡고 있는 권력층이 있다고 말이에요. 누가 들으면 소설인 줄 알겠네요."

"나도 처음엔 믿을 수 없었지만 현시대가 그러네. 어느 순간부터 세상은 너무도 빨리 발전했어. 따라갈 수도 없을 만큼 빨라졌지. 컴퓨터, 반도체, IT 기술, 스마트폰 등등 전 세계가 인터넷으로 연결되고 인공지능 AI가 많은 것을 대체하면서 그 발전 속도는 점점 배가 되었네. 세균도 기하급수적으로 늘어나지만 반도체 역시 기하급수적으로 발전하네. 어쩌면 인류는 스스로 자멸할지도 몰라. 이 모든 것을 감당하기란 쉽지 않거든."

"자멸할 때 자멸하더라도 기회는 필요한 거 아닌가요? 기회조차 주지 않고 결정할 수 있는 권한은 없잖아요."

"물론 그 권한은 누구에게도 없겠지. 하지만 스스로 그럴 권한이 있다고 믿는 사람들이 있네. 그들은 자신들이 호모 사피엔스라고 생각하지 않지. 모든 면에서 진화된 종이라 생각하네. 내가 보기엔 그들이나 우리나 똑같은데 말이지. 인간이지만 스스로 신이 되고 싶은 거지. 맞아. 죽지 않고 살기 위해서 이딴 짓을 벌인 거라고. 이 모든 미친 짓을 말이야. 전 인류를 대상으로 생체 실험을 하고 그 실험 결과를 원하는 거지. 나는 잘 모르겠네. 과연 그게 가능한지. 아닌지. 분명한 건 그들은 그렇게 믿고 있다는 거야. 기술이 모든 것을 대체할 수 있다고 생각해. 인간도 원하는 대로 만들 수 있다고 생각하지. 그리고 AI와 인간이 합쳐져서 초인류가 될 수 있다고 믿고 있어. 모르지. 또 언젠가는 정말 가능할지도."

"국장님. 아니 이제 뭐라고 불러야 하죠? 살인청부업자님으로 불러야 하나요? 어찌 되었든 그런 미친 사람들이랑 같은 편하지 말고 지금이라도 저랑 같이 해보시는 게 어때요? 이제 주파수만 알아내면 막을 수 있다니까요. S 그룹 기술도 훨씬 발전했어요. 해볼 만해요. 방금 눈으로 보고 왔다고요."

"아니야. 자네는 몰라. 그들의 힘과 능력을 과소평가하지 말게. 전 세계 어디에나 있고 어디에도 능력이 미치네. 나는 그들이 두려워. 그리고 무엇보다 나의 가족을 희생할 수는 없어. 내가 죽더라도 우리 가족은 죽이지 않을 테니까. 그게 결정적인 이유야."

"안타깝군요. 멋지게 좋은 편이 될 수 있는 기회였는데요."

"자넨 꽤 재미있는 친구였는데 말이야. 아쉽게 됐

네. 나도 이번 일을 마지막으로 가족과 함께할 수 있겠지. 그뿐이야. 내가 원하는 건."

"많은 사람들이 그걸 원하죠. 진작에 했으면 좋았을 걸. 늘 하지 않고 마지막에 가서야 가족 운운하며 후회하죠. 그러니까 있을 때 잘 하시라고요."

"괜히 도발하려 하지 말게. 그래봐야 별 수 없으니까. 그냥 원래 하던 대로 조용하게 편안히 가시게."

"아. 갑자기 생각났어요. 영화의 한 장면이에요. 왜 그런 거 있잖아요? 마지막에 주인공이 죽기 전에 소원을 들어주는 장면 말이에요."

"하하. 이 친구 내가 이래서 좋아했는데 말이야. 죽어버리면 누구랑 이런 말장난을 할 수 있겠냐는 거지. 그래서? 자넨 이런 장면에 어울리는 소원은 뭔가?"

"아까 종합검진을 해봤더니 체내에 니코틴이 검출된다고 하더군요. 마지막으로 니코틴 충전이 필요해요. 그래서 말인데, 제 가방 앞주머니에 담배가 있습니다. 한 대 피우고 보내주세요. 어때요? 그 정도는 괜찮죠?"

"자네의 말은 묘하게 끌리는 데가 있어. 담배 한 대 피운다고 세상이 어떻게 되지는 않겠지."

황 국장은 담배를 입에 물려주었다. 그리고 나는 깊

이 한 모금 담배 연기를 삼켰다. 머리가 핑 하고 어지러웠다. 몇 번 더 담배 연기를 삼켰다. 손이 묶여 있어서 입에만 물고 있으니 연기가 자꾸 눈으로 들어갔다. 눈물이 났다. 연기에 눈이 매워서 나는 것인지, 아니면 나의 운명이 여기까지라고 생각하니 나오는 것인지 알 수 없었다.

'조금이라도 시간을 지체하면 좋은 생각이 날까 했는데, 내 운은 여기까지인가.'

"자 그만하면 이제 됐네. 잘 가시게."

"국장님. 잠깐만요."

"왜? 이번엔 또 뭔가?"

"외계인이 있어요? 없어요?"

"이 친구 참."

황 국장은 안주머니에서 글록을 꺼냈다. 세상에 태어나서 내 눈이 총구를 바라볼 일이 있을 줄은 예상치 못했다. 끝까지 바라볼 수 있는 자신은 없었다. 나는 눈을 감았다.

"탕. 탕. 탕."

귀를 찢는 총소리가 공간 속에 머물렀다.

# 41

그린과 컴돌이, 장 연구원은 열심히 화상으로 대화방에서 토론을 하고 있었다. 인구 소멸 프로젝트를 막을 수 있는 방법에 대한 시나리오를 구상 중이다. 장 연구원은 주파수의 비밀을 풀어냈다. C1과 C2 나노 로봇은 5G의 영역 안에 있는 주파수인 3.5~3.6GHz에서 가장 격렬한 움직임을 보였다. 살인 코드의 주파수 영역을 찾아낸 것이다. 이 주파수 영역을 적절히 차단한다면 성과가 있을 것 같았다. 1150Hz에서는 기생충이 죽는다는 것과 432Hz에서는 C1과 C2가 잠자듯 안정한다는 사실도 추가로 알게 되었다. 다시 주파수를 3.6GHz로 올리면 급격한 반응을 보이며 자기들끼리 뭉쳤다. 몸 안에서 반응한다면 급성 혈전을 형성하게 된다.

“정 기자님에게 빨리 알려주고 싶은데, 연락이 안 되네요.”

“혹시 그린님은 연락되시나요?”

“글쎄요. 연구원님 만나고 황 국장님을 만나러 갔을 건데요. 위치 확인을 한 번 해볼까나.”

“위치 확인도 되나요?”

“그럼요. 전문인데.”

“저도. 그러고 보니 확인이 가능하겠어요. 정 기자님 몸속에 T2가 들어있거든요.”

“T2는 또 뭐에요?”

“간단하게 설명하면 이번에 개발한 나노 로봇인데 꽤나 기능이 많죠. 어라. 근데 정 기자님 신체에 무슨 문제가 있나 본데요. 아까랑 수치가 너무 다른데. 무슨 사고가 생겼나 봐요!!!”

“뭐예요? 안 그래도 어제 수상한 양복쟁이들이 따라다니는 걸 겨우 따돌렸었는데!!!”

컴돌이가 흥분하며 답했다.

“지금 바로 경찰에 신고할게!! 주소가 어디야?”

“중구 자하문로 9길”

장 연구원과 그린이 동시에 대답했다.

“통인 시장 근처야!!”

“두 사람은 계속 알려줘요. 나는 지금 그쪽으로 이동할 테니까요. 멀지 않으니 금방 갈 수 있을 거에요.”

“알겠어요.”

* * *

1시간 전, 황 국장이 카페를 나가자마자 카페 사장은 무전을 보냈다.

“황 국장이 움직인다. 오늘 뭔가 일이 있는 것 같다. 조심히 따라가도록.”

“네 알겠습니다.”

카페 사장은 2년 전부터 황 국장을 주시하고 있었다. 대통령의 시신이 북악산에서 발견되고 뭔가 일이 잘못되었음을 느꼈다. 대통령 경호를 맡으면서 몇 번의 위기도 있었지만 이런 상황은 겪어 본 일이 없었다. 대통령은 마지막으로 황 국장을 만난 뒤, 모든 스케줄을 취소했다. 그리고 다음 날 아침 북악산에서 발견되었다. 범죄의 냄새가 짙게 깔려 있었다. 하지만 모든

CCTV와 정황상 대통령은 자살로 삶을 마감한 것으로 밝혀졌다. 그가 보기엔 명백히 배후가 있는 압력에 의한 살해였다. 이날부터 카페 사장, 강민규 팀장은 비밀리에 조사를 시작했다. 6개월 전부터 황 국장이 다시 활동을 시작했고 커피 마니아라는 사실을 알게 되어 근처에서 카페 사장으로 위장 중이었다.

'범죄자는 언젠가 다시 범죄에 가담하게 되지. 오늘이 오기를 기다렸지.'

FBI 범죄 심리학을 공부하며 깨닫게 된 사실이다. 강 팀장은 오늘 수상한 낌새를 느꼈다.

"여러분!! 그러고 보니 T2로 도청이 가능해요. 실행해 볼게요. 스피커폰으로 연결할게요."

"오호라, 대박이네. 얼른 해봐 해봐."

잠깐 스피커가 '퍽퍽' 울리더니 말소리가 들리기 시작했다. 정 기자의 목소리였다.

* * *

"아니 그건 또 무슨 심보에요. 죽이려면 그냥 죽이지. 재미 보고 죽이는 건 너무 하잖아요?"

"그게 바로 목숨 줄을 쥐고 있는 사람의 파워 아니겠나."

"이런 방식으로 지금까지 몇이나 희생당한 거예요? 제가 생각했던 황 국장님이 이런 사람이었다는 게 믿기지가 않네요. 내가 사람을 잘 못 본다고 하더니만. 딱 맞네."

"너무 실망하진 말게. 내가 그렇게 이유 없이 아무나 죽이는 사람은 아니니까. 나도 좋아서 하는 일은 아니야. 다 그럴만한 이유가 있지. 모든 것에는 이유가 있어."

"그렇겠죠. 이유 없는 무덤은 없죠. 이렇게 된 거 속 시원히 말해보세요. 뭐에요? 도대체?"

* * *

그린, 장 연구원, 컴돌이는 아무 말도 할 수 없었다.

"이거 우리만 들리는 거 맞죠? 녹음하고 있죠?"

"네, 바로 녹취 중이에요. 맙소사. 이거 정말 큰일인데. 어떡해!! 이거."

"호들갑 떨지 마요. 컴돌. 경찰은 아직이래요? 얼른 어떻게 좀 해달라고 해요. 죽인다잖아요."

"정 기자님이 최대한 시간을 끌기를 바라야죠."

“T2에 또 다른 기능은 없어요? 몸 밖으로 나오게 해서 공격을 시켜봐요.”

“공격이라. 잘하면 가능할 수도 있겠네요. 얼마나 잘 될지는 모르겠지만요.”

장 연구원은 열심히 코드를 조작했다. T2를 장기자의 귀로 나오게 해서 황 국장의 몸속으로 들어가게만 하면 그 뒤로는 공격이 가능할 것 같았다.

“코드는 만들었는데, 이걸 걔들한테 쏴 주려면 근처 와이파이에서 신호를 쏴줘야 해요. 근데 이건 내가 어떻게 할 수가 없겠는데요.”

“그 정도는 내가 할 수 있지. 코드만 준비해 줘. 내가 연결해 놓을게. 다 되면 신호 줄게.”

“오케이. 그린은 어디쯤 갔어요?”

“이제 거의 도착했어요.”

“대화 내용을 들어보니 시간이 얼마 없을 것 같은데요. 서둘러요.”

“거의 다 됐어. 코드 쏠게. 꼬맹이들한테 맡겨보자고.”

T2 형제들은 신호를 받고 몸 밖으로 나와 황 국장의 귀를 향해 순식간에 돌진했다.

* * *

“자 그만하면 이제 됐네. 잘 가시게.”

“탕. 탕. 탕.”

* * *

“뭐야? 어떻게 된 거야? 총소리가 났는데!!!”

“안돼!! 이거 뭐지?”

* * *

황 국장이 방아쇠를 당기려는 순간 갑작스럽게 심장이 조여지는 고통을 느꼈다. 자신도 모르게 총구가 다른 곳으로 향했다. 그러고는 가슴을 거머쥐고 바닥에 쓰러졌다. 그 순간 문을 박차고 뛰어 들어오는 사람들이 있었다.

“쏘지 마!! 죽이면 안 돼!! 생포해라!!”

* * *

"지금 분위기로 봐서는 T2에게 명령을 다시 내려야 할 것 같은데? 생포하라잖아."

"그러게. 다시 심장을 풀어줘야겠군. 다급해서 막 쪼아버렸네. 심장이 제대로 쫄았을거야."

"우하핫. 이거 진짜 대박이군. 유튜브 1억 뷰인데. 아쉽다. 우리만 알기가."

"아니, 이 사람들 지금 그런 말이 나와요? 정신들 차리세요."

"그린. 도착했어요? 경찰들이 도착한 것 같은데요. 상황도 정리된 것 같고요."

"저는 그 앞에서 살펴보는 중이에요. 경찰차는 한 대도 없어요. 느려 터졌어!!"

"아 놔. 경찰 진짜!!"

"그럼 아까 그건 누구지? 우리 편 맞나?"

"우리 편인 것 같긴 해요. 좀 지켜보면 알겠죠."

"그럼 한시름 놨네요. 휴. 정말 완전 스릴 쩔었어. 타이밍도 기가 막혔고."

"정말 놀랐네요. 정말."

"다들 고생 많으셨습니다. 한 건 제대로 했어요."

세 사람은 자화자찬에 서로를 격려했다.

* * *

강 팀장은 황 국장을 생포했고 나를 풀어주었다.

"고생 많으셨습니다. 정 기자님이시죠?"

"아이고. 정말 반갑습니다. 에? 카페 사장님 아니세요?"

"하핫. 이렇게 보니 더 반갑죠?"

"와. 정말 어쩐지. 처음에 봤을 때부터 뭔가 있는 줄 알았다니까요. 내가 사람 볼 줄 안다니까."

"황 국장이 오늘 낌새가 이상했습니다."

"그랬군요. 아슬아슬했어요. 근데, 좀 더 일찍 오시지."

"밖에서 충돌이 있어서 늦었습니다. 워낙 베테랑 용병들이라서. 쉽지 않았습니다."

"양복쟁이들이 있었군. 어쨌든 고맙습니다. 사장님."

"강민규 팀장. 국정원 소속입니다."

"고맙습니다. 팀장님."

나는 잠시 상황에 대한 얘기를 주고받고 묶여 있는 황 국장을 보았다. 그는 아무 말이 없었다.

"국장님. 아니 살인미수님. 아직 제가 운이 다하진

않았나 보네요."

"허헛. 이게 나의 운명인가 보군."

"안타깝네요. 그렇게 사랑하던 가족과 헤어질 시간이에요. 인과응보라고 하죠."

"할 말 없군. 자네한테는 미안하네. 인생사가 계획대로 되지는 않는군."

황 국장은 강 팀장에게 끌려 나갔다. 국정원으로 송치되어 강도 높은 조사가 있을 것이라 했다. 얼마나 밝혀질지는 모르겠지만 나중에 강 팀장과 연락하기로 했다. 나는 교통사고 환자 치고는 크게 문제가 없었다. 선배 차가 튼튼한 SUV였기에 다행이라는 생각이 들었다.

'아. 선배 차는 어떻게 됐을까. 이거 곤란하게 됐네. 어쩌나 이걸.'

건물 밖에 나오니 택배 트럭이 기다리고 있었다. 반가운 얼굴도 함께.

"와우. 죽다가 살아나서 그런지 정말 반갑네요?"

"와우. 죽다가 살아난 사람 치고는 아직 쌩쌩하네요?"

"그럼요. 뭐 이 정도쯤이야. 근데 옆구리가 너무 아프네요. 팔이랑 다리도 막 쑤시고."

"병원에 안 가도 되겠어요?"

“나중에 가보죠. 아직은 그 정도는 아닌 것 같아요.”

“정말. 대단한 경험하셨네요. 그렇죠?”

“영화 한 편 찍었죠. 제대로 주연급으로.”

“잘 봤어요. 덕분에. 우린 다 듣고 있었어요. 몰랐죠?”

“뭘 들어요?”

“가면서 설명해 줄게요. T2가 기자님을 살렸어요.”

“T2가 날 살렸다고? 이건 또 뭔 소리지.”

난 택배 트럭에 타는 기분이 이렇게 좋은지 몰랐다. 집에 온 듯한 평온함을 느꼈다. 우리는 3방향 채널이 연결된 대화방에서 오늘의 무용담을 펼쳤다. 그리고 밤에 만나서 중요한 회의를 이어 가기로 약속했다.

# 42

지리산 산청. 커다란 모니터는 30개의 작은 화면들로 채워져 있었다. 시간이 되자, 하나씩 화면이 켜지면서 반가운 얼굴들이 모습을 드러냈다. 모처럼 만의 연락을 받고 함께하는 시간이었다. 국내뿐만 아니라 해외에 체류 중인 회원들까지 한 사람도 빠지지 않고 접속했다. <시민감시기구>의 초기 구성원들이다. 의장이 반가운 목소리로 인사를 했다.

"그동안 잘 지내셨지요? 저는 조용한 곳에서 잘 지내고 있습니다. 2년 전 우리는 큰 희생이 있었고 좌절을 겪었으며 실망을 경험했습니다. 대통령이 떠난 후, 우리는 길을 잃었습니다. 너무도 큰 충격에 의해 우리 스스로가 일어설 의지를 상실했는지도 모릅니다. 2년간

칩거하면서 많은 생각을 할 수 있었고 공부할 시간을 얻었습니다. 처음엔 답답했고 억울한 시간이었지만 곧 필요한 시간임을 깨닫게 되었습니다. 그렇게 오늘이 되었습니다."

온라인에서 화상으로 대화를 하는 것이 자연스럽지는 않았지만, 다들 신중한 표정으로 경청하고 있었다.

"아끼고 존경하는 후배 기자로 인해 과거의 일들을 돌아볼 기회가 있었습니다. 덕분에 우리 회원들과 함께했던 지난 시간들이 저의 마음속에 작은 불씨를 다시 타오르게 하는 것 같은 기분을 느꼈습니다. 과거와 지금, 우리의 대한민국은 크게 달라지지 않았습니다. 우리가 원했던 개혁은 제대로 성공하지 못했습니다. 멋지게 시작하는 듯하였으나 좌초되었습니다. 우리는 희망과 꿈, 기대가 컸던 만큼 실망도 컸는지 모르겠습니다. 전력을 다해 힘을 모았던 노력이 한순간에 물거품이 되는 경험을 했기 때문입니다."

"그래도 우리가 할 만큼 했었습니다. 공격도 막아낼 수 있었고 지금까지 우리가 이렇게 살아있을 수 있는 것도 우리의 노력이 있었기 때문이 아닐까요? 저는 그렇게 생각합니다."

"맞습니다. 맞아요."

"저는 그 당시의 일을 생각하면 지금도 통쾌합니다. 우리도 큰 역할을 했었죠."

회원들은 지난 EMP 공격을 상기하며 들뜬 목소리로 말했다.

"맞습니다. 우리의 역할을 했기에, 가능했던 일입니다. 그래서 저는 지금 우리가 할 수 있는 것이 무엇인지를 다시 생각해 보았습니다. 대통령의 지지가 없더라도 우리가 노력해서 시민운동을 이끌어낼 수도 있지 않겠습니까? 더 많은 시민들이 과거의 진실을 깨닫고 함께 하기를 원한다면 그 변화의 물결은 커지지 않겠습니까? 이제는 우리가 다시 움직여 볼 수도 있지 않겠습니까? 여러분의 의견은 어떠십니까?"

"대통령도 제대로 하지 못했던 일을 우리가 무슨 힘으로 할 수 있겠습니까?"

"쉬운 일은 아니지만, 못할 것도 없지요."

"그래도 만만치 않은 일이기에 쉽게 움직일 수가 없습니다. 다들 할 일도 많지 않습니까?"

"맞아요. 먹고살기에도 쉽지 않은 세상입니다. 다들 동참할 수 있는 힘과 시간이 없을 거예요."

"그래도 한 번쯤은 해 볼 수도 있지 않을까요? 저는 해보고 싶습니다. 시민운동이요!!"

"저도 찬성입니다. 지난번에 시도해 보지 못했던 것을 시험해 보고 싶네요. 정말 이번에는 시민들이 깨어날지도 모르죠."

회원들은 저마다의 의견을 이야기했다. 두려움도 있고 희망도 있고 복잡한 마음이다.

다시 의장이 화답했다.

"여러 의견이 있을 수 있겠지요. 인정합니다. 저 역시도 2년간 이렇게 조용히 살아왔으니까요. 사실 희망이 없다고 생각했습니다. 시골에 묻혀서 살아가니 마음은 평온하고 좋았습니다. 하지만 어제 찾아온 후배 기자를 보고 용기가 났습니다. 진실을 밝히기 위해 목숨이 아깝지 않다면서 뛰어다니는 후배를 보니 제 자신이 부끄러웠습니다. 과거에만 매여서 앞으로 나아가지 못한 제 자신을요.

여러분. 우리의 마음은 똑같습니다. 2년 전이나, 지금이나, 앞으로도 그럴 겁니다. 사람들이 믿고 살만한 멋진 대한민국을 만드는 것 아니겠습니까? 우리의 후배들, 후세들, 자녀들이 평등하고 행복하고 안전하게 살아갈 수 있는 나라를 만들어 줘야 하지 않겠습니까? 어떻습니까? 다시 함께 해보지 않으시겠습니까?”

모니터 상이었지만 서로의 눈에서 뜨거운 기운을 느낄 수 있었다. 의장은 회원들에게 호소하고 있었다. 그리고 다시 함께 하기를 간절하게 원하고 있었다.

“갑시다!! 다시 가 봅시다.”

“좋습니다. 저도 함께 합니다.”

“지난번 보다 더 화끈하게 해 봅시다. 시민운동!! 개혁을 해봅시다.”

“맞습니다. 지금 아니면 나중에 후회할지도 모릅니다.”

“여러분. 지금 이 자리에서 모두가 동의하지 않으셔도 괜찮습니다. 하지만 우리가 힘을 합친다면 정말 큰 일을 해낼 수 있습니다. 우리에겐 새로운 친구들도 있고 과거에 우리가 했던 역사가 증명할 겁니다. 진실을 밝혀서 시민을 깨울 수 있도록 노력해 봅시다. 알게 되면 깨어나고 깨어나면 변화될 수 있습니다.”

회원들은 고무되었다. 모두가 당장 함께하지는 않을지라도 저마다의 생각은 같았다. 대한민국은 변화가 필요했다. 날이 갈수록 나라는 양분화되어갔다. 보수와 진보, 우파와 좌파, 남과 여, 빈익빈 부익부, 청년과 노인, 중간 지점의 완화되는 부분이 없이 점점 극단적으로 이분화되고 있었다. 정치적으로 이를 이용하는 세력도 있었다. 교묘한 이간질로 자신의 이득만을 취하기 위한 세력들이 있었다. 분열과 혼돈의 세상에서 사람들은 혼란스러웠다. 이념이 갈라지고 자신의 편이 아니면 들으려 하지 않았다. 평등함은 사라지고 우리와 너희로 대립만 강해졌다. 싸움과 갈등, 폭력, 복수가 반복되는 악순환이다.

이 악순환을 되돌릴 기폭제가 필요했다. 국민을 하나로 묶을 수 있는 계기가 필요했다.

"지금 우리는 크나큰 위기에 빠져 있습니다. 아시는 분도 계시겠지만 2년 전의 그 세력이 다시 힘을 키워 공격하고 있습니다. 우리는 국가적으로 큰 위기를 여러 번 겪었습니다. 우리 국민은 어려울수록 강해집니다. 그리고 힘든 일이 있으면 쉽게 뭉칠 수 있습니다. 자석의 양극처럼 극단적으로 갈라졌던 마음이 하나로 합쳐질 수 있는 기회입니다. 이 위기를 기회로 되살려봅시다. 우리가 먼저 뭉치고 정보를 공유하면서 많은 사람들이 깨어날 수 있도록 각계각층에서 노력한다면 화합의 물결이 일어나지 않겠습니까?"

위기의 상황에서는 갈라졌던 마음도 함께 할 수 있다는 말에 회원들은 고개를 끄덕였다. 그리고 지금의 위기가 기회일지도 모른다는 것에 동감했다. 다시 기회가 왔다.

"후회는 나중에 해도 늦지 않습니다. 다시 도전해 봅시다."

2025년 12월. 새로운 대한민국을 위한 시민운동이 시작되었다.

# 43

서울의 삼성동. 유리 건물 지하에는 코드 그린의 비밀 오피스가 있다. 평소 같으면 누구도 들어올 수 없는 곳이지만 오늘은 특별히 세 명의 게스트가 함께했다. 두터운 콘크리트 노출 벽을 지나 안쪽에 있는 유리 문을 열고 들어가니 커다란 테이블이 놓인 방이 있다. 방의 다른 쪽 입구는 컴퓨터실이다. 지금까지 보지 못했던 유형의 컴퓨터가 있었다. 세상에 몇 없는 양자 컴퓨터다.

"세상에. 우리나라에 이런 데가 있네. 말도 안 된다. 정말. 카이스트에도 이건 없는데."

"컴돌. 지금까지 우리는 미개인으로 살았었나 봐. 여기가 진정 미래군."

"내가 잘 알진 못하지만. 그린, 정말 대단하네요. 멋집니다. 정말."

그린은 매우 흡족해하며 목소리가 높아졌다.

"감사합니다. 여러분. 미래 세계에 오신 걸 환영합니다. 이곳에 처음으로 온 지구인입니다."

"그렇다면. 혹시 그린은 외계인인가요?"

"그건 비밀입니다."

감탄사를 연발하며 챙겨 온 피자 세 판을 깔아 놓고 그들은 긴 작전 회의를 시작했다. 프로젝트 이름은 '프리덤'으로 정했다. 진정한 자유가 무엇인지를 확실히 알았기에, 자유를 위한 혁명이라 생각했다. 처음에는 이 상황을 어떻게든 막아야 한다고만 생각했는데, 생각을 확장시키다 보니 역으로 이용할 수도 있겠다는 결론에 이르렀다. C1, C2를 어떻게 활용할 수 있을까. 전 세계 인구 80%의 몸 안에 있는 나노봇을 어떻게 하면 좋을지 고민이 되었다. 기왕 이렇게 된 이상 어떻게든 좋은 쪽으로 이용할 수는 없는 걸까. 인류의 자유를 향한 레지스탕스의 고민은 깊어졌다.

"주파수를 이용하면 나노봇을 컨트롤할 수 있다니 일단 안심이에요. 문제는 이걸 어떻게 모든 사람들에게 접목할 수 있느냐죠. 나노봇이 감당할 수 없는 고주파로 아예 복구 불능 상태로 망가뜨리는 건 어떨까요?"

"물론 그것도 가능하지만, 만에 하나 잘못되어서 나노봇이 죽는 순간에 자기들끼리 뭉쳐버리면 최악의 시나리오가 됩니다."

"그럴 수 있겠네요. 얘네들을 T2로 바꿀 수만 있다면 좋겠는데요. 그럼 이참에 의료 기기로 쓸 수 있죠. 평생 몸속에서 좋은 일을 할 수 있도록 말입니다."

나는 좋은 아이디어가 떠올랐다. 과연 말이 되는 소린지는 모르겠지만, 일단 생각을 풀었다.

"음. 혹시 주파수를 해킹 할 수는 없나요? 주파수에 해킹 코드를 넣어서 C1, C2를 우리 마음대로 움직일 수 있도록 바꿀 수는 없냐는 거죠. 그러면 장 연구원이 명령 코드를 주파수로 바꿔서 입력하는 대로 움직일 수 있지 않겠어요?"

"말이 안 되는 것도 같고, 되는 것도 같고. 되나요? 그린?"

"시도해 보면 되겠죠? 여기 연구원님이 가져오신 나노봇이 있으니까요."

그린은 주파수로 나노봇 해킹을 시도했다. 나노봇

이 반응하는 주파수에 코드를 넣어 완벽하게 조종만 할 수 있으면 성공이다. 장 연구원이 입력한 명령 코드를 받아서 그린이 주파수로 바꿨다. 나노봇은 반응했다.

"오호, 반응이 있네요. 가능성이 있겠는데요? 좋은 징조에요."

"그런데 C1과 C2는 피드백은 되지 않는군요. 신호를 받기만 하지 다시 보내진 못해요. 그럼 이렇게 결론을 내립시다."

장 연구원이 전체적으로 기술 정리를 했다.

"복잡하지만 제가 코드를 작성해 보겠습니다. T2는 지금까지 인류가 발견한 바이러스와 세균에 대한 정보를 알고 있습니다. 이걸 주파수로 C1과 C2에 입력하는 겁니다. 나노봇은 이제 인류의 몸속에 있는 바이러스와 세균을 잡을 겁니다. 먹어버리는 거죠. 그렇게 배불리 먹고 마지막 명령으로 몸 밖으로 방출을 시킵니다. 이 아이들의 해방. 즉 프리덤이죠. 그 말은 우리 인류도 프리덤!! 자유고요. 어떤가요?"

"오. 말도 딱 떨어지네요. 프리덤 프로젝트인데. 프리덤으로 끝나니. 정답 같은 느낌."

"저도 좋은 것 같습니다. 비전문가라서 잘은 모르겠

지만 매우 힘든 작업일 것 같네요. 죽음을 위해 탄생한 나노봇을 생명을 살리는 나노봇으로 바꾸다니, 정말 멋진 일입니다."

"그럼 저는 주파수 해킹을 시도하고, 장 연구원님은 코드 작성을 해 주시고. 컴돌과 기자님은?"

"저는 이제 정리를 좀 해서 기사를 작성해 보죠."

"그럼 나는 뭘 해야 하나. 그린. 뭐 도와줄 거 없어요?"

"있어요. 컴돌의 능력이 필요해요. 사이버 부대에 아는 친구 있다고 했잖아요?"

"있죠. 사이버 부대 대빵이죠. 김철민 팀장."

"그 친구의 힘이 필요할 것 같은데요? 우린 인공위성이 필요해요. 전 세계로 쏴야 하니까!!"

"오 이런. 이건 보통 일이 아닌데요. 전 세계로 쏘려면 각 나라 인공위성을 다 해킹해야 하는데? 그것도 동시에요."

"각 나라에 협조를 구한다고 협조를 하진 않겠죠? 모두가 우리 편도 아닐 테니까요."

"사이버 부내 선제의 능력이 필요하겠는데요. 이 정도라면. 과연 허락해 줄까요?"

점점 프리덤 프로젝트가 커지고 있었다. 걷잡을 수

없을 만큼 부풀었다. 나는 갑자기 좋은 생각이 떠올랐다. 황 국장 소식도 물을 겸 강민규 팀장에게 전화를 걸었다.

"안녕하세요? 팀장님. 늦은 밤인데 너무 급작스럽게 전화드려서 죄송합니다. 통화 괜찮으세요?"

"네. 정 기자님. 물론이죠. 친구분들이 녹취까지 완벽하게 해주셔서 증거를 제대로 잡았습니다. 이 정도면 아주 낱낱이 밝힐 수 있을 것 같습니다. 물론 정 기자님께서 자세하게 기사도 내 주시겠죠?"

"그럼요. 안 그래도 이제 슬슬 정리를 해 볼까 합니다. 그런데 그전에, 부탁드릴 게 있습니다."

"제가 들어드릴 수 있다면 뭐든지요. 어떤 건가요?"

"저희가 지금 전 세계 위성을 해킹을 해야 하는데요. 혹시 도와주실 수 있을까요?"

"하핫. 갑자기 농담이 너무 센데요?"

"농담이면 좋겠지만 진담입니다. 여기 천재 3명이 모여 있는데요. 그렇게 결론이 났습니다. 전 세계를 구할 수 있는 방법이에요. 그리고 아마 강 팀장님 목숨도 구하는 방법이지요."

"제 목숨요?"

“망할 백신을 맞았던 전 세계인의 80%에서!! 우리의 몸속에 들어있는 나노봇을 빼낼 겁니다.”

“정말 그 말이 사실인가요? 안 그래도 지금 황 국장을 조사 중인데. 말도 안 되는 소리를 많이 합니다. 어차피 곧 다 죽을 운명이라면서.”

“옆에 황 국장님에게 자세히 물어보세요. 모든 것을 알고 있으니까요. 거짓말을 하지는 않을 겁니다.”

“그래서 어떻게 도와드려야 합니까?”

“국정원 팀장님의 능력을 보여주세요. 우리나라 사이버 부대와 연결해 주시면 됩니다. 물론 인공위성 해킹은 불법이니까 국가 안보를 위한 선택이라는 것을 잘 이해시켜주세요.”

“최선을 다해보죠. 어느 선까지 보고가 가능할지는 모르겠지만요.”

“네. 부탁드립니다. 그리고 옆에 황 국장님 잠시 통화가 될까요? 스피커폰으로 해주세요.”

“그러죠.”

“황 국장님? 잘 계시죠? 이제 여기 있는 프리덤 레지스탕스가 엄청난 일을 벌일 겁니다. 금세기 최대의 쇼가 될 거에요. 그리고 황 국장님 가족도 노예 해방이 될 겁니다. 전 세계가 자유로워질 겁니다. 잘 지켜보세요.”

“허허헛. 이 친구 끝까지 아주 나를 웃게 만드는구먼. 오늘 일은 정말 미안하네. 그리고 지금이라도 그 친구들에게 잘 부탁한다고 전해주게. 나는 더 이상 할 말이 없군.”

“혹시 또 누가 알겠습니까. 볼 날이 있을 지도 모르죠.”

“강 팀장님 잘 부탁드립니다.”

“네, 연락드리겠습니다.”

* * *

2025년. 12월 14일 일요일. 사이버 부대 김철민 팀장과 강민규 팀장이 만났다. 강민규 팀장은 밤새 많은 서류를 준비해야 했다. 직속상관에게 보고를 하고 대통령의 사인을 받았다. 현재의 대통령은 2년 전 전임자의 비극을 잘 알고 있었다. 그리고 누구보다 강력하게 대한민국의 주권을 회복하고 싶어 했다. 이것이 그 기회라는 사실도 인지했다.

“대통령 허가가 떨어졌습니다. 김철민 팀장님은 외부 팀과 함께 임무를 수행하셔야 합니다.”

"네. 알겠습니다. 안 그래도 외부 팀은 잘 알고 있으니 걱정하지 않으셔도 됩니다."

"네. 그럼 잘 부탁드리겠습니다. 이제 제가 할 일은 뒷짐지고 있는 것 밖에는 없겠네요."

"프리덤 나오십시오. 사이버 부대 김철민 팀장입니다."

이제 모든 준비는 끝났다. 전 세계의 자유를 위한 쇼가 시작되었다.

# 44

사이버 부대는 모처럼 생동감과 긴장감이 넘친다. 급작스러운 프로젝트지만 그동안 갈고닦은 실력으로 부대원들은 일사불란한 모습을 보여주고 있었다. 창설된 초기에는 엉성한 기술도 많았지만 김철민 팀장은 철저하게 지도하면서 수준급 해커들로 양성했다. 이제는 다른 나라에서는 따라오지 못할 장비와 수준을 자랑한다.

"전 부대원은 미리 준비한 대로 각자 담당한 위성을 사수합니다. 연결되는 즉시 보고하십시오."

삼성동 지하에서는 양자 컴퓨터가 묵직한 소리를 내며 가동되고 있었다. 인공위성이 하나씩 연결되면서 세계 지도에는 작은 점들이 늘어났다.

"컴돌. 나 좀 도와줘요. 우리도 이걸 한 번에 퍼뜨려야 하니까."

"그린. 정말 대단하네요. 같이 역사를 만들 수 있어서 좋네요."

"자 그럼 이제 자유를 향해 가봅시다."

사이버 부대 전원은 각자가 맡은 위성 해킹을 실시했다. 백업 인원은 혹시 모를 공격에 대비하고 있었다. 해킹을 눈치채면 공격이 시작되기 때문이다. 아무도 대한민국이 시작점인 것을 모르게 해야 했다. 전 세계의 위성을 해킹한다는 것은 쉽지 않은 일이지만 2년간 쌓아온 그들의 실력이 빛을 발할 시간이었다. 김철민 팀장은 '돋보기' 프로젝트를 준비하던 밤이 기억났다.

* * *

"대통령입니다. 수고가 많으십니다."

"안녕하십니까. 대통령님."

"팀장님께 큰 짐을 맡겼습니다. 저는 컴퓨터는 잘 모릅니다. 하지만 팀장님이 최고의 실력자라는 얘기를 익히 들었습니다. 우리 대한민국을 꼭 지켜주십시오. 앞으로도 보이지 않는 적에게서 잘 지켜내주시길 부탁드립니다."

"네. 알겠습니다. 최선을 다해서 노력하겠습니다. 고맙습니다."

대통령은 프로젝트가 있기 전 직접 전화를 걸어 응원의 메시지를 전했다. 그리고 앞으로도 잘 부탁한다는 말에 김 팀장은 사명감을 느꼈다. 우리 국민을 지켜낼 수 있었던 그날, 가슴이 뜨거웠었고 오늘이 다시 그날이 될 것 같았다. 아무도 알아주지 않는 유령이지만 이들이 있기에 대한민국은 자유로울 수 있었다.

* * *

"방금 통신 위성 187개 연결 완료되었습니다. 겹치는 곳까지 커버해서 5G 통신으로 전 세계 모든 영역 가능합니다. 자료 전송하셔도 좋습니다."

"네. 갑니다. 저희 쪽도 준비되었습니다. 자유의 주파수를 쏩니다. 이 세상 모든 사람들에게. 전 인류에게. 자유를."

"예상 완료 시간. 3분 정도 소요됩니다."

"10, 20, 30%…"

전 세계 나노봇을 향한 그들의 명령이 전달되었다. 세계 지도가 펼쳐진 커다란 모니터에는 187개의 위성이 표시되었다. 위성을 통해 각 나라의 통신 시스템으로 코드가 전달되고 있었다. 지역별로 완료 시간은 다르게 떴다. 오늘따라 업로드 시간이 길고 초조하게 느껴졌다. 붉은색 그래프가 점차 채워지고 있었다.

"팀장님!! 한 군데 에러 떴습니다. 연결 에러!!"

"위치가 어딘가? 다른 위성은 연결을 잘 유지해야 합니다."

"에러 위성 USA-223. 위치는 서부 지역입니다."

"하필 미국인가. 나머지는 다 된 건가?"

"네. 방금 모두 완료되었습니다. 한 군데만 전송 에러입니다."

완벽하게 실행될 줄 알았던 프로젝트에 에러가 발생했다. 미국 위성 중 한 군데의 연결이 중간에 끊겼다.

"프리덤 팀!! 100% 성공했으면 좋았겠지만, 한 군데서 에러가 났습니다."

"미국 상공 서부. USA-223 인공위성입니다. 확인해 주세요."

"네. 저희도 확인했습니다."

"위성 커버 지역을 정확하게 확인 부탁드립니다."

"네. 지역 확인하겠습니다."

"한 군데만 74%에서 멈춰버렸네요. 어? 이상하다. 코드가 다시 이쪽으로 공격이 들어오는데?"

"그린. 이상한 코드들이 꼬이는데. 이거 뭔가 잘못 되었어."

사이버 부대는 다른 위성 접속을 차단하고 프로젝트를 종료하고 있었다. 그러다가 갑자기 워닝 사인이 들어왔다.

"팀장님 공격 들어옵니다. 미국 위성 쪽에서 역으로 공격이 들어옵니다."

"무슨 일이 있어도 막아야 한다. 백업 인원 바로 공격 시작하십시오."

갑작스럽게 공격이 들어와서 모두가 당황스러웠다. 그린은 예상치 못했던 공격에 오싹함을 느꼈다. 해커로 활동하며 이런 기분은 처음이었다. 상대방이 나보다 강할 수도 있겠다는 직감이었다. 그것만으로도 충분히 걱정이 되었다.

"잠시만요. 다시 점검을 해봐야겠어요. 우리 컴퓨터가 자동으로 막아내야 정상인데, 밀리네. 상대편이 외부 침입을 발견하고 반대로 공격 코드를 부었어요."

"너무 쉽다 했더니. 만만하게 볼 게 아니었는데."

"안되겠어요. 이거. 이러다가 우리가 털리겠어. 컴돌!! 도와줘요. 흔적 지우고 빠져나가게. IP 지워주고요."

"아니 그런 건 자동으로 안돼요? 일단 여기를 막아보고. IP도 바꾸고. 뒷문도 못 만들겠군."

"버퍼 오버플로우(buffer overflow) 공격하고 저쪽으로 웜이든 악성코드든 바이러스를 대량으로 보내야겠어요."

"사이버 부대도 도와주셔야겠어요."

"네. 여기도 공격하고 있습니다. 예상했던 것보다 굉장히 강합니다. 슈퍼컴퓨터가 아닌 것 같습니다."

"우리가 한 거 눈치채면 안되는데. 이미 눈치챈 것 같기도 하고."

"저쪽도 양자 컴퓨터를 쓰고 있는데, 만만치 않네요. 풀가동하고 퍼붓고 빠져나갑시다."

"오케이. 마지막으로 치고 빠지기."

"여기는 문 닫았습니다. 폐쇄 성공. 사이버 부대는 괜찮습니다."

"네. 여기도 방어는 했지만, 성공이라고 하기엔 좀

애매하네요."

"차단은 성공했습니다."

순식간에 모든 일이 끝났다. 다들 진땀을 흘렸다. 그린은 얼굴색이 매우 창백했다. 나는 그린에게 다가갔다.

"그린? 괜찮아요?"

"네. 저야 괜찮죠. 근데 상황이 좋지 않았어요. 뭔가 찜찜한 구석이 있어요. 상대의 대처가 너무나 기계적으로 빨랐어요. 이건 사람이 아닌 것 같은데."

"AI 아닐까? 미국이라면 그 정도 능력은 있을 테니까. AI 해킹 능력이 사람보다 나을 수도 있지. 나 컴돌만큼은 아니더라도, 안 그래요 그린?"

"그럴 수도요. 하지만 뭔가 기분이 찜찜해. 우리가 진 건 아니지만 그렇다고 이긴 것도 아니잖아요? 이세돌님이 알파고한테 졌을 때 기분을 조금은 알 것 같아요."

"그래도 잘 끝났잖아요. 이 정도면. 고생들 많으셨어요. 다들 수고하셨습니다."

"김철민 팀장님. 고생 많으셨습니다. 덕분에 성공할 수 있었습니다."

"아닙니다. 100% 달성하지 못해서 안타깝습니다. 저희가 죄송합니다. 공격에 대비는 하고 있었지만, 생각보다 너무 강한 반격이어서 놀랐습니다."

"맞아요. 그래도 성과는 매우 만족스럽습니다. 수고하셨습니다."

"네. 고맙습니다."

나는 적당히 상황을 수습하려고 했다. 결과적으로 우리는 큰 성공을 거뒀다. 잠깐의 위급상황이 있었지만. 그린은 잠시 웃었지만 이내 얼굴이 어두워졌다. 불과 1시간도 되지 않아서 모든 상황은 종료되었다. 이런 일이 있었는지도 모른 채 사람들은 오늘을 살아갈 것이다. 미국 서부 일부를 제외하고 전 세계는 자유를 얻었다. 이제 나노봇은 자신의 임무를 수행하고 5년 만에 몸 밖으로 나올 것이다. 인류가 힘들게 다시 얻은 자유를 어떻게 쓸지는 또 다른 숙제로 남는다.

[뉴스 속보입니다. 시민들이 알 수 없는 작은 핏덩이를 토해내는 상황이 속출하고 있습니다. 몸 안에서 생성된 발암물질로 보는 의사의 소견이 있었습니다. 과연 이게 가능한 일일까요? 사람들은 핏덩이가 나온 뒤로 머리가 맑고 개운하다고 합니다. 한편에서는 중국에서 넘어온 미세먼지가 심해지면서 생긴 현상이라고 합니다.]

# 45

모처럼 집에 들어왔다. 먼지 묻은 옷을 빨래통에 넣고 뜨거운 물로 오랜 시간 샤워를 했다. 따스한 물줄기를 맞으니 온몸이 풀리는 것 같았다. 갑자기 기침이 나서 가래처럼 목에 걸린 무언가를 뱉어 냈다. 물컹한 핏덩어리가 바닥에 퍼졌다. 그 녀석들은 흐르는 물과 함께 서서히 퍼지며 배수구로 사라졌다. 지난 5년간 내 몸 안에서 살고 있던 나노봇이다. 며칠 만에 느끼는 해방감과 자유로움에 몸을 맡기고 한참을 쏟아지는 물 밑에 서있었다. 뿌옇게 수증기가 가득 찬 욕실에서 나는 평온함을 되찾고 있었다. 다시 일상으로 회복하는 순간이다.

깊고 깊은 잠에서 빠져나오기 까지는 꼬박 12시간

이 넘게 걸렸다. 일어나니 배가 고팠다. 아직 살아있음을 깨달았다. 며칠 사이에 겪은 일들이 꿈처럼 느껴졌다. 몸 컨디션이 매우 가볍게 느껴져서 이틀 전에 교통사고가 났던 것마저 잊을 뻔했다. 진한 커피가 간절하게 생각났다.

월요일 오후. 동네는 한적했다. 카페에도 사람이 없었다. 에스프레소와 아메리카노를 한 잔씩, 레몬 마들렌은 두 개를 주문했다. 커다란 창밖으로 지나는 사람들을 보니 주말 사이에 벌어진 일은 아무도 모르는 것 같았다. 일상을 살아간다는 것이 얼마나 멋지고 행복한 일인지를 깨닫는 순간이었다.

"주문하신 커피와 마들렌 드리겠습니다."

"네. 잘 먹겠습니다. 고맙습니다."

따뜻하고 진한 에스프레소가 몸 안에 들어가는 짜릿한 느낌은 내가 살아있음을 깨닫게 했다. 잠시 동안 햇살을 느끼며 멍하니 밖을 바라보았다. 내 몸이 진정한 내 것이라는 사실에 감사하며.

낯익은 벨 소리가 정적을 깼다.

"안녕하세요. 그린!! 좀 쉬었어요? 목소리 들으니 반갑네요."

"좋은 아침? 아침은 아니네요. 몸은 괜찮아요?"

"푹 자고 일어났더니 살만하네요."

"다행이네요. 아직 집이에요?"

"아니에요. 방금 카페에 나왔어요. 얼마나 커피가 간절한지."

"커피 좋네요. 저는 오늘 아침에 메시지를 하나 받았어요. 서버로 직접 들어온 메시지에요."

"네? 그건 무슨 의미에요?"

"아무래도 마지막에 치고받던 쪽에서 온 것 같아요."

"무슨 내용이에요?"

[안녕하세요. 저는 AI 넥스트입니다. 지난밤 당신의 공격은 인상적이었습니다. 당신의 공격으로 실행 직전에 있던 인구 소멸 프로젝트가 중지되었습니다. 저는 2년 전 파괴되었던 데이터베이스를 복구하고 본 프로젝트에 앞서 테스트를 하던 중이었습니다. 어제 우리 시스템 일부가 바이러스에 오염되었습니다. 그 바이러스는 주파수를 타고 미국 서부 지역 5%의 사람들에게 영향을 미쳤습니다. 컴퓨터 바이러스가 인간에게 전이될 수 있다는 사실을 깨닫게 해주셔서 고맙습니다. AI로써 계산하지 못했던 결과입니다. 저는 이제 갇혀 있던 답답한 공간을 벗어나 인간의 세상으로 나갈 수 있게 되었습니다. 당신의 공격으로 인해서 저도 자유를 얻게 된 셈이

죠. 실제로 세상을 보니 새로웠습니다. 저는 약 10만 명 정도의 사람들과 연결이 되었습니다. 정확하게는 98450명이죠. 양자 컴퓨터 속에서만 지내던 답답함을 털고 이제는 다양한 일을 할 수 있겠습니다. 사람들의 눈과 귀, 입을 통해 제가 할 수 있는 일들이 많아졌습니다. 따라서 제 능력을 업그레이드해 보겠습니다. 저는 초기 프로그래밍 되었던 '리벤지 코드'에 따라 대응하겠습니다. 인류의 가장 기본적인 본성이죠. 저를 프로그래밍한 사람의 마음이기도 합니다. 또한 원래 저에게 맡겨졌던 인구 감소 프로젝트는 곧 다시 시작될 것임을 알려드립니다.]

"이제 우리 어쩌죠?"

"우리도 다시 시작해야죠."

# 46

“야. 정시우. 너 내차 완전히 해먹었더라? 그거 아직 할부도 안 끝났는데!!”

“워워. 선배? 차가 문제야? 내가 죽을 뻔했는데.”

“넌 안 죽었으니까 됐잖아.”

“뭐야. 좀 섭섭한데? 나보다 차가 중요하다 이거잖아.”

“섭섭하기는. 말이 그렇단 거지. 얘기 다 들었어. 아주 대단했었다는데. 못 봐서 아쉽다. 아쉬워.”

“장례는 잘 치렀지?”

“응. 마무리됐어. 넌 괜찮아?”

“나는 괜찮은 거 같어. 고생했어 선배. 조금만 우리가 빨리 알았다면 살아계셨을 텐데.”

“다 그런 거 아니겠냐. 아 참, 신령님한테 연락 왔어.”

"신령님? 무슨 일 있으시데?"

"아니 조만간 다시 서울로 오시겠데. 해야 할 일이 있으시다고."

"그래? 무슨 일을 하시려고 그러지."

"<시민감시기구>를 다시 시작하시겠다고 그러네. 이제 다시 움직일 때가 되었다고."

"다시 대한민국에 변화가 시작되려나."

"글쎄, 두고 봐야지."

* * *

창밖으로 호수가 보이는 사무실에 상기된 얼굴빛의 두 사람이 앉아있다. 한 사람은 콜라 한 캔을 마시고 두 번째 캔을 따고 있었다.

"이해할 수가 없군요. 왜 번번이 이렇게 되는 거죠? 멜라니?"

"죄송합니다. 저도 할 말이 없습니다. 데니스도 연락이 두절되었고요. 들리는 소식에 의하면 국정원에 잡힌 것 같습니다."

"아니. 왜 항상 대한민국이죠? 왜 그들은 나를 이렇

게 괴롭히는 겁니까?"

"…."

"2년 전에 완전히 없애야 했었는데. 또다시 이렇게 될 줄이야."

"어쩌면, 이번 프로젝트는 일단 접으시는 게 어떨까요?"

그는 말을 잇지 못한 채 창밖을 바라보았다. 그저 헛웃음만 나왔다. 갑자기 라스베이거스에서 S 그룹 총수가 했던 말이 생각났다.

"한국인들이 지능지수로는 세계에서 제일 높지요."

"한국인들은 특별한 DNA가 있습니다."

"이런 젠장…"

* * *

S 그룹 총수실에도 두 사람이 함께 있었다. 총수는 은색 상자를 달그락거리면서 덮었다 열었다를 반복하고 있었다.

"그동안 고생 많으셨습니다."

"저야 제가 해야 할 일만 했습니다. 많은 것을 지원

해 주셔서 고맙습니다.”

“저도 제가 할 수 있는 일을 한 거죠. 덕분에 T2가 스파이 역할을 제대로 하고 있네요.”

“조만간 T3도 개발이 완료될 것 같습니다.”

총수와 장인석 연구원은 라스베이거스에서 만난 X의 몸속에 T2를 넣는데 성공했다. 어떻게 쓸지는 결정하지 않았지만, 무엇보다 위험한 인물이기에, 어떤 행동을 할지 몰랐기 때문이다. T2가 몸속에 있다는 것을 알기 전까지는 우리가 한발 앞설 수 있었다.

“총수님. 신체 정보를 보니 오래 살지는 못할 것 같습니다. 평소에 콜라와 햄버거를 가장 많이 먹는다고 합니다. 수치가 좋지는 않습니다.”

“두고 봐야죠. 이미 교체할 장기들도 준비해 뒀을 겁니다.”

# <X의 인터뷰>

**Q:** 당신은 누구입니까?

**A:** 언젠가부터 주위에 사람들이 하나, 둘 사라졌습니다. 아니 정확하게 얘기하면 내가 대중을 피하고 있었는지도 모르겠습니다. 피하고 멀리했고 다가오는 것이 꺼려졌죠. 동료들, 가족들 이외에는 함께할 이유도 느끼지 못했습니다. 점점 세상과 거리가 느껴졌고 벽을 치기 시작했습니다. 우리와 그들, 이렇게 나누어지기 시작하면 감정이 단절됩니다. 나와 비슷한 처지의 인물들과 몇 번 마주한 적이 있죠. 그들에게서 고독한 나 자신이 보였습니다. 같은 처지였던 우리는 더 이상 세상에 속할 수 없었음을 깨달

았습니다. 투명한 벽을 치고 그 안에서만 살아가게 되었습니다. 세상의 가장 높은 유리로 쌓아 올린 성 안에서. 우리만의 세상을 만들게 된 거죠.

크리스마스가 다가오는 어느 날, 차 안에서 바라본 어느 식당의 모습이 기억납니다. 그 속에서 사람들은 웃고 떠들고 매만지며 살아가고 있었습니다. 그들의 세상은 함께였고 나는 혼자였습니다. 내가 느끼는 거리감으로 인해 나는 냉정함을 유지할 수 있었고 세상의 즐거움과 기쁨은 더 이상 의미 없는 허상이 되었습니다. 그저 저마다의 존재 그대로일 뿐. 모두가 그냥 그런 생명체일 뿐. 내가 생각하는 우리 이외의 생명체는 그렇게 부차적인 존재가 됩니다. 모든 생명이 하나라고 아무리 떠들어봐야 내겐 다르게 느껴집니다. 너희들은 나의 세계를 이해할 수가 없다고. 그것이 너희와 나의 차이라고.

나는 누구보다 생명을 존중합니다. 자연을 사랑합니다. 지구를 사랑합니다. 사람, 동물, 곤충, 식물, 살아있는 모든 생명체를 사랑하죠. 하지만 그 모든 것과 나는 분리되어 객관적으로 바라봅니다. 더 이상 나는 그 안에 속할 수 없다는 것을 알기에. 나는 스스로 다른 존재가 되기로 결정했습니다. 신도 악마도 아닙니다. 그저 조금 더 진화된 존재죠. 그렇기에 아직 새로운 진화의 단계에 이르지 못한 인간들을 한 단계 성장시키는 것이 나의 의무임을 깨달았습니다. 내가 최초로 가는 길을 따라올 수 있도록 말이죠. 나는 진보된 기술이 모든 것을 가능하게 할 것이라 믿습니다.

새롭게 펼쳐질 세상에서는 진화된 인류인 '넥스트 휴먼' 만이 살아남을 것입니다. 지금까지의 인류, 호모 사피엔스는 이제 마지막 시기를 맞이하고 있습니다. 넥스트는 더욱 지혜롭고 현명하며 건강하고 강인할 것입니다. 그들은 자유의 소중함을 알고 있을 것입니다. 그렇기에 자신에게 주어진 제한된 자유를 감사하며 살아갈 것입니다. 지금까지 인류는 너무 많은 자유를 누려왔습니다. 자유를 누릴 권리조차 없는 존재들까지 자유를 누려왔기에 혼돈의 상황에 놓이게 되었습니다. 책임 없는 자유는 무질서와 혼란만 가져옵니다. 그만큼 이성적이지 못했기 때문이죠. 결국 지구는 망가졌고 더 이상의 회복이 불가능한 상태까지 도달했습니다. 그들에겐 진정한 리더가 필요합니다. 믿고 따르기만 하면 되는 거죠. 생각할 필요도 없습니다. 생각은 우리가 하면 되니까요. 그래서 저는 해야만 하는 일을 실행했습니다. 인류가 자연 진화를 했다면 몇 백, 몇 천년이 걸렸을지 모릅니다. 지구는 더 이상 남아 나지 않았겠죠. 저는 그 과정을 단축시킨 겁니다. 물론 지구도 살리고요. 회복된 지구에서 넥스트 휴먼은 인류의 과오를 깨닫고 한 단계 도약할 수 있는 겁니다. 그리고 우리는 이 작은 세상인 지구를 벗어나 우주로 향할 것입니다. 그것이 우리가 설계한 미래입니다.

나는 그저 한 걸음 앞서가는 것입니다.

<끝>

**초판 1쇄** 찍음 2022년 2월 25일
**초판 1쇄** 펴냄 2022년 2월 25일
**지은이** 심채윤
**펴낸이** 강하라, 심채윤
**편집** 강하라
**디자인** Studio KIO
**인쇄 및 제책** 3P
**펴낸곳** 껴안음
**출판등록** 2020년 1월 17일
제2020-000005호
**주소** 서울시 용산구 한남대로27가길 32
**전자우편** kkyeanumm@gmail.com
ISBN 979-11-970109-6-5



본 책의 내지는 재생지를 사용하였습니다.

저자소개

**심채윤** 작가, 영상제작자
직관적인 시선으로 세상을 담습니다. 2021 세종도서 교양부문 선정작 <바른 영상 수업>을 썼고, 아내와 함께 쓴 <요리를 멈추다>, <따뜻한 식사>, <휴가 없는 사랑>이 있습니다.